Claire Clément
Tödliche Côte d'Azur

CLAIRE CLÉMENT
Tödliche Côte d'Azur

Kommissar Valjean
und das Rätsel von Carros

KRIMINALROMAN

lübbe

Die Bastei Lübbe AG verfolgt eine nachhaltige Buchproduktion. Wir verwenden Papiere aus nachhaltiger Forstwirtschaft und verzichten darauf, Bücher einzeln in Folie zu verpacken. Wir stellen unsere Bücher in Deutschland und Europa (EU) her und arbeiten mit den Druckereien kontinuierlich an einer positiven Ökobilanz.

Dieser Titel ist auch als E-Book erschienen

Originalausgabe

Dieses Werk wurde durch die Literaturagentur Beate Riess vermittelt.

Copyright © 2022 by Bastei Lübbe AG, Köln

Textredaktion: Anja Lademacher, Bonn
Umschlaggestaltung: zero-media.net, München
Einband-/Umschlagmotive: © FinePic®, München (4)
Satz: Dörlemann Satz, Lemförde
Gesetzt aus der Adobe Caslon
Druck und Einband: GGP Media GmbH, Pößneck

Printed in Germany
ISBN 978-3-404-18487-3

2 4 5 3 1

Sie finden uns im Internet unter luebbe.de
Bitte beachten Sie auch: lesejury.de

Prolog

Es war längst dunkel. Der Nachtwind zerrte an den großen Oleanderbüschen auf der Terrasse, und die Fensterläden, die Simone noch nicht geschlossen hatte, schlugen klappernd gegen die Hauswand. Dann schaltete sich der Computer mit einem unaufdringlichen Geräusch ab. Und als auch die Lampe auf dem Schreibtisch erloschen war, verließ Simone das Büro. Im Salon legte sie sich mit einem wohligen Seufzer auf die Chaiselongue und wickelte ihr Negligé enger um sich. Es tat gut, endlich zur Ruhe zu kommen und die letzten Stunden Revue passieren zu lassen. Sie summte leise vor sich hin und dachte an den Verkauf des Lofts in Vence. Vielleicht eines der besten Geschäfte in ihrer bisherigen Laufbahn als Immobilienmaklerin. Sie hatte damit gerechnet, in Vence zu übernachten, denn sie hatte lange Verhandlungen bei einem ausgiebigen Essen mit reichlich Alkohol erwartet. Aber dann war alles viel schneller gegangen, und der Kunde hatte den Vertrag sofort unterschrieben. Was für ein seltenes Glück. Also war sie zurückgefahren und freute sich über den gemütlichen Abend in ihrem schönen Haus, ganz für sich allein.

In Erinnerungen an den zurückliegenden Tag versunken, strich sie sich das blonde Haar aus der Stirn. Nicht alles hatte so gut geklappt. Kurz musste sie an den dummen Streit zurückdenken, bevor sie zu ihrem Kunden aufgebrochen war. Er war so unnötig und unerfreulich gewesen. Sie musste das endlich beenden. Ja, sie würde es beenden!

Auf dem Beistelltisch stand eine kleine Sektflasche, nach der sie jetzt griff, um sich ein Glas einzuschenken.

»Auf dich, Simone«, sagte sie laut und trank einen Schluck. Es machte ihr nichts aus, dass es sonst niemand hörte. Menschen sah sie oft genug in ihrem Beruf.

Ihr Blick glitt über ihr kleines Reich. Das gedämpfte Licht fiel auf die Gemälde an der Wand, auf den honiggelben Fliesenboden und die dazu passenden Vorhänge am Fenster, wo ihre Orchideen leuchteten. Es war ein schönes Haus, das sie jetzt seit fast vier Jahren bewohnte. Nur manchmal dachte sie noch daran, dass sie sich wohl eher für das Haus des alten Douglar entschieden hätte, der so unerwartet verstorben war, wenn es damals zum Verkauf gestanden hätte. Das wäre ein Projekt ganz nach ihrem Geschmack gewesen – eine komplette Sanierung, ein Jacuzzi mit Blick ins Var-Tal, eine Ausstattung genau in den Materialien und Farben, die ihr gefielen. Alles neu gestalten zu können, ohne auf irgendetwas Rücksicht nehmen zu müssen. Ja, das hätte ihr gefallen.

Wie so oft, wenn sie es sich nach einem langen Arbeitstag gemütlich gemacht hatte, nahm sie ihr Handy, um noch ein wenig mit Rosalie zu plaudern. Hoffentlich war sie noch wach.

Denn die letzten Tage waren wirklich ziemlich aufregend gewesen, und auch wenn sie noch nicht alles verraten konnte, so hatte sie doch das Bedürfnis, mit jemandem darüber zu sprechen. Mit einer solchen Überraschung hatte nun wirklich niemand rechnen können.

Als Rosalie sich tatsächlich meldete, huschte ein zufriedenes Lächeln über Simones Gesicht. Jetzt war der Abend perfekt.

»Rosalie, wie schön, deine Stimme zu hören. Es ist unglaublich, aber ich habe vielleicht das große Los gezogen«, sprudelte es aus ihr heraus, noch bevor Rosalie etwas sagen konnte. Geteilte Freude war doppelte Freude. Ihre Finger umschlossen das kühle Sektglas. »Ich freue mich schon auf dein Gesicht, wenn alles geklärt ist. Und dann lade ich dich zum Essen ein.«

Rosalie lachte. »Spielst du mal wieder die Geheimnisvolle? Ein Haus in bester Lage ergattert?«

»Möglich.« Simone schmunzelte.

»Die verschollene Skulptur eines berühmten Künstlers in einer Scheune entdeckt?«

»Vielleicht.«

»Ein neuer Freund?«

»Puh.« Simone lachte. »Das wäre schön. Nein, frag nicht weiter. Du erfährst es als Erste, wenn es so weit ist, das verspreche ich dir.«

Sie redeten noch eine Weile über dies und das, bis Simone bemerkte, dass Rosalies Stimme immer müder klang.

»Du Arme, da plaudere ich vor mich hin und halte dich vom Schlafen ab. Ich mache jetzt lieber Schluss und melde mich, wenn ich mehr weiß, *d'accord*?«

»*D'accord*. Ich kann es kaum erwarten. Schlaf gut, meine Liebe, *bonne nuit*«, sagte Rosalie, dann legte sie auf.

Träge erhob sich Simone und legte das Handy auf den kleinen Sekretär. Sie räkelte sich und blickte durch die große Terrassentür in den Garten hinaus. Der Mond spiegelte sich im glitzernden Wasser des Pools. Der Anblick bezauberte sie so sehr, dass sie die Tür aus einem Impuls heraus öffnete und in die laue Sommerluft der Côte d'Azur hinaustrat. Ein paarmal sog sie tief die von Blütenduft getränkte Luft ein, als sie Schritte auf dem Weg zum Haus hörte.

Sie ging wieder hinein und schloss die Terrassentür hinter sich, um nachzuschauen, wer sich so spät noch auf den Weg zu ihr gemacht hatte.

Es dauerte ein paar Sekunden, bis sie durch die Milchglasscheiben hindurch die Gestalt erkannte, die dort vor der Tür stand.

Sie zögerte kurz, bevor sie öffnete. Trockene Blütenblätter trudelten in den Flur.

»Du bist es! Ich wollte gerade ins Bett gehen.«

Kurz ging ihr der Gedanke durch den Kopf, wie sonderbar es war, dass die Geranien in ihren steinernen Töpfen im Licht des Mondes so düster wirkten, obwohl sie doch so üppig blühten.

Kapitel 1

Hugo Martin liebte den Morgen.
Er liebte die Stunde, in der sich das Sonnenlicht wie eine goldene Decke über die Pinienwälder legte. In der die Luft noch klar war und doch schon so warm, dass er den Duft der wilden Rosmarinbüsche riechen konnte, die seinen Spazierweg säumten. Er war bereits auf dem Rückweg über den malerischen Pfad, der von Le Broc aus am Hang entlangführte. Die Burg, die über dem kleinen Dörfchen Carros thronte, in dem er lebte, schimmerte hier und dort bereits durch die Bäume. Der Blick in das breite Tal des Var, der seinen Weg ins Mittelmeer nahm, war ebenso beeindruckend wie der Anblick der dunstverhangenen Seealpen. Das Rauschen des TGV, der mit frühen Pendlern nach Nizza unterwegs war, säuselte zu ihm herauf.
Ein neuer Tag im Mai begann, so frisch und unschuldig, dass Martin spürte, wie die reine Lebensfreude Besitz von ihm ergriff. So wie bei der Eidechse, die er dabei beobachtete, wie sie sich aus der Bruchsteinmauer herauswagte, um auf die Sonne zu warten. Er schritt forsch aus, hörte den Schotter unter den Sohlen knirschen.
Sicher würde es ein erfolgreicher Morgen werden. Er würde bei Simone vorbeischauen und ihr mitteilen, dass die Madonnenfigur, für die sie sich interessiert hatte, endlich eingetroffen war. Sie war eine seiner treuesten Kundinnen, offen für alles Schöne, Alte und Wertvolle und manchmal auch

für ein wenig Kitsch, was sie für ihn besonders liebenswert machte.

Die Siedlung, in der sie wohnte und die etwas außerhalb von Carros lag, war bereits in Sichtweite. Und obwohl er es doch bereits wissen musste, zuckte er auch dieses Mal zusammen, als die zwei Schäferhunde der Gärtnerei am Eingang der Siedlung hinter dem mit Efeu berankten Zaun auftauchten und zu bellen begannen.

»Ihr auch wieder hier? Wie geht es euch, meine Freunde?«, sagte er schmunzelnd, beschleunigte aber seinen Schritt vorsichtshalber doch ein wenig, während er am Grundstück vorbeiging.

Da waren ihm die Ziegen schon lieber. Amelies alter Hof rückte mit seinen geduckten Gebäuden in sein Blickfeld. Die Fensterläden des Wohnhauses waren noch geschlossen, die Tiere grasten aber bereits auf der Weide. Er liebte Amelies wunderbaren Ziegenkäse, den sie selbst herstellte, wobei ihr Veronique zur Hand ging, die bei Amelie lebte. Veronique, die hier alle Vero nannten, würde schon bald ihren siebzigsten Geburtstag feiern, war aber noch so fit, dass er sich eine gehörige Scheibe davon abschneiden konnte.

Gegenüber erhob sich das früher einmal so imposante, nun aber komplett heruntergekommene Haus des alten Douglar. Dort wohnte seit einiger Zeit ein Kommissar der Kriminalpolizei Nizza, Amelie hatte es ihm erzählt. Ein junger Bursche aus dem Norden. Martin hatte ihn erst ein einziges Mal kurz im Dorfladen zu Gesicht bekommen, wo er sich angeregt mit Madame Mercier unterhalten hatte, die den Laden führte.

Der Feldweg endete, und er bog in die Rue Sainte-Enimie ein, in der Simone lebte. Sie war Frühaufsteherin, genau wie er, und er wusste, dass sie um diese Uhrzeit schon ein paar

Bahnen in ihrem großzügigen Pool gezogen hatte. Er freute sich schon jetzt auf ihren Kaffee, den sie gemeinsam auf der Terrasse trinken würden, umgeben von all den prächtigen Pflanzen in ihrem Garten. Sie hatte vorgestern ganz geheimnisvoll getan, hatte ihm unbedingt noch etwas erzählen wollen, etwas völlig Unerwartetes. Martin pfiff vor sich hin, bis er das Grundstück von Simone Durand erreichte, das niedrige Gartentor öffnete und auf das Haus zuschritt. Der Rasen war ordentlich getrimmt und die Hecken wohl erst kürzlich in Form geschnitten worden. Auf dem Sims, der die hell verputzte Villa umgab, leuchteten ihm Simones üppige Geranien entgegen.

Doch etwas stimmte nicht ...

Fast wäre er über den Keramiktopf gestolpert, der zerbrochen auf dem Weg lag. Ein weiterer rötlicher Topf an der Hausecke teilte sein Schicksal. Die üppigen Blumen waren hinausgefallen, die leuchtend roten Blüten waren bedeckt mit der dunklen Erde, die ihnen zuvor noch so sicheren Halt verliehen hatte.

Als Martin seine Augen von dem traurigen Anblick abwendete und aufblickte, fuhr es ihm eiskalt durch die Glieder.

Er sah direkt in Simones Augen. Sie lag mit angewinkelten Armen auf dem Bauch, das Gesicht zu ihm gewandt, auf den Granitplatten direkt vor der Haustür. Die kleine rote Lache, die sich unter ihr gebildet hatte, umfloss eine einzelne Geranienblüte. Martins Herz drohte zu zerspringen, als er sich über sie beugte.

»Simone?«, rief er. Es kostete ihn Überwindung, ihren Unterarm zu berühren, der sich kalt anfühlte. Dann tastete er nach ihrem Puls – und spürte nichts. Simone war tot, daran konnte es keinen Zweifel geben.

Unwillkürlich sah er zum ersten Stockwerk der Villa hinauf. Dort gab es keine Fensterbank, von der einer der Töpfe hätte fallen können. Nicht mal ein Fenster. Mein Gott, was war hier nur geschehen?

Unruhig blickte er sich um. War vielleicht noch jemand in der Nähe? Doch er entdeckte nichts als die Schmetterlinge, die arglos um einen Sommerflieder tanzten, der bereits blühte. Das Grundstück lag still da, als wäre nichts geschehen, nur die Haustür stand einen Spalt weit offen. Für einen kurzen Moment verspürte er den Drang, das Haus zu betreten, als wäre dies alles nicht geschehen. Aber dann holte ihn der Anblick des leblosen Körpers in die Realität zurück. Er musste die Polizei informieren!

Und so kniete er sich neben den toten Körper seiner Freundin. Er würde hier bei ihr bleiben, bis jemand kam, um sich um all dies zu kümmern. Dann holte er mit zitternden Fingern sein Handy hervor und wählte die 17.

*

Kommissar Georges Valjean schloss genüsslich die Augen. Die Socca war heiß und knusprig, der schwarze Pfeffer kitzelte an seinem Gaumen. Der kleine Pfannkuchen war das Tüpfelchen auf dem i seiner Zufriedenheit. Valjean war gut gelaunt, ja, auf eine seltsame Art glücklich. Was sollte er sagen? Nizza war einfach grandios, jedenfalls das, was er bisher gesehen hatte. So viel schöner als das verregnete Arras im hohen Norden. Er hatte sich verliebt. Und das, obwohl sein Herz vor nicht allzu langer Zeit erst gebrochen worden war. Julie, mit der er sich eine goldene Zukunft in Arras erträumt hatte, war mit einem anderen davongegangen. Und so war er nicht unglücklich gewesen, als er einige Zeit später die Möglichkeit erhielt, sich hierher versetzen zu lassen. Es hatte ihn aus seinen trüben Gedanken gerissen.

Manchmal dachte er noch daran, wie schön es jetzt wäre, wenn Julie all das mit ihm gemeinsam erleben könnte. Die Spaziergänge unter dem unglaublich blauen Himmel über den Strand des türkisfarbenen Meers, das seine Wellen an den Kieselstrand warf und dessen Rauschen er auch in diesem Moment hörte.

Die Strandpromenade mit dem hellen Pflaster zog sich an der halbmondförmigen Engelsbucht entlang. Jogger, Radfahrer, Touristen waren dort auch an diesem Morgen unterwegs. Die Palmen verliehen der Stadt ein tropisches Angesicht, vor allem in Richtung Hafen, wo die Felshänge unvermittelt aus dem Boden wuchsen. Der Kalkstein leuchtete in der Sonne, die auch das Meer glitzern ließ. Verträumt schaute er einer Fähre hinterher, die den Hafen Richtung Korsika verlassen hatte, während er das letzte Stück seiner Socca aus der Pappschachtel nahm und sich dann die Finger an der Serviette abwischte.

Diese kleinen Inseln der Ruhe in seinem Arbeitsalltag als Kommissar bei der Polizei waren ihm inzwischen heilig. Sie halfen ihm, besser mit all den unschönen Dingen zurechtzukommen, die sein Beruf mit sich brachte. In Arras hatte er die traditionellen, kleinen Lebkuchenherzen geliebt, die Socca würde jetzt ihren Platz einnehmen.

Doch jetzt musste er sich auf seine nächste Aufgabe konzentrieren, die ihn hierhergebracht hatte. Er war auf dem Weg nach Gambetta, wo es zwei Nächte zuvor vor einer Kneipe eine Auseinandersetzung unter jungen Männern gegeben hatte. Die beunruhigten Anwohner hatten von Schüssen berichtet, die angeblich gefallen waren.

Mit der Welt im Reinen ging Valjean durch einen von Säulen getragenen Durchgang zwischen den ehemaligen Fischerhäuschen zur Cour Saleya zurück, wo die Rufe einiger

Händler vom Markt widerhallten. In der Tiefgarage warf er die Pappschachtel in einen Mülleimer, bezahlte die Parkgebühr – an deren Höhe er sich noch gewöhnen musste – und verließ das Parkhaus schließlich über die Promenade des Anglais nach Westen. Ein Flugzeug löste sich auf dem nahe gelegenen Flughafen wie eine schwere Hummel von der Landebahn. Als er auf den Boulevard Francois Grosso abbog, begleiteten ihn das Geräusch hupender Autos und das Rattern von Presslufthämmern. Fünfstöckige Reihenhäuser, Geschäfte, Baustellen überall und dann in einer Nebenstraße überfüllte Mülltonnen und geparkte Motorräder, Wäsche auf eintönigen Balkonen. Das war die andere Seite von Nizza.

In Gambetta angekommen, parkte er im Halteverbot gegenüber der besagten Kneipe. Auf einem Schild über der Tür prangte in leuchtend roten Buchstaben der Name »Lollo Rosso«. Jetzt, wo sich alles wieder ein wenig beruhigt hatte, wollte er den Wirt Michele Caroche zu der Sache noch einmal befragen. Vielleicht steckte ja doch mehr dahinter. Er klopfte fest an die Tür, soweit es das Sicherheitsgitter zuließ.

»Hallo? Kommissar Valjean, Polizei Nizza! Ist jemand zu sprechen?«

Eines der Fenster im ersten Stock öffnete sich, und ein Mann mit verschlafenem Gesicht schaute hinaus. Er trug ein T-Shirt, das so aussah, als hätte er damit die ganze Nacht am Zapfhahn gestanden. Reste von Rasierschaum auf seiner Wange zeugten davon, dass Valjean ihn bei der morgendlichen Toilette überrascht hatte.

Valjean hielt seinen Ausweis in die Höhe, auch wenn der Mann ihn aus der Entfernung nicht lesen konnte.

»Hier gab es vor zwei Nächten einen Zwischenfall, Anwohner haben sich bei uns gemeldet.«

»*Mon Dieu!*«, sagte der Mann und verdrehte die Augen.

»Sie meinen die paar Halbstarken, die hier den dicken Mann markiert haben? Ich dachte, das hätte sich erledigt. Wissen Sie, das ist keine einfache Gegend.«

»Ja, das ist mir klar, genau deshalb ist es ja wichtig, dass wir ein Auge darauf haben. Vielleicht können Sie mir ein wenig weiterhelfen«, sagte er freundlich. »Kennen Sie die Jungs?«

»Nein, die Störenfriede nicht, die waren fremd hier. Aber ich habe ein paar junge Stammgäste, die wollten sich nicht den Schneid abkaufen lassen und sind raus zu den Typen. Ich sag denen immer, macht das nicht, haltet euch da raus, aber Sie wissen ja, wie das ist ...«

»Sie meinen, die Unruhestifter kamen nicht von hier, sind durchs Viertel gezogen?«

»Genau. Und meine Jungs sind dann raus, als die draußen Randale machen wollten.«

»Und es sind Schüsse gefallen?«

Der Mann lehnte sich auf die Ellbogen. »Ja, zu viele von den Jungs haben jetzt Gaspistolen, ich dulde das hier nicht, aber es kommt immer mal wieder vor ... Ich war drinnen, als es knallte. Bin dann direkt raus, da waren so vier, fünf Typen, die von hier und die anderen. Aber die Anwohner hatten wohl schon die Polizei gerufen. Als sie die Sirenen gehört haben, waren sie natürlich sofort weg. Und meine Jungs hatten keine Gaspistolen, dafür leg ich meine Hand ins Feuer.«

»Vier, fünf Männer also. Und worum ging es bei der Sache? Waren da Drogen im Spiel?«

Das Gesicht des Mannes wurde hart. »Nein, nichts dergleichen. Ich dulde keine Drogen. Nicht in meiner Kneipe.«

»Und keine Video-Überwachung?«

Der Wirt winkte schnaufend ab.

»Ich stecke Ihnen meine Karte in den Briefkasten. Wenn Ihnen noch etwas einfällt und vor allem, wenn Ihre jungen

Stammgäste wieder auftauchen, geben Sie mir bitte sofort Bescheid. Vielleicht können wir gemeinsam etwas dafür tun, dass diese Typen hier nicht mehr auftauchen.«

Diesen Laden wollte er sich unbedingt auch mal bei Nacht ansehen. Denn dann war Nizza strahlend, bunt, lebendig und ein wenig verrucht, gerade in Gambetta. Das war sicher eine interessante Abwechslung zu dem ruhigen Leben in dem kleinen Dorf, in dem er sich einquartiert hatte, so schön es dort auch war, wenn tausend Sterne am Himmel schienen. Er warf seine Visitenkarte in einen Schlitz an der Tür und bedachte eine hübsche junge Frau, die achtlos eine Kaugummiblase platzen ließ, mit einem galanten Lächeln. Dann stieg er ins Auto und fuhr zur Avenue du Marechal Foch zurück. Nizza war einfach grandios.

*

Vor seiner Bürotür kam ihm auf quietschenden Sohlen Inspektor Ballard entgegen, er schnipste mit den Fingern und sah aus wie ein großer, etwas beleibter Schuljunge. Valjean hatte Ballard vom ersten Tag an gemocht. Er arbeitete gründlich und hatte einen wachen Verstand, und er hatte dafür gesorgt, dass Valjean sich schnell an seinem neuen Arbeitsplatz zu Hause gefühlt hatte. Aber heute schien es ihm, dass Ballard nicht ganz so zufrieden wirkte wie sonst.

»Georges, gut, dass du da bist«, schnaufte sein Kollege, ehe Valjean in seinem Büro verschwinden konnte.

Bildete er sich das nur ein, oder war seine Aussprache heute ein wenig undeutlich?

»Wir haben eine Tote im nördlichen Bezirk! Sie ist erschlagen worden, so wie es aussieht.«

Valjean war sofort hellwach.

»Es tut mir wirklich leid, aber du musst alleine hin«, sagte Ballard, und er nuschelte in der Tat. »Ich habe grausame Zahnschmerzen und glücklicherweise direkt einen Termin bei meinem Zahnarzt bekommen …«

»Wo genau?«

»Bei Dr. Bouchard in der Rue …«

»Patrice …, ich meine die Tote … wo ist es passiert?« Valjean lächelte amüsiert und sah jetzt auch, dass Ballards Wange geschwollen war.

»Ach so, die Tote … Sie ist vor ihrem Haus in Carros erschlagen worden, das ist so ein kleines Kaff …«

Valjean erstarrte kurz, und sein Kollege sah ihn verblüfft an. Dann legte er den Kopf schief. »Sag mal, wohnst du nicht dort?«

»Ja, in der Tat, so ist es«, sagte er. Sein Chef hier in Nizza, Commandant Douglar, hatte ihm angeboten, vorübergehend in dessen Elternhaus zu ziehen, das gerade von zahlreichen Handwerkern renoviert wurde, bis er etwas anderes gefunden hatte. Er hatte sich sehr darüber gefreut, da er tatsächlich so schnell keine bezahlbare Wohnung im unglaublich teuren Nizza gefunden hatte. Und dann war Douglar kurzentschlossen zu einem Kurzurlaub aufgebrochen.

Ausgerechnet in diesem winzigen Ort war also eine Frau gewaltsam zu Tode gekommen.

»Ja, kein Problem. Geh ruhig, ich kümmere mich darum.« Er lächelte seinem leidgeplagten Kollegen zu. »Sieh zu, dass du bald wieder fit bist.«

»*Bon*, das mache ich. Das Anrufprotokoll liegt auf deinem Tisch, die Adresse steht dabei. Die Spurensicherung und der Doktor sind schon unterwegs.«

»*Merci*, und halt dich tapfer.«

Nachdem sein Kollege gegangen war, überflog Valjean

kurz das Protokoll des Notrufs. Ein gewisser Hugo Martin, ebenfalls ein Bewohner von Carros, hatte die Leiche gefunden, als er seine Bekannte besuchen wollte.

Valjean trat vor das Waschbecken in seinem Büro, um noch einen kurzen Blick in den Spiegel zu werfen, bevor er sich doch tatsächlich in diesem Dorf, in das er gerade erst gezogen war, mit einem Todesfall befassen musste. Er zupfte sein Hemd zurecht, war ansonsten zufrieden mit dem, was er im Spiegel sah. Schnell schob er eine dunkle Locke aus der Stirn, um sich dann auf den Weg zu seinem ersten größeren Fall in seiner neuen Heimatstadt zu machen.

Zehn Minuten später steuerte er sein geliebtes rotes Cabrio, einen Citroën DS3, der ihm stets treu zur Seite gestanden hatte, über die A8. Die Landschaft war hier derart hügelig und zerrissen, dass es eine Ewigkeit gedauert hätte, den Weg auf Landstraßen zurückzulegen. Und so fuhr er zuerst ein gutes Stück nach Norden, bevor ihn die Straße wieder Richtung Süden führte. Wie einfach war es in Arras gewesen, von A nach B zu gelangen. Schnurgerade und vor allem leere Straßen.

Er entschied sich, auf der linken Seite des Var Richtung Norden zu fahren, um dem hektischen Verkehr auf der parallel verlaufenden Route de Grenoble mit seinen Gewerbegebieten und Supermärkten zu entgehen. Valjean ließ das Fenster einen Spalt hinunter und sog die warme, würzige Luft ein. Der Var strömte breit und quirlig in Richtung Mittelmeer. Ob man hier angeln konnte? Vielleicht eher flussaufwärts, dort, wo der Var noch ein klarer Bergfluss war.

Valjean hielt sich nicht gerade für einen Naturburschen. Nur das Angeln hatte es ihm angetan. Es war das Hobby seines Großvaters gewesen, der an den kleinen Seen im Pay d'Artois und an der Somme sein Revier gehabt hatte. Als Kind und Jugendlicher hatte Valjean ihn oft begleitet. Manchmal hatte er als Junge vor dem Nachtangeln in einem Café eine Tasse heißen Kakao von seinem Opa spendiert bekommen. Wie lange war das her? Unwillkürlich kam ihm in den Sinn, dass er in der letzten Nacht vom Belfried von Arras, dem Glockenturm, geträumt hatte, am Abend von Scheinwerfern geheimnisvoll beleuchtet. Von der kühlen Nachtluft und der Weite hatte er geträumt, vom Nebel über den Äckern.

Doch hier erstreckten sich im Tal die grünen Felder und Obstwiesen im Licht der hellen Sonne, bevor die mit Pinien, Ginster und unzähligen Häusern bedeckten Hänge wieder anstiegen. Je weiter er ins Hinterland fuhr, umso schroffer wurden die Berge in der Ferne, fremdartig, fast abweisend. Vorgestern Morgen hatte er von seiner Terrasse aus doch tatsächlich die weißen Spitzen der Alpen sehen können.

Nach einer halben Stunde Fahrt befand er sich schließlich kurz vor Carros und warf einen Blick auf sein Navi.

Zum Teufel, die Adresse war ihm gleich bekannt vorgekommen! Es war eine Straße direkt in seiner Nachbarschaft. Eine nervöse Anspannung überfiel ihn, und er umklammerte das Lenkrad für einen Moment fester, als die Burg auftauchte, die weithin sichtbar auf dem Gipfel des Hügels thronte. Valjeans Auto rumpelte über einige Bodenschwellen, vorbei an blühenden Oleanderbüschen, beigefarben schimmernden Hauswänden und dem kleinen Dorfladen von Madame Mercier, in dem auch er seine Einkäufe erledigte. Wie so oft stand ein alter Traktor vor dem Laden.

Er wusste inzwischen, dass er Paul Thibaud gehörte, einem der Dorfbewohner, den hier wirklich jeder nur mit seinem Vornamen ansprach. Er verdingte sich hier und da als Gelegenheitsarbeiter. Gerade trat er in dreckigen Gummistiefeln aus dem Laden und hielt ein Sixpack belgischen Biers in der Hand, unter dem Arm ein Baguette. Paul erkannte ihn offensichtlich, denn er winkte ihm einladend mit dem Bier zu. Valjean winkte zurück. Paul in seiner etwas verschrobenen, aber gutmütigen Art hatte sich als erster Bewohner von Carros bei ihm vorgestellt und gefragt, ob er ihm gegen ein kleines Entgelt beim Umzug behilflich sein konnte. Doch zu Pauls Bedauern hatte er ihm sagen müssen, dass das Umzugsunternehmen schon ganze Arbeit geleistet hatte.

Überhaupt schienen die meisten Dorfbewohner nett und umgänglich zu sein. Und auch wenn er hier nur vorübergehend lebte und hoffentlich schon bald eine passende Wohnung in Nizza finden würde, hielt er es in seinem Beruf für hilfreich, ein gutes Verhältnis zu den Menschen zu pflegen.

Valjean ließ das Hauptdorf hinter sich und fuhr noch einige Serpentinen hinauf, hoch und immer höher, durch schattigen Pinienwald. Als er an der Bushaltestelle vorbeifuhr, überquerte die alte Madame Lefebre gerade die Straße, die gemeinsam mit seiner Nachbarin von gegenüber eine kleine Ziegenkäserei betrieb. Alle hier nannten sie Vero. Auch sie winkte Valjean freundlich zu. Für ein paar Stunden in der Woche kam sie zu ihm, um sich um seinen Haushalt zu kümmern, soweit das in dem Chaos der Renovierungsarbeiten möglich war. Ihr fast vollständig ergrautes Haar ließ sich kaum in einem Knoten bändigen und stand immer ein wenig wirr vom Kopf ab. Wahrscheinlich war das schon so gewesen, als sie noch ein junges Mädchen gewesen war, ein hübsches junges Mädchen, wie man auch heute noch erkennen konnte.

Er bremste und hielt neben ihr an, um das Fenster herunterzulassen.

»Madame, soll ich Sie mit hinaufnehmen?«

»Oh, Monsieur Valjean, das wäre wirklich wunderbar.«

Sie öffnete die Tür und schob ihren drahtigen Körper auf den Beifahrersitz. Unter der leichten Jacke trug sie noch ihre Schürze. Nachdem sie auch ihre volle Einkaufstasche ins Innere gezogen hatte, schloss sie die Tür, und sie fuhren über eine steile Kuppe in die Siedlung am Berghang hinein.

»Soll ich Ihnen heute Abend etwas kochen, Monsieur?« Madame Lefebre sprach wie ein kleiner Spatz, zwitschernd, schnell und leise. Und auch wenn sie manchmal ein wenig verwirrt und ängstlich wirkte, hatte Valjean doch das Gefühl, dass ihr Verstand noch hellwach war.

»Nein, ich weiß nicht, ob ich da bin. Aber vielen Dank, das ist sehr nett von Ihnen.«

»Ist es etwas Wichtiges, Monsieur?« Madame Lefebre beugte sich vor und musterte ihn mit ihren lebendigen Augen.

»Nun ja, Madame. Ich bin beruflich unterwegs.«

Madame Lefebre schwieg, und als Valjean sie ansah, bemerkte er, dass ihr Gesicht blass geworden war.

»Hier in Carros?«, fragte sie.

Er nickte. »Ich wollte Sie nicht ängstigen«, versuchte er zu erklären.

»Ja, ich verstehe. Sie machen nur Ihre Arbeit. Aber ...« Sie stockte. »Aber was ist denn geschehen?«

»Das darf ich Ihnen nicht sagen, aber ich denke, das wird bald ... nun ja, im Dorf herum sein, oder?« Er zwinkerte ihr zu, und sie errötete leicht. Schnell stieg sie aus und verabschiedete sich.

Nur hundert Meter entfernt standen ein Streifenwagen sowie der unauffällige Bulli der Spurensicherung. Und wohl auch ein paar Nachbarn, aber das war zu erwarten gewesen. Er fuhr näher an das Haus heran und stellte den Motor ab.

Der hagere, braungebrannte Mann, der mit gekreuzten

Armen an einer Mauer lehnte, war Mr. Wordish, ein Engländer, der schon länger hier lebte. Ein älteres Ehepaar, das er noch nicht kannte, redete auf ihn ein, und eine junge Frau in einem wallenden Kleid blickte sich zu ihm um. Ihr dunkler Zopf fiel ihr auf den Rücken, ein paar wilde Strähnen umrahmten ihr hübsches, ovales Gesicht. Amelie Chabrol, seine reizende Nachbarin mit den Ziegen, die er hier allerdings das erste Mal in einem Kleid sah und nicht wie sonst in Latzhose, die sie immer trug, wenn sie mit ihren Tieren arbeitete. Valjean öffnete die Tür und vernahm das Tuckern eines alten Traktors, der sich näherte. Paul – wie konnte es auch anders sein.

Schmunzelnd stieg Valjean aus und schloss die Tür seines Citroëns. Kurz nickte er seiner Nachbarin zu, als er an ihr vorbeiging, wobei er sich unwillkürlich an den Geruch des frischen Brotlaibs erinnerte, den sie ihm zusammen mit einer Schale Salz zum Einzug vorbeigebracht hatte, um ihn, auch im Namen der Nachbarn, willkommen zu heißen. Und er musste immer noch grinsen, wenn er daran dachte, dass eine ihrer frechen Ziegen das Brot vom Gartentisch stibitzt hatte, kaum dass sie gegangen war.

Er nickte einem Sergeanten zu, der das Absperrband für ihn hob. Diese schmucke zweigeschossige Villa, vor der er hier stand, war das Sinnbild des Friedens und der Ruhe. Üppige Geranien schmückten die eine Wand des Hauses, das Wasser im Pool schimmerte und stand in einem malerischen Kontrast zu der sattgrünen Rasenfläche, über die der Täter gegangen sein mochte. Er hatte seine Fußabdrücke vielleicht im Gras hinterlassen, er hatte den Frieden beschmutzt. Valjean ging weiter, vorbei an einem zerbrochenen Übertopf, neben dem verwüstete Geranienpflanzen lagen. Und dann sah er, hinter der Hausecke, die Frau, die in einer unnatürlichen

Stellung auf dem Boden lag, eingehüllt in den cremefarbenen Stoff ihres Negligés, das im Sonnenlicht seidig glänzte. Eine Blutlache war unter der toten Frau getrocknet. Er beugte sich zu ihr hinab und verscheuchte ein paar Fliegen, die sich bereits am Blut gütlich taten.

Der Pathologe, der neben der Leiche stand, stellte sich kurz vor. Dann zog er die Latexhandschuhe aus.

»Simone Durand, siebenunddreißig Jahre, Immobilienmaklerin«, sagte er sofort. »Todesursache ist ein Schlag auf den Hinterkopf, mit einem stumpfen Gegenstand. War wohl einer dieser schweren Übertöpfe«, er deutete auf den Boden. »Wir haben dort Blut und Haare der Toten gefunden.« Der Pathologe packte gelassen seine Sachen in einen Koffer. Dann wies er auf einen anderen Übertopf der gleichen Art, in dem die Geranien sich noch in ihrer ganzen Pracht zeigten. »Das ist nämlich beste Ware aus Anduze, falls Ihnen das etwas sagt.«

»Aha«, sagte Valjean, ohne zu wissen, wovon der Mann sprach.

»Aus dem Norden also«, murmelte der Pathologe und sah ihn mit schief gelegtem Kopf an, als müsste er sich erst eine Meinung bilden.

»Ganz recht. Beste Ware aus Arras«, antwortete Valjean im unverfälschten Dialekt des Nordens. »Zeitpunkt des Todes?«, fragte er dann.

»Zwischen 22.00 Uhr und kurz nach Mitternacht würde ich schätzen.«

»Genaueres nach der Obduktion?«, fragte Valjean.

»Ganz recht.« Der Pathologe grinste. »Grüßen Sie mir den Norden. Ich habe in Arras eine Weile Jura studiert.«

»Mach ich gerne«, versprach Valjean. Er bückte sich und berührte den seidigen Stoff des Negligés der Toten.

Durch ein Fenster sah er, dass im Inneren Fotos vom Tatort gemacht wurden. Nachdem er sich den Plastikschutz über die Schuhe gezogen hatte, betrat er das Haus. Im Windfang blickte ihm eine Terrakotta-Skulptur entgegen, die er als ein Werk von Diane Painson identifizierte. Er war zwar kein Kunstexperte, aber die Werke dieser jungen, aufstrebenden Künstlerin gefielen auch ihm.

Dann ging es zwei Stufen hinunter in den Wohnbereich, wo zwei Forensiker bereits die Fingerabdrücke von Türklinken, Tischen und Schränken nahmen. Im Salon, in dem sich Möbel in dunklem Holz von den weißen Wänden abhoben, überraschten ihn vor allem die Details in der Einrichtung. Skulpturen in unterschiedlichen Stilrichtungen waren geschickt im Raum platziert und verliehen ihm eine solche Lebendigkeit, dass er die Persönlichkeit von Madame Durand zu spüren schien. Drei moderne Skulpturen aus hellem Stein und Bronze in geschwungenen organischen Strukturen gefielen ihm besonders und standen in einem ungewöhnlichen, aber gelungenen Kontrast zu den älteren Landschaftsgemälden und Porträts an der Wand. Auf einer der breiten Marmorfensterbänke standen zahlreiche Orchideen in den unterschiedlichsten Farben und Formen, alle in eindrucksvollen Pflanzgefäßen, jede ein eigenes Kunstwerk für sich. Die Hochglanz-Garten- und Kunstmagazine zeugten davon, dass Madame Durand sich mit beiden Gebieten intensiv beschäftigt haben musste.

»Haben wir die Papiere von Madame? Handtasche, Handy, Geldbörse?«, fragte er einen der Beamten.

Der schüttelte den Kopf. »Nur das Handy, Kommissar, aber nichts von den anderen Sachen. Auch nicht in ihrem Auto in der Garage, einem Porsche Macan. Laut der Nachbarn war sie alleinstehend.«

»Haben Sie den Eindruck, dass Schmuck oder sonstige Wertgegenstände fehlen?«

Der Mann nickte. »Ja, im Schlafzimmer wurde ein Schmuckkästchen aufgebrochen und offenbar geplündert. Es gibt aber nirgendwo Einbruchspuren. Die Alarmanlage war noch nicht eingeschaltet, oder jemand hat sie vor der Tat ausgeschaltet. Ein Kollege meinte, die Skulpturen seien von Nando Alvarez, und jede sicher fünftausend Euro wert.«

Am naheliegendsten war es also, dass hier ein Diebstahl aus dem Ruder gelaufen war. Aber erstaunlicherweise hatten die Skulpturen den vermeintlichen Dieb nicht interessiert.

»War Madame Durand schon zu Bett gegangen?«

»Nein, es war unberührt«, antwortete der Kollege.

»Haben Sie die Kontaktdaten von Hugo Martin für mich, der ja die Dame gefunden hat?«

»Ja richtig, ein Kunst- und Antiquitätenhändler aus dem Ort. Vor gut einer Stunde war das. Er war sehr schockiert, wir haben ihn nach Hause begleitet. Hier ist seine Karte.«

»Merci. Hugo Martin, Carros, Route Jean Natale«, murmelte Valjean, dann fiel sein Blick auf ein gerahmtes Foto, das Simone Durand zeigte. Sie stand vor einer riesigen Yuccapalme und schien sich das halblange blonde Haar aus der Stirn zu streichen, lebendig, offen lächelnd. An ihrem Arm eine teuer wirkende Ledertasche mit roten Applikationen.

Hugo Martin wohnte ganz in der Nähe und hatte sicher geschäftliche Kontakte zu Madame Durand gehabt. Er würde ihm mehr darüber erzählen können, wer Simone Durand gewesen war.

Die Mitarbeiter der Spurensicherung sollten erst einmal ihre Arbeit machen. Er würde morgen noch einmal zurückkommen, um sich alles in Ruhe anzusehen. Als er draußen war, kniete er sich neben Madame Durand nieder und betrachtete sie. Vorsichtig schob er der Toten eine Haarsträhne aus dem Gesicht. Simone Durand war noch nicht abgeschminkt, aber bequem gekleidet und offenbar kurz davor gewesen, sich für das Bett fertig zu machen … das Negligé, darunter ein hauchdünnes Unterhemd. Wer hatte sie dabei gestört? Ein später Besucher vielleicht?

In Gedanken versunken, verließ Valjean den Tatort und zuckte zusammen. Jemand trat ihm auf der Straße in den Weg. Ein nicht mehr junges Gesicht mit einer energischen Nase und blitzenden Augen – die weibliche Hälfte des ihm unbekannten Ehepaares.

»Monsieur Valjean!«

Woher kannte sie seinen Namen?

»Monsieur Valjean, was ist denn nur passiert? Uns sagt ja niemand etwas. Sind wir etwa auch in Gefahr?« Ihre Arme fuhren durch die Luft, und die schrille Stimme bohrte sich in seinen Kopf. Ihr Ehemann, der ein wenig hinter ihr stand, nickte nur, während der Engländer amüsiert zur Seite sah und Amelie Chabrol ihm einen verständnisvollen Blick aus dunklen Augen zuwarf. Paul war inzwischen von seinem Traktor gestiegen und blickte ebenfalls fragend in seine Richtung.

»Meine Herrschaften, bitte gehen Sie heim. Es ist nicht zu befürchten, dass heute noch irgendjemand zu Schaden kommt. Seien Sie versichert, dass wir alles daransetzen, den Tod Ihrer Nachbarin schnellstmöglich aufzuklären. Eventuell werden wir in der Angelegenheit auch noch mit Fragen auf Sie zukommen. Bitte machen Sie sich keine unnötigen Sorgen und lassen Sie die Polizei ungestört ihre Arbeit verrichten.«

*

Hugo Martin hatte sich gerade einen Marc eingegossen und stellte die Flasche zurück ins Buffet. Die dunkle Schranktür quietschte leise, als er sie schloss. Auf dem langen hölzernen Küchentisch, der in den Wohnraum hineinragte, stand die Madonnenfigur, die er für Simone bestellt hatte. Er setzte sich an den Tisch und betrachtete die Porzellanfigur, bewunderte ihre eleganten Formen, die trotz des Alters leuchtenden Farben, den huldvollen Blick der Madonna.

»Was sagst du dazu, Maria? Das hat Simone wirklich nicht verdient. Ich kann immer noch nicht glauben, was da geschehen ist.«

Zut, wieder mal führte er Selbstgespräche, wie so oft seit dem Tod seiner Frau vor fünf Jahren. Es war, als würde das alles noch einmal geschehen, die Trauer, die Verzweiflung, das Gefühl der Einsamkeit. Wer könnte ihn besser verstehen als die Madonna, geübt in Sorge, Trauer und Leid. Arme Simone, es war einfach unfassbar.

Mit dem Glas in der Hand stand er auf und ging unruhig auf und ab, blickte auf das Ledersofa, wusste nicht, ob er sich setzen sollte oder nicht. Das alles ließ ihm keine Ruhe. Wer tat einem Menschen so etwas an? Einer wehrlosen Frau, einfach so, auf diese brutale Weise?

Er trank aus, genoss den wärmenden Schauder, der durch seinen Körper lief, und stellte das Glas auf den Tisch. Eigentlich kochte er sich um diese Zeit ein Abendessen, fast jeden Tag. Denn er liebte es, in der Küche zu stehen und all die guten Zutaten, die ihm von der Natur zur Verfügung gestellt wurden, zu einem köstlichen Essen zuzubereiten. Aber heute Abend wollte sich die Vorfreude auf ein gutes Essen nicht einstellen. Im Kühlschrank warteten Lammkarrees und ein frischer Salat aus seinem Garten, dazu einige erste Frühkartoffeln, die er gestern erst geerntet hatte. Aber nein, nach diesem grausamen Erlebnis war nicht an essen zu denken.

Er sah auf das Grundstück hinaus. Neben dem Gemüsegarten scharrten seine Hühner im Gras, pickten und gackerten ab und zu beruhigend.

»Na, meine Lieben, habt ihr heute Nacht keinen Besuch gehabt? *Bon, très bon!*«

Er seufzte. Das Drahtgatter war intakt, Waschbären und Füchse hatten offenbar inzwischen akzeptiert, dass hier so einfach nichts zu holen war. Er spürte die warme Luft auf der Haut und ließ den Blick von seiner hohen Warte aus über das Dorf schweifen. Die Kirchenglocke im Ort schlug elf Uhr. Die Häuser auf dem Burghügel lagen im Sonnenschein, und die Burg wachte wie gewohnt über die Bewohner. Der Anblick vertrieb die seltsame Unruhe allmählich, die ihn ergriffen hatte. Hier war sein Revier, sein Zuhause, niemand konnte ihm etwas anhaben. Er lebte schon so lange hier, hatte das Haus seiner Eltern mit vierzig Jahren übernommen. Er kannte alle Alteingesessenen und viele der neuen Nachbarn aus England und dem Rest Frankreichs, die hier ihre Häuser gebaut oder alte gekauft hatten. Der Tourismus war Fluch und Segen zugleich, und so blieben manche Carrosser lieber unter sich, als sich ständig neue Namen und neue Gesichter zu merken, die im Dorf auftauchten und wieder verschwanden.

Das Haus des alten Douglar war ein Beispiel dafür. Jetzt war es an den Kommissar aus Nizza vermietet, aber der würde sicher auch bald wieder weiterziehen. Und manchmal ahnten die Carrosser nicht, dass sie selber dazu beitrugen, dass manch einer nicht lange blieb, wenn sie sich verschlossen und abweisend gaben.

Der Sohn des alten Douglar, der Commandant, hatte bestimmt jetzt schon einen Haufen Angebote für sein Haus. Und er musste daran denken, wie Simone ihm davon vorgeschwärmt hatte. Ganz verliebt war sie gewesen in die Lage des Hauses und hatte ihm von ihren Träumereien über einen Umbau erzählt.

Vielleicht hätte sie ihren Traum ja noch wahrgemacht, dachte er, als er sah, wie ein Mann um die dreißig aus einem roten Cabrio stieg und sich das elegante Sakko glattstrich, das er über einem hellen Hemd trug. Selbstbewusst und sicheren Schritts ging er auf Martin zu.

»*Bonjour.* Sie sind Monsieur Hugo Martin, nehme ich an.«

»Ja, da haben Sie recht.«

»Kommissar Georges Valjean aus Nizza. Ich untersuche den Tod der Madame Durand, und mir wurde gesagt, dass Sie die Tote gefunden haben.«

Martin seufzte tief. »Ja, die arme Simone … ich habe gerade noch an sie gedacht …«

Mit einer ausholenden Geste lud Martin den Kommissar ein, ihm ins Haus zu folgen. Er räusperte sich, als Valjean auf einem Sessel Platz genommen hatte.

»Einen Kaffee?«

»Nein, danke.« Der Kommissar strich sich über das wellige dunkle Haar. Sein forschender Blick aus ungewöhnlich braunen Augen spiegelte echtes Interesse und Offenheit. Neugierig betrachtete er die grob behauenen Holzbalken an der Decke.

»Ein Bauernhaus, nicht wahr?«

»Ja, so ist es. Das Haus meiner Eltern. Sie waren Landwirte.«

»Daher die Hühner«, stellte der Kommissar lächelnd fest.

»Vielleicht. Es ist nur ein kleines Hobby von mir. Eigentlich bin ich schon länger in Rente, aber ich handele immer noch ein wenig mit Kunst und Antiquitäten. Kann es einfach nicht lassen.«

»Und Madame war eine Kundin von Ihnen?«

Martin zeigte auf die Madonnenfigur. »Ich wollte sie ihr heute bringen, sie hatte sich so darauf gefreut. Und dann finde ich sie ... in ihrem Blut ... vor ihrem eigenen Haus ... ich weiß gar nicht ...«

»Sie kannten Madame Durand also gut?«, fragte Valjean.

»Ich habe einige Stücke an sie verkauft. Zuletzt ein nettes Gemälde mit einem jungen Mann darauf, in das sie sich verguckt hatte. Hin und wieder benötigte sie auch etwas zur Dekoration in den Häusern, die sie verkaufte, zum Beispiel Vasen, kleine Statuen, Geschirr, so etwas. Auch dabei bin ich ihr gern behilflich ... entschuldigen Sie, war ich ihr behilflich.« Er begann zu erzählen, von den Reisen ins Hinterland, die er oft unternahm, um Raritäten und ungewöhnliches Kunsthandwerk aufzustöbern.

Valjean hörte ihm aufmerksam zu. »Was für ein Mensch war Madame Durand?«, fragte er schließlich.

»Eine nette, offene Person. Aber sie wusste auch, was sie wollte, sie war sehr selbstbewusst. Sie liebte ihr Haus, ihre Kunst, die Orchideen, war überhaupt vielseitig interessiert und hilfsbereit. Sie wohnte seit vier Jahren hier. Das Haus hatte einem Engländer gehört, aber der ging zurück in seine Heimat.«

»Sie war Immobilienmaklerin, wenn ich das richtig sehe?«

»Ja, und sie hat gut verdient mit den Immobilien, keine Frage. Wussten Sie, dass sie durchaus an dem Haus interessiert gewesen wäre, in dem Sie gerade wohnen?«

»Nein, wirklich, das wusste ich nicht. Ja, es ist eine wunderbare Lage, eine fantastische Aussicht. Aber es gibt auch noch einiges zu tun, und es geht nicht so recht weiter, wenn ich ehrlich bin ...«

»Ja, ja, die Handwerker, kein einfaches Völkchen …«, sagte Martin und sah den Heizungsmonteur Bernard Marchal vor sich, wie er ohne große Eile seine Zigarette rauchte.

»Hatte Simone Angestellte?«, fragte der Kommissar.

»Früher hatte sie ein Büro in der Stadt, das wirklich gut lief. Aber irgendwann wollte sie kürzertreten. Und seitdem ihre letzte Angestellte in den Ruhestand gegangen ist, machte sie alles selbst. Sie wollte niemanden mehr einstellen, es lief auch so noch ganz gut.«

»Ich weiß, es muss schlimm gewesen sein, sie dort zu finden. Aber ist Ihnen dennoch irgendetwas Ungewöhnliches aufgefallen? Etwas, das anders war als sonst, nicht ins Bild passte?«

»Die Haustür stand offen. Sonst war alles wie immer. Bis auf die Geranien natürlich …« Martin strich sich über den dichten weißen Bart und erinnerte sich wieder an den blauen Himmel, an das Geräusch des Windes in den Bäumen, an das Rot der Blumen, des Blutes, den glänzenden Morgenmantel.

»Hatte Madame Durand einen Partner«, riss Valjean ihn aus seinen Gedanken. »Verheiratet war sie ja offenbar nicht.«

»Ja, ich glaube, es gab da wieder jemanden. Er war wohl nicht von hier. Sie hat mal so etwas angedeutet, vor einem halben Jahr. Aber sie wollte nicht viel dazu sagen. Ich weiß nicht, wie fest diese Beziehung war. Vielleicht ein Kundenkontakt, aus dem mehr wurde.« Bedauernd hob er die Schultern. Er hatte nie wirklich wissen wollen, mit wem sie sich traf. Das Thema war ihm auf eine seltsame Art unangenehm.

»Ich muss Sie noch fragen, wo Sie in der Nacht zwischen elf und ein Uhr gewesen sind, Monsieur Martin.«

Mit einem erneuten Seufzen senkte Martin den Kopf. »Ich habe einen ruhigen Abend verbracht und bin um elf Uhr ins Bett gegangen. Ich hatte keinen Grund, in der Nacht zu ihr zu gehen, da ich ja heute Morgen mit ihr über die Madonna reden wollte.«

Valjean betrachtete nach seinen Worten die Statue eine Weile. Er kniff dabei die Augen ein wenig zusammen und rieb sich das Kinn. Martin wurde ein wenig unwohl, schließlich hatte er kein richtiges Alibi. Doch dann schlug sich der Kommissar kurz auf das Knie und erhob sich. Erleichtert atmete Martin auf.

*

Die Sonne stand schon im Westen, als Kommissar Valjean in seiner Unterkunft in Carros ankam. Er bog in die kleine Straße ohne Namen ab, die auf den letzten hundert Metern in eine Schotterpiste mündete. Schließlich sah er das alte Bruchsteinhaus mit der hohen Fassade vor sich, das in den Hang hineingebaut war. Der Firmenwagen eines Handwerkers stand noch in der Einfahrt, sodass Valjean den Wagen auf der Wiese daneben parken musste. Er stieg aus und trat in etwas Weiches, das sofort an der Sohle seines teuren Lederschuhs hängen blieb – überall lagen hier diese kleinen braunen Köttel im Gras, die von Amelies Ziegen stammten.

»*Zut!*« Er rieb den Dreck am Gras ab – und hatte das Gefühl, beobachtet zu werden. Er drehte sich um und blickte in zwei gelbliche Augen mit Pupillen, die nicht mehr als zwei schwarze Striche waren. Eine weiße Ziege stand direkt hinter dem Weidezaun und starrte ihn seelenruhig und genüsslich kauend an. Ihr markiertes Ohr zuckte leicht. Die übrigen Artgenossen standen verteilt auf der Wiese und fraßen sich den Bauch voll. Kurz strich er der Ziege über die Nase. Er war hier wirklich auf dem Land, daran gab es wohl keinen Zweifel. Inzwischen hatte er sich jedoch an das Glockengebimmel gewöhnt, das ihn morgens weckte, wenn Amelie Chabrol ihre Tiere auf die Wiese schickte.

Er drehte sich zum kleinen Bauernhof um, der seinem Haus gegenüberlag. Das Schild einer Biobauern-Kooperative prangte an der Hauswand. Weiter hinten sah er Amelie. Sie trug jetzt wieder ihre blaue Latzhose, entfernte eine Leiter von einem Obstbaum und legte sie nach getaner Arbeit ins Gras. Ihr massiger Rottweiler saß neben der Leiter und begann zu bellen, als er ihn sah. Sofort winkte ihm Amelie fröhlich mit der Astschere zu, um dann ihren Hund zu beruhigen. Valjean grüßte freundlich zurück, nahm die Ledertasche und einen Korb voller Unterlagen aus dem Auto und wappnete sich für das Gespräch mit dem Heizungsbauer, der eine neue Gastherme im Haus einbauen sollte. Valjean hatte nicht das Gefühl, dass es mit den Arbeiten irgendwie vorwärts ging, seit die Gastherme endlich angeliefert worden war. Noch immer hatte er kein warmes Wasser, und allmählich wurde er ungeduldig.

Nach einer Weile fand er den Mann rauchend vor der Tür zum angebauten Schuppen, in dem die Anlage untergebracht war.

»*Bonjour Monsieur!* Sind Sie heute ein Stück weitergekommen?«, fragte Valjean höflich.

»Hm«, war die unbestimmte Antwort des Mannes.

»Gibt es denn Probleme?« Natürlich gab es Probleme, es war ein einziges großes Problem mit den Handwerkern hier, dachte Valjean und fühlte Müdigkeit in sich aufsteigen.

»Hm, nun ja …«

Der Mann drückte die Zigarette an der Wand aus und warf den Stummel auf den Boden. »Die Therme ist jetzt da, aber die Ventile … es ist nicht so einfach, wissen Sie …«

»Ich habe immer noch kein warmes Wasser, das ist auch nicht so einfach, wie Sie sich vielleicht denken können«, sagte Valjean. Er wusste wirklich nicht, warum das alles nicht weiterging.

»Ja, ja … das verstehe ich … aber solide Arbeit dauert eben …«

»Nun gut, dann hoffe ich mal, dass ich mir hier nicht eine solide Erkältung hole …«, sagte Valjean, der spürte, dass er hier nicht weiterkam.

Also ging er zurück zum Haus und öffnete das quietschende Gartentor in der niedrigen Mauer, die sich am Grundstück entlangzog. Die verrosteten Zaunelemente zwischen den gemauerten Pfosten liefen in verschnörkelte Spitzen aus und waren mit Efeu überwuchert. Auf dem kurzen Weg zur Haustür achtete Valjean darauf, wohin er trat. Einzelne Bruchsteinplatten waren verschoben oder eingesunken und andere von den Wurzeln der alten Buchsbaumhecke angehoben worden. Er schloss die schöne mit Schnitzereien versehene Holztür auf. Sie war verzogen und ließ sich nur mit einiger Kraft öffnen. In dem kühlen, dämmrigen Flur achtete er darauf, nicht über die Farbeimer zu stolpern, die die Maler dort abgestellt hatten. Der gemütliche Salon war dagegen inzwischen gestrichen, und seine eigenen dunklen Schränke passten gut hierher. Ein altes Sofa mit hölzernen Löwenfüßen hatte Douglar frisch aufpolstern lassen. Und die Aussicht von diesem Zimmer aus war einfach atemberaubend und entschädigte ihn dafür, dass er jetzt schon seit einigen Tagen kein warmes Wasser hatte.

Er legte seine Tasche auf den kleinen Wohnzimmertisch und ging in die Küche, in der es einen schönen alten Gasherd gab. Dort setzte er einen großen Topf Wasser auf, damit er später ein warmes Bad genießen konnte.

Dann legte er sich auf das Sofa, direkt vor dem großen Fenster, das nachträglich fast bodentief in die Wand eingelassen worden war, und nahm den Bericht der Spurensicherung aus der Tasche. Er begann zu lesen, blätterte weiter, versuchte zu verstehen, was vor dem Haus von Madame Durand vor sich gegangen sein mochte.

Doch immer wieder lenkte ihn der atemberaubende Anblick der untergehenden Sonne ab, die die Hänge in der Nähe und die Berge in der Ferne in dieses ganz besondere Licht tauchte.

Die Blätter in seiner Hand wurden schwer, und mit einem Mal fielen sie ihm auf die Brust. Er schloss die Augen.

Plötzlich schreckte ihn ein Krachen aus seinem Schlummer auf. Als würde jemand die Wand mit einem Vorschlaghammer bearbeiten. Den Handwerkern war hier einfach alles zuzutrauen. Er sprang vom Sofa auf und sah gerade noch, wie ein Ziegenbock mit einem großen Satz die Terrassentür rammte! Peng! Dann stand das Tier da, glotzte in die wie durch ein Wunder unversehrte Scheibe und senkte die Hörner erneut. »Halt!«, rief Valjean und öffnete die Tür. Der Bock ging einige Schritte zurück, sah ihn angriffslustig an.

»*Va t'en!* Geh! Geh weg, du Mistvieh!« Ihm ging auf, dass sich das Tier in der Scheibe spiegelte und offenbar einen Rivalen angreifen wollte. Er scheuchte die recht große Ziege mit bebenden Händen zurück. Sie wich ihm ein wenig unwirsch aus und rannte schließlich am Haus entlang, in die Wiese hinein. Er folgte dem Tier über den kleinen Rasen, entlang der Mauer, die das Grundstück am Hang abstützte. Dort sah er, dass der Ziegenbock die Umzäunung umgerissen hatte.

»Amelie?«, rief er zu seiner Nachbarin hinüber und machte sich auf den Weg um die Hausecke. Sie war gerade damit beschäftigt, die Ziegen über den Feldweg zum Hof zu treiben. »Amelie!«

»Georges, was ist denn los?« Sie ließ die Ziegen allein ihren Weg in den Stall finden und kam ihm entgegen, begleitet von ihrem schwarzen Leibwächter auf vier Pfoten. Er konnte keinerlei Emotion im Gesicht des Rottweilers erkennen, doch in Amelies Augen sah er eine leise Belustigung. Mit einer eleganten Bewegung strich sie sich das Haar aus der Stirn.

»Ihr Ziegenbock hätte beinahe auf meinem Sofa gesessen!«

»Sie meinen Jacques? Sie müssen entschuldigen, aber er ist einfach sehr neugierig. Ich hoffe, es ist nichts weiter passiert.«

»Nein, nein, bis auf den Schrecken. Aber der Zaun ist niedergetrampelt, er müsste wieder repariert werden.«

»Oh, das wollte Paul eigentlich schon vorgestern machen. Es tut mir leid.« Sie wirkte ehrlich betroffen.

»Na ja, es ist eben ein vorwitziger Jacques, nicht wahr?«, sagte Valjean und lächelte.

Amelies Miene heiterte sich sofort auf. »Ja, sehr dumm. Wirklich, ich kümmere mich morgen sofort selbst darum. Es ist nämlich nicht ganz einfach, sich mit Jacques das Sofa zu teilen.«

»Hm, ja, das kann ich mir vorstellen«, murmelte er.

»Es ist schlimm, was mit Simone geschehen ist«, sagte Amelie nach einer kurzen Pause. »Man sagt, sie wurde mit einem ihrer Geranientöpfe erschlagen …«

»Woher wissen Sie das?«

Amelie zuckte mit den Schultern und richtete einen Träger ihrer Latzhose, und Valjean konnte nicht umhin zu denken, wie angenehm ihre Figur doch war. »Jeder hier weiß es.«

Der Dorfklatsch. Natürlich. Das hätte Valjean sich auch denken können.

Als er etwas Feuchtes an seiner Hand spürte, zog er sie unwillkürlich zurück. Der Rottweiler fixierte Valjean aufmerksam mit seinen dunklen Augen. Reflexartig trat der Kommissar einen Schritt zur Seite.

»Ich kannte Simone ganz gut, wir haben ab und zu ein paar Gläschen Wein getrunken, hier oder bei ihr. Wir haben uns immer gut verstanden, sie war nett. Und sie war auch eine gute Kundin. Ich mache mir Vorwürfe, dass ich so gar nichts bemerkt habe, wo wir doch fast Nachbarinnen waren.«

»Das sollten Sie nicht.« Ihre braunen Mandelaugen weckten so etwas wie Beschützerinstinkt in ihm, auch wenn er diese Aufgabe wohl getrost ihrem vierbeinigen Freund überlassen konnte.

»Da haben Sie wahrscheinlich recht, aber …« Sie senkte ihren Blick, um ihm kurz darauf direkt in die Augen zu sehen. »Haben Sie sich denn inzwischen ein wenig eingelebt in Ihrem neuen Zuhause?«

»Ja, ich denke, man bekommt schon einen guten Eindruck davon, dass es sehr schön werden wird, auch wenn zurzeit … es ist nicht leicht mit den Handwerkern für mich, wissen Sie.«

»Nicht alle sind hier so.«

»Das sehe ich doch«, grinste er. »Wenn Ihnen doch noch etwas einfällt zu Simones Tod, wissen Sie jedenfalls, wo sie mich finden.«

»So sicher wie die Ziegen.« Sie grinste schelmisch. Er lächelte, nickte kurz. Dann drehte er sich um und ging zum Haus zurück. Als er sich noch einmal umblickte, sah er, wie Amelie in die Hände klatschte, worauf auch die letzten Ziegen, die noch ein wenig verloren auf dem Hof herumstanden, sich auf den Weg zu ihrem Nachtquartier machten. Nur Jacques brauchte eine extra Aufforderung in Form eines Klapses auf sein staubendes Hinterteil.

Die untergehende Sonne beschien immer noch die Berge in der Ferne. Es erinnerte ihn an das Alpenglühen, wie er es aus dem Norden kannte. Rosig angehauchte Wölkchen zogen über den tiefblauen Himmel, und am Horizont boten die Gipfel der Voralpen einen eindrucksvollen Anblick.

Als er schließlich die Haustür öffnete, hatte er das Gefühl, ein türkisches Dampfbad zu betreten. Richtig! Das Wasser auf dem Herd. Schnell eilte er in die Küche, riss das Fenster auf, sodass der Dunst sich schnell lichtete. Der Topf war inzwischen glühend heiß und vollkommen leer. So wie es aussah, würde er sein Bad auf morgen verschieben müssen.

Kapitel 2

»Ich glaube, er hat sich gestern ziemlich über Bernard aufgeregt«, sagte Amelie Chabrol und sah aus dem Küchenfenster. Der Servicewagen des Heizungsbauers stand auch an diesem Morgen in Valjeans Einfahrt, und sie sah, wie der Monteur seinen Werkzeugkoffer aus dem Laderaum holte, nachdem er in aller Seelenruhe sein Brot gegessen und seinen Kaffee getrunken hatte.

Veronique Lefebre beugte sich vor und lugte über Amelies Schulter. »Ah, der hübsche Bernard.« Ihre Augen leuchteten neckisch und waren von vielen kleinen Lachfältchen umgeben. Amelie stellte ihre Kaffeetasse ab und drohte ihr mit dem Finger. »Vero, du bist unmöglich.«

»Darf eine Frau in meinem Alter keine Meinung mehr zu diesem Thema haben?« In einer koketten Geste strich sie ihr graues Haar zurück. Amelie ging das Herz auf. Wenn ihre Mutter doch auch so lebhaft und unkonventionell gewesen wäre wie Veronique. Sie seufzte. »Nein, meine Liebe, bleib so, wie du bist«, sagte sie und lächelte ihre Mitbewohnerin an.

Sie schwiegen. Amelie trank den Kaffee aus. Carlos schnarchte unter dem Tisch, im Takt der alten Küchenuhr, die an der getünchten Wand hing.

»Was hältst du von ihm?« Veronique wies mit dem Kinn zum Haus hinüber.

»Von Bernard, dem alten Tunichtgut?«

»Nein, von Valjean.« Ihre Mitbewohnerin legte den Kopf schief und musterte Amelie aus glitzernden Augen.

»Nun ja«, sagte Amelie. »Auf jeden Fall sieht er gut aus. Und er hätte fast schon mit Jacques auf dem Sofa Händchen gehalten.« Sie kicherte leise.

Das Schnarchen unter dem Tisch verstummte, Krallen klackten über den Holzboden und der dicke Kopf des Rottweilers tauchte vor Amelies Knien auf. Sie kraulte ihn hinter den Ohren, wobei der große Hund genüsslich schmatzte. Im gusseisernen Herd, den sie in der Früh vor dem Melken angefeuert hatte, fielen Holzstücke mit einem Knistern in sich zusammen. Der Morgen war frisch gewesen, ein kalter Wind zog durch die Fensterritzen.

»Ich war gestern Abend noch kurz dort und habe ihm die Wäsche gebracht. Er brauchte außerdem noch Mausefallen, sie haben seine Akten angeknabbert.«

»Hat er noch etwas zu Simone gesagt?«, fragte Amelie.

»Nein, aber wusstest du, dass ich meine Schlüssel zu Madame Durands Haus abgeben musste? Das ist jetzt ein Tatort.«

Ein Kribbeln lief über Amelies Rücken. Tatort – wie sich das anhörte …

»Ob wir hier sicher sind? Was, wenn das ein Typ war, der sich an alleinstehende Frauen heranmacht?« Amelie hatte sich mit Veronique und Carlos an ihrer Seite immer sicher gefühlt, doch etwas war in ihrem kleinen Dorf in Unordnung geraten.

»Wir wohnen neben einem Polizisten, Amelie.«

»Hm, er wird ja nicht mal mit einem Ziegenbock fertig«, gab Amelie zu bedenken und wies auf Valjean, der gerade aus dem Haus kam und seinen Blick konzentriert auf den Boden richtete, während er über den Streifen Wiese ging, auf dem sein Auto parkte. Dann fuhr er davon.

Veronique lachte hinter vorgehaltener Hand. Man sah ihrem lebhaften Gesicht mit den hohen Wangenknochen an, dass sie einmal eine schöne Frau mit vollen Lippen gewesen war.

Sie rutschte ein wenig auf dem Stuhl hin und her. »Kannst du dir vorstellen, wer so etwas macht? Einer von hier? Jemand auf der Durchreise?«

Amelie befiel ein Gefühl der Trauer. »Ich habe keine Ahnung. Simone hatte einen sturen Kopf, aber meistens war sie sehr nett.« Amelie fiel auf, dass sie nicht viel über das Privatleben der Maklerin wusste. Trotz ihrer Offenheit, mit der sie es in ihrem Beruf weit gebracht hatte, wusste sie, was Diskretion bedeutete. »Es ist ein Jammer. Sie wird mir fehlen.«

Amelie schob Carlos von sich. Der Hund trottete in eine Ecke, wo er einen zerbissenen Lederschuh holte und es sich dann vor dem Herd bequem machte.

»Ja, mir auch«, sagte Veronique. »Sie hat mich sehr fair bezahlt. Und es war immer nett bei ihr, sie war freundlich und offen. Es hat mir wirklich Freude gemacht, für sie zu arbeiten.«

»Wann warst du zuletzt bei Simone?«, fragte Amelie.

»Vorgestern. Da war sie wie immer. Mir ist nichts aufgefallen, falls du das fragen wolltest.«

»Hm. Ob es wohl jemand auf die Gemälde oder ihren Schmuck abgesehen hatte?«

Veronique richtete ihren Blick auf die beschichtete Tischdecke mit dem Blumenmuster und knetete ihre Hände. Amelie legte ihre Hand auf die zittrigen Finger der Freundin und drückte sie liebevoll.

»Sie hatte so viele wertvolle Dinge im Haus. Ich hab oft gedacht … Weißt du, Amelie, vielleicht klingt das dumm, aber ich habe Angst, dass mich jemand verdächtigen könnte, wenn etwas fehlt. Wo ich doch so oft bei ihr war … und einen Schlüssel hatte. Du weißt, dass ich so etwas nie tun würde …«

»Aber Vero, wer würde denn auf so eine Idee kommen? Du hast jahrelang für sie gearbeitet. War jemals etwas weg? Sie hat dir hundertprozentig vertraut, wie jeder hier.«

Amelie lächelte ihr aufmunternd zu. Vero arbeitete für das halbe Dorf, putzte und kümmerte sich um leerstehende Ferienwohnungen, manchmal fand sie auch den ein oder anderen Gast für eines der Feriendomizile. Jeder im Dorf schätzte Vero.

In das Geräusch, das Carlos beim Kauen auf seinem Lederschuh verursachte, mischte sich Motorenlärm. Amelie sprang auf.

»Der Milchwagen. Ich muss los. Gräm dich nicht so.« Amelie stellte die beiden leeren Tassen in die Spüle.

Auch Veronique erhob sich und richtete ihren Kittel. »Dann kümmere ich mich jetzt mal um das Haus unseres Kommissars.«

Während der Milchwagen die Edelstahlkannen mit Ziegenmilch leerte, blickte Veronique ihrer Freundin hinterher, die auf Valjeans Haus zuging, den Schlüsselbund in der Hand.

Amelie Chabrol stellte die leeren Kannen in die Milchkammer, froh darüber, heute die Milch abgeben zu können und keinen Käse ansetzen zu müssen. Sie brauchte sich nur um den Käse der letzten Tage zu kümmern, musste die Formen aus der Presse nehmen, Salzlake ansetzen und den fertigen Käse prüfen. Auf dem Hof betrachtete sie mit einem gewissen Stolz ihr kleines Reich, das sie vor drei Jahren von Tante Sophie geerbt und auf Vordermann gebracht hatte. Von ihr hatte sie auch die Liebe zu den Tieren geerbt. Sie war in den Semesterferien immer hierhergekommen und hatte ihrer Tante geholfen. Man munkelte, dass Tante Sophie ein Verhältnis mit dem alten Monsieur Douglar gehabt hatte. Unwillkürlich musste sie an Valjean denken. Hatte das etwas zu bedeuten? Sie grinste. Nein, in diese Fußstapfen ihrer Tante würde sie wohl nicht treten, auch wenn Valjean nicht nur sehr attraktiv war, sondern ihrem ersten Eindruck nach auch außerordentlich liebenswert erschien.

Ihre fünfunddreißig Ziegen grasten auf der Weide, es gab einen geräumigen, luftigen Stall, in dem es nach Stroh duftete, eine Milchkammer, eine vorschriftsmäßig eingerichtete Käseküche, ein alter Landrover stand auf dem Hof und der Verkaufswagen, wo sie unter dem Schleppdach auf den nächsten Einsatz warteten, es gab eine Obstbaumwiese, vier an einen Gärtner verpachtete Grundstücke, die ihr Einkommen absicherten, einen Gemüsegarten, der auch ab und zu etwas zum Verkauf abwarf, und das viel zu große Bruchsteinhaus, in dem sie und Veronique lebten.

Ihre Freundin hatte ihr eigenes Haus, das weit außerhalb lag, ihrem Sohn und seiner Familie überlassen und war zu Amelie gezogen. Es war für sie beide eine großartige Lösung. Veronique war ihr sehr ans Herz gewachsen mit ihrer quirligen und manchmal etwas unkonventionellen Art. Sie hatte ein großes Herz, und oft wusste sie nicht wohin mit ihrer überbordenden Emotionalität. Amelie überlegte außerdem immer mal wieder, ob sie das Obergeschoss ausbauen sollte, um die pittoresken kleinen Zimmerchen dort oben an Touristen zu vermieten. Doch bisher hatte sie sich nicht dazu durchringen können. Sie hatte genug zu tun mit dem Käse, dem Verkauf auf den Märkten im Umkreis, und mit der Instandhaltung von Haus und Hof. Manchmal ging ihr zwar der gute Paul gegen kleines Geld zur Hand, doch das meiste machte sie allein. Der Betrieb lief zufriedenstellend, auch wenn keine größeren Anschaffungen oder Reparaturen dazwischenkommen durften. Vielleicht sollte sie über die Sache mit den Touristen doch noch einmal nachdenken ...

Aber dann dachte Amelie daran, was Simone ihr einmal gesagt hatte. Die Preise für Immobilien in dieser Gegend seien ausgezeichnet, und das würde sich wahrscheinlich nicht so schnell ändern. Diese Option blieb ihr immer noch, wenn sie scheitern sollte. Scheitern? Tante Sophie würde sich im Grabe umdrehen. Nein, das war keine Option. Amelie reckte ihre Schultern und ging, um Schubkarre und Mistgabel zu holen.

*

Valjeans erster Blick nach dem Aufstehen hatte der Mausefalle gegolten, die er gestern sofort aufgestellt hatte, nachdem Madame Lefebre sie ihm vorbeigebracht hatte. Und tatsächlich hatte er eine stattliche Maus gefangen, die sich den Bauch sicher mit Auszügen aus seinen Akten gefüllt hatte.

»Tut mir leid«, sagte er bei dem Anblick des toten Tiers und griff beherzt nach der Falle. Nur mit Boxershorts bekleidet ging er hinaus, löste die Sperre ein wenig und ließ seine Beute in die Mülltonne fallen. Er hoffte, dass er die Falle nicht wieder aufstellen musste.

Eine halbe Stunde später trat er fertig angezogen und erfrischt von einer schnellen kalten Dusche aus dem Haus. Er freute sich auf den Tag und das, was er an neuen Entwicklungen bringen würde.

Er hatte noch am späten Abend die Ordner aus Madame Durands Büro durchgeblättert, war ihre Buchhaltung durchgegangen, verschiedene Immobilien-Exposés, die privaten Rechnungen und die Steuererklärungen. Doch er hatte nichts gefunden, was auf ein finanzielles Motiv hinwies. Er musste sich also auf andere Spuren konzentrieren.

Er betrachtete die Hügel jenseits des Var-Tals. Die weitläufigen Hänge, die sich hintereinander erhoben, waren bedeckt von kleinen Wäldchen und wilder Buschlandschaft, in der hier und da ein heller Felsen aufragte. Darüber schien die Sonne und vereinzelte graue Wolken zeigten sich am Himmel, es war ein wenig kühler geworden. Er rieb sich die Arme, nachdem er seine Aktentasche und den Korb mit den Unterlagen in seinem Wagen verstaut hatte. Das Auto des Monteurs stand wie gewohnt in der Einfahrt, doch es drang kein Geräusch aus dem Heizungsraum, das auf irgendeine Tätigkeit des Handwerkers schließen ließ. Was machte der Kerl da bloß?

*

Die Villa von Madame Durand lag ruhig und friedlich im Morgenlicht. Nur die polizeiliche Versiegelung wies darauf hin, dass hier ein Verbrechen stattgefunden hatte. Er zog das Siegel ab und zögerte. Hoffentlich hatten die Kollegen die Alarmanlage nicht eingeschaltet. Er öffnete die Tür mit dem Schlüssel von Madame Lefebre, die ihm am Abend zuvor berichtet hatte, dass Simone Durand auch ihre Arbeitgeberin gewesen war. Das Display der Alarmanlage im Erker blinkte grün.

Sonnenstrahlen fielen durch eines der Bleiglasfenster und zauberten bunte Muster auf die gefliese Stufe, die zum Wohnraum hinunterführte. Eine Uhr tickte, und die Skulpturen ringsum schienen ihn anzustarren, als fühlten sie sich gestört. Der erste Moment ganz allein im Haus eines Mordopfers, war immer besonders irritierend. Wenn die Leere und die Stille nur noch hervorhoben, dass an diesem Ort etwas Schreckliches passiert war. Das Gefühl der Pietät gegenüber dem Opfer stand in einem unangenehmen Kontrast zu der Neugier, die unweigerlich auch von ihm Besitz ergriff. Dann musste er sich jedes Mal wieder vor Augen führen, dass er weder taktlos noch gefühlskalt war, sondern dass das Eindringen in die Privatsphäre eines Toten zum Täter führte.

Er begann mit seinem Rundgang durch die Küche, die rustikal gehalten war. Und so sauber, als wäre sie nie benutzt worden. *Chapeau*, Madame Lefebre, sie nahm ihren Beruf wahrlich ernst. Der Blick in den Schrank offenbarte ihm eine exquisite Auswahl an Gewürzen und Zutaten: Walnussöl, Pinienkerne, Safran, mehrere Sorten teuren Balsamicos.

In einem recht großen Abstellraum, in dem die Putzutensilien standen und der offensichtlich nicht nur als Vorratsraum diente, sondern auch eine Vielzahl von Deko-Artikeln beherbergte, sah er die Holzfiguren, Vasen, Keramiken und Bilder, von denen Monsieur Martin gesprochen haben musste. Beim Hinausgehen stolperte er fast über einen zusammengerollten Läufer, schloss die Tür und setzte den Rundgang fort.

Als Nächstes betrat er das Büro, in dem der leere Schreibtisch fast deplatziert wirkte und die ausgeräumten Regale die ganze Tragik des Geschehens hervorhoben. Auch der Computer war bereits zur Auswertung abgeholt worden. Die letzten noch im Schrank befindlichen Akten trugen Namen von Straßen und Hausnummern, manche auch von Kunden. Momentan hatte Simone fünf Objekte, die sie aktiv betreute. Das war nicht viel, doch ihre Kontoauszüge ließen erkennen, dass ihr das mehr als ein gutes Auskommen ermöglichte. Die Kollegen würden ihre Immobiliengeschäfte noch genauer unter die Lupe nehmen. Vielleicht gab es einen enttäuschten oder betrogenen Käufer, ein falsches Exposé oder einen Verkäufer, der sich mehr Gewinn erhofft hatte und mit Simone in Streit geraten war.

Privater Schriftverkehr hatte sich im Büro nicht gefunden. Doch im Salon entdeckte er eine Nische, in der ein hübscher Art-Déco-Sekretär stand. Die Kollegen hatten noch nicht alles aufs Revier geschafft. Er blätterte durch die Briefe, die alle älteren Datums waren, bis auf eine Valentinskarte, die von einem gewissen Lucas stammte und keine drei Monate alt war. Die Zeilen darauf waren eindeutig: »Meine süße Simone ...«

Neugierig stöberte er weiter und fand einige Fotos, die einen Mann zeigten, dessen Alter schwer zu schätzen war. Zwischen vierzig und fünfzig, vermutete Valjean, attraktiv, selbstbewusst. Sicher war das der Mann, auf den Martin angespielt hatte. Denn so, wie Madame Durand diesen Mann von der Seite ansah, konnte man vermuten, dass sie ihn sehr mochte. Möglicherweise war er auch der Absender der Valentinskarte. Kurzerhand legte er einige der Fotos in eine Plastiktüte und steckte sie in die Innentasche seines Sakkos.

Schließlich betrat er das Schlafzimmer des Opfers, ein in sanften Farben gehaltener Raum mit einer deutlich weiblichen Note, aber so geschmackvoll und dezent, dass es nicht ins Kitschige abglitt. Leider gaben die Regale, Schubladen und Schränke nur preis, dass Simone zur Nacht gern Biografien und Abenteuerberichte las. Aber dann zog ein Fotoalbum seinen Blick auf sich. Offenbar ein altes Familienalbum. Die Bilder zeigten eine kindliche, fröhliche Simone mit einem kleinen Jungen an der Hand, offensichtlich ihr jüngerer Bruder. Simone im Tennisdress mit einem goldenen Pokal, den sie stolz präsentierte, oder die Eltern mit ihren beiden Kindern am Strand. Ein Foto zeigte sie auf einer privaten Party, im Hintergrund das Pult eines DJs und an der Wand ein Poster von Take That. Simone hatte offenbar ein gutes

Leben gehabt. Sport, Familie, Urlaub – stets war sie lächelnd in glücklichen Momenten abgelichtet worden. Fotos aus dem Erwachsenenalter gab es dagegen kaum. Simone mit einem Diplom in der Hand und dann ein Foto mit einer etwas älteren Frau, die sie umarmte. Als hätte ihr Leben vor zehn Jahren aufgehört und nicht erst vor einem Tag. Vielleicht waren jüngere Bilder auf ihrem Handy. Er seufzte und legte das Album behutsam zur Seite.

Viel hatte die Durchsuchung nicht ergeben, aber immerhin wusste er jetzt, dass es einen Mann in Madame Durands Leben gegeben hatte. Genaueres würde die Auswertung ihres WhatsApp-Accounts und der E-Mails ergeben.

Wenn es hier nicht einfach nur um einen Einbruch ging, bei dem der Täter überrascht worden war, musste es irgendwo einen Menschen geben, der einen gewaltigen Groll gegen das Opfer hegte. Zu brutal war die Tat gewesen – gut möglich, dass sie im Affekt geschehen war. Ein eifersüchtiger Verehrer oder habgierige Verwandte? Das Haus würde sicher zwei Millionen Euro wert sein, und auf ihrem Sparbuch befanden sich dreihunderttausend Euro. Da es keine weiteren Angehörigen zu geben schien, würde all das wohl ihr Bruder erben. Jedenfalls hatten sie kein anderslautendes Testament gefunden. Sie würden sich ihn wohl genauer anschauen müssen.

Bevor Valjean das Haus verließ, drehte er sich noch einmal um. Ihn überkam ganz plötzlich ein seltsames Gefühl. Was würde aus all den Bildern und Skulpturen werden, die Madame Durand über die Jahre gesammelt hatte? Ihre stummen Gefährten im Alltag. Sie blieben zurück. Es erschreckte ihn jedes Mal aufs Neue, wie der Tod eines Menschen auch auf seine Umwelt ausstrahlte, wie alles, was er zurückließ, plötzlich auch wie tot wirkte. Niemand würde sich in der nächsten Zeit an ihnen erfreuen. Er seufzte.

Dann betrachtete er die Wand des Salons, an der die älteren Porträts und Landschaftsbilder hingen, die ihm direkt aufgefallen waren, weil sie einen so gelungenen Kontrast zu den modernen Skulpturen im Raum bildeten. Doch etwas kam ihm seltsam vor. Er konnte den Finger nicht darauflegen, aber er hatte das Gefühl, dass hier irgendetwas nicht stimmte, eine Unausgewogenheit, die er nicht beschreiben konnte. Kurzerhand fotografierte er die Wand, vielleicht würde er später erkennen, was genau ihn hier gestört hatte.

Sofort musste er an Monsieur Martin denken. Er hatte Simone einige der Stücke verkauft. Vielleicht konnte er ihm hierbei helfen. Er hatte zweifellos Ahnung von Kunst – und er kannte die Tote sehr gut und war wahrscheinlich etliche Male in ihrem Haus gewesen, vielleicht hatte er ihr sogar geholfen, die Kunstwerke hier zu arrangieren. Kurzerhand beschloss Valjean, dem Mann einen weiteren kleinen Überraschungsbesuch abzustatten.

*

Am Morgen nach dem grässlichen Fund hatte Hugo Martin auf seinen Spaziergang verzichtet. Er fühlte sich lustlos und ein wenig müde, und die Erinnerung an die Ereignisse des Vortages diente nicht gerade dazu, seine Stimmung zu heben. Um doch noch ein wenig auf andere Gedanken zu kommen, beschloss er hinaus zu seinen Hühnern zu gehen und sich dort um alles zu kümmern.

Während er die Gummistiefel anzog, überlegte er, ob er jemals wieder an Simones Haus vorbeispazieren konnte, ohne an ihren toten Körper zu denken. Aber vor allem weckte dies alles die Erinnerungen an den Tod seiner Frau, so deutlich und unmittelbar, dass er in der Nacht lange wachgelegen hatte. Sie war vor einigen Jahren völlig überraschend an einer Lungenentzündung verstorben, die sich von einem Tag auf den anderen so verschlechtert hatte, dass ihm kaum Zeit geblieben war, richtig von ihr Abschied zu nehmen. Von einer Sekunde auf die andere war es gewesen, als hätte sich eine schwere Decke auf ihn gelegt, und nur mit eiserner Willenskraft hatte er wieder ins Leben zurückgefunden.

Und er spürte, wie dieses Gefühl sich wieder anschlich, als er durch die Hintertür hinausging und die hölzerne Stalltür öffnete.

Ein sanftes Gurren und Gackern klangen ihm entgegen, vertraute sanfte Töne. Als er den großzügigen Stall betrat, in dem auch Futter und Gerätschaften standen, eilten die Hühner sofort auf ihn zu und umringten ihn. Er griff nach einem Eimer mit Futter und verteilte eine Handvoll Körner unter die Hühnerschar. Der Anblick der glücklich pickenden Tiere tröstete ihn. Behutsam trieb er sie schließlich durch die Öffnung hinaus auf die Wiese. Mit ein paar schnellen geübten Bewegungen reinigte er den Boden des Stalls und schaufelte den Mist in die bereitstehende Schubkarre. Dann streute er frisches Stroh auf dem Boden aus und genoss den Geruch, der sich sofort im Stall verbreitete. Schließlich ging er an den Nestern auf den Regalen entlang und sammelte die Eier ein. Einen Teil davon verbrauchte er selber und die übrigen verschenkte er großzügig im Dorf oder gab sie Amelie mit, die sie zusammen mit ihrem Käse auf dem Wochenmarkt verkaufte.

Als er zurück im Haus war, legte er vier Eier auf die Anrichte und den Rest in den Kühlschrank. Dann stellte er den Kaffeeautomaten an und bereitete sich in Ruhe ein Omelett zu. Gibt es etwas Besseres als ein Omelett mit Eiern von den eigenen Hühnern?, dachte er, schnitt ein wenig Schnittlauch von dem Topf am Fenster ab und hackte ihn anschließend klein. Dann schlug er die Eier auf, gab den Schnittlauch dazu und schlug sie kräftig mit Milch auf. Nachdem die Masse in der Pfanne gestockt war, klappte er sie von beiden Seiten um und ließ sie auf den Teller gleiten.

Als er dabei aus dem Fenster sah, bemerkte er, wie sich ein rotes Cabrio dem Haus näherte. Sofort nahm er eine weitere Tasse aus dem Schrank. Nur wenige Augenblicke später saß er mit dem Kommissar auf der Terrasse, und beide hielten eine Tasse Kaffee in der Hand.

»Ehrlich gesagt, ist es nur ein Vorwand, wenn ich Ihnen sage, dass ich gekommen bin, damit Sie das Protokoll Ihrer Vernehmung unterzeichnen können«, sagte Valjean und lächelte sein Gegenüber an, während er ihm die Papiere über den Tisch zuschob.

Martin las das Protokoll seiner gestrigen Vernehmung, während Valjean auf das Dorf hinaussah. Martin unterzeichnete das Papier, das an einer Ecke ein paar Nagespuren aufwies, ohne zu zögern. »Wie kann ich Ihnen denn helfen, Kommissar?«, fragte er und reichte ihm das Formular zurück.

»Ich möchte gern noch mehr über Madame Durand erfahren. Bisher entsteht da für mich kein wirklich klares Bild. Wie gut kennen Sie ihren familiären Hintergrund? Ich habe Fotos gesehen, auf denen sie einen kleinen Jungen an der Hand hält. Ich nehme an, das ist ihr Bruder.«

»Simone hat sich anderen gegenüber nicht so leicht geöffnet, verstehen Sie, daher kenne ich kaum private Details aus ihrem Leben. Wenn ich sie besucht habe, haben wir entweder über Kunst geredet, über das, was uns verband, oder über das Leben im Dorf. Ein bisschen Tratsch und Klatsch. Sie kam ja viel herum. Wir hatten keine Beziehung, wenn Sie das meinen, aber ich mochte sie sehr.« Er schwieg einen

Moment. »Wissen Sie, als meine Frau vor fünf Jahren ganz plötzlich gestorben ist, konnte ich nichts für sie tun. Ich war vollkommen hilflos. Es hat eine ganze Weile gedauert, bis ich mich damit abgefunden hatte, dass was immer ich auch getan hätte, nichts an ihrem Tod geändert hätte. Dieses Gefühl der Hilflosigkeit war für mich das Allerschlimmste. Und jetzt ist Simone tot, und auch ihr konnte ich nicht helfen.« Er blickte auf seine Hände und schwieg einen Moment. »Aber es würde mich freuen, wenn ich wenigstens irgendetwas dazu beitragen könnte, dass Sie ihren Mörder finden.« Abwartend sah er Valjean an.

»Wissen Sie, Monsieur Martin, ich bin mir nicht ganz sicher, aber in Simones Haus ist etwas, das mich irritiert. Genauer gesagt, an der Wand im Salon, an der die alten Porträts und Landschaftsgemälde hängen. Vielleicht könnten Sie mir da tatsächlich helfen. Sie waren oft dort, Sie verstehen etwas von Kunst und kennen die Gemälde vielleicht.«

»Ja, ich denke, das könnte ich vielleicht. Das ein oder andere hat Simone ja auch von mir gekauft.«

Valjean schien nachzudenken, dann nickte er. »Ich möchte noch einmal in Madame Durands Haus zurück, um mir das genauer anzuschauen, vielleicht könnten Sie mich dabei begleiten?«

Einen Moment wurde es Martin ganz mulmig bei dem Gedanken, noch einmal dorthin zu gehen, wo er den Blutfleck auf dem Weg angestarrt hatte. Es war ein ähnliches Gefühl wie damals, als er noch einmal die Kapelle betreten hatte, in der Marie aufgebahrt gewesen war. Doch er hatte seine Hilfe angeboten, nun musste er auch dazu stehen.

»*Bien sûr*, das ist kein Problem.«

Valjean stand auf und wandte sich zur Tür. »Ich melde mich, sobald ich weiß, wann ich dort sein werde. Ich möchte den Mörder von Madame genauso schnell finden wie Sie wahrscheinlich auch.«

Martin hob die Hand zum Gruß und verabschiedete Valjean vor dem Haus. Die Reifen des Citroëns drehten auf dem Schotter kurz durch, als Valjean anfuhr. Nachdenklich scheuchte Martin eine Biene fort, spürte den Wind in den Haaren. Dann ging er entschlossen in den Flur zurück, um seine Wanderschuhe anzuziehen.

*

Als Valjean im Kommissariat ankam, lag auf seinem Schreibtisch bereits der Bericht des Pathologen, der ihm das bestätigte, was sie bereits vermutet hatten. Der Todeszeitpunkt konnte inzwischen genauer angegeben werden: Madame Durand war zwischen 23.30 Uhr und 0.30 Uhr in der Nacht gestorben. Der Übertopf war tatsächlich das Tatwerkzeug. Ansonsten war Madame Durand vollkommen gesund gewesen, ihr körperlicher Zustand entsprach ihrem Alter, sie hatte nie ein Kind zur Welt gebracht und damit keine direkten Nachkommen, ihre letzte Mahlzeit hatte aus Toast, Thunfisch und einem weinhaltigen Getränk bestanden, die Blutwerte sprachen jedoch nicht dafür, dass sie übermäßig Alkohol konsumiert hatte. In ihrer E-Mail hatten sie eine Reservierung für ein kleines Hotel in Vence gefunden. Auf die Nachfrage der Polizei hatte sich herausgestellt, dass Madame Durand ihre Buchung für die Nacht storniert hatte.

Als er soeben den letzten Satz des Berichts gelesen hatte, betrat Ballard das Büro. Valjean hatte beobachtet, wie er einen dunkelhaarigen Mann auf einem der Besucherstühle vor der Tür hatte Platz nehmen lassen. Durch die Scheiben zum Flur betrachtete er ihn nun. Er war ungefähr in seinem Alter und auf eine etwas nachlässige Weise gut aussehend mit seinem ein wenig wirren dunklen Haar und einem Dreitagebart.

»*Bonjour* Patrice, wieder im Einsatz?«, begrüßte Valjean seinen Kollegen, »was macht der Zahn, alles gut überstanden?«

»Ja, danke der Nachfrage, alles bestens«, sagte Ballard der heute wirklich zufriedener aussah.

»Und wen hast du uns da mitgebracht?«, fragte Valjean mit einem Blick in den Flur.

»Das ist Robert Durand, dreiundvierzig, der Bruder des Opfers. Ich habe ihn ausfindig gemacht und über den Tod seiner Schwester informiert. Er wirkte schwer erschüttert, war aber dennoch sofort bereit, hierherzukommen.«

Valjean legte den Bericht zur Seite und betrachtete den Mann erneut. Er trug einen sommerlichen Anzug von guter Qualität, wirkte bedrückt, aber nicht sonderlich nervös.

»Dann lass ihn uns mal reinholen«, sagte er zu Ballard, der aufstand und in den Flur hinaustrat, um Durand in ihr Büro zu bitten.

Nachdem sein Kollege ihm den Besucher offiziell vorgestellt hatte, setzten sie sich an Ballards Schreibtisch und baten Durand, ihnen gegenüber Platz zu nehmen.

»Wir möchten Ihnen unser Beileid aussprechen, Monsieur Durand. Es ist ein sehr tragisches Ereignis«, eröffnete Valjean das Gespräch.

Durand senkte den Kopf und sagte leise: »Vielen Dank.«

»Es ist sehr freundlich von Ihnen, dass Sie so schnell hierherkommen konnten. Sie verstehen sicher, dass es notwendig ist, so bald wie möglich mit allen Personen zu sprechen, die uns Näheres zu Simone Durand sagen können. Wir sind genauso wie Sie daran interessiert, dieses Verbrechen so schnell wie möglich aufzuklären.«

»Es kam alles so unerwartet …«, murmelte Durand, blickte sie kurz an, um dann wieder zu verstummen.

»Wann haben Sie denn Ihre Schwester zuletzt gesehen?«, fragte Ballard.

»Ich war gerade erst bei ihr, vor drei Tagen, es war sehr nett, wir … Ich war in der Gegend unterwegs, bin einfach bei ihr vorbeigefahren, auf gut Glück … wir haben uns gut unterhalten und …«, erneut verstummte Durand.

»Verstehe. Und wie haben Sie sie angetroffen? In welcher Stimmung war sie?«

»Es ging ihr gut. Sie war wie immer. Hat mir einen Kaffee gekocht, wir haben geredet, ich bin nicht lange geblieben, ich wusste ja nicht, dass sie …«

»Wie standen Sie zu Ihrer Schwester?«, fragte Valjean den Mann.

»Nun, wir haben uns nicht oft, aber doch regelmäßig gesehen, wenn ich gerade Zeit hatte, bin ich bei vorbeigefahren. Ich lebte mein Leben und sie ihres. Aber wir haben uns verstanden, wir waren Schwester und Bruder.«

»Was machen Sie beruflich, Monsieur Durand?« Valjean blickte seinem Gegenüber direkt in die Augen.

»Ich habe einen kleinen Laden für Musikinstrumente und Noten in Nizza. Ich hätte in Simones Geschäft einsteigen können, das hat sie mir manchmal angeboten, aber das liegt mir einfach nicht. Die Musik ist mein Leben, ich hatte eine Band, wir sind rumgezogen, aber die hat sich aufgelöst, und dann hatte ich die Chance, diesen Laden zu übernehmen. Ich war nie so am Geld interessiert wie all diese Reichen hier … Ich habe mein Auskommen, mache, was mir gefällt. Was will man mehr im Leben.«

»Hatte Ihre Schwester Feinde? Gibt es jemanden, dem Sie zutrauen würden, dass er sie umbringt?«

»Ich dachte, es ist ein Raubmord. Irgendein Idiot, der Geld brauchte. Ein Junkie vielleicht. Was weiß ich? Sie hatte Geld, da war sicher einiges zu holen bei ihr.«

»Das ist eine Möglichkeit, Monsieur Durand«, warf Valjean ein und registrierte, dass Durand überrascht aufblickte, »aber Genaueres wissen wir noch nicht.«

»Ich dachte … Nun ja, sie hat mit vielen Menschen zu tun gehabt in ihrem Beruf, aber dass sie sich Feinde gemacht hätte? Ich weiß es nicht … ich weiß es wirklich nicht.«

Robert Durand sah ihn an, sein Blick war leer.

»Nun, wir ermitteln in alle Richtungen. Und natürlich müssen wir erst alle Ergebnisse der technischen Untersuchung auswerten.«

Ballard räusperte sich und sah Durand direkt an: »Können Sie uns sagen, wo Sie gestern zwischen 23.00 Uhr und 01.00 Uhr morgens waren?«

»Ich war in meiner Wohnung. War noch lange im Geschäft, habe die Abrechnung gemacht und dann noch ein Bier getrunken.«

»Sie waren alleine dort?«

»Ja, ich bin dann auch bald schlafen gegangen.«

Der kleine Musikladen warf nicht viel ab, so viel hatte Ballard gestern schon herausgefunden, aber er lief gut, hatte offensichtlich eine große Stammkundschaft und konnte seinem Besitzer ein Auskommen ermöglichen. Der Laden lag direkt unter Durands Wohnung in der Nähe des Bahnhofs.

»Wenn ich gewusst hätte, dass Simone zu dem Zeitpunkt …« Durand legte die Hand vor die Augen und senkte den Kopf. Dann sah er zur Seite, zum Fenster hinaus. Vielleicht erinnerte er sich an die Zeiten, als er an der Hand seiner Schwester am Strand spazieren gegangen war.

»Wissen Sie, ob Ihre Schwester einen Freund hatte? Einen Liebhaber?«

»Sie hat mir gegenüber mal erwähnt, dass es da einen Bauunternehmer gibt, mit dem sie mehr als beruflich zu tun hatte. Sie hat es eher nebenbei erwähnt, wir reden nicht viel über solche Dinge.«

»Haben Sie ihn mal kennengelernt?« Valjean griff zu dem Umschlag mit den Fotos, die er aus der Wohnung der Toten mitgenommen hatte. »Kennen Sie diesen Mann an der Seite Ihrer Schwester?«

Durand beugte sich vor und kniff die Augen zusammen.

»Nein. Ist das dieser Bauunternehmer?«

Valjean reagierte nicht darauf.

»Hat sie den Namen Lucas Ihnen gegenüber erwähnt?«, fragte er stattdessen.

»Nein, das sagt mir nichts«, antwortete Durand.

»Gut. Vielen Dank, Monsieur Durand«, sagte Valjean und stand auf, »das war es von unserer Seite erst einmal.«

Durand erhob sich ebenfalls.

»Wann wird ihr Leichnam freigegeben? Ich muss mich doch um die Beerdigung kümmern.«

Ballard legte ihm eine Hand auf den Rücken und begleitete ihn zur Tür. Valjean sah, wie er beruhigend auf Robert Durand einredete, konnte seine Worte aber nicht mehr verstehen. Dann kehrte sein Kollege zurück und setzte sich wieder auf seinen Bürostuhl.

»Was meinst du?«, fragte er.

Valjean kratzte sich am Kopf und trat ans Fenster, betrachtete das intensive Grün der Blätter vor den leuchtend roten Ziegeln der Dächer. Plötzlich füllte sich der Schulhof des benachbarten Gymnasiums mit Schülern, die sich so lebhaft benahmen, als müssten sie hundert Schulstunden auf einmal ausgleichen. Ihr fröhliches Kreischen drang bis zu ihnen hinauf durch das geschlossene Fenster. In Gedanken versunken wandte Valjean sich wieder Ballard zu.

»Na ja, sie waren Geschwister, eine reich, der andere eher nicht. Jeder lebte sein eigenes Leben, hat er gesagt. Ich weiß es nicht. Er wirkte ehrlich betroffen …«

Dann blickte er auf die Fotos von Madame Durand herab, die auf seinem Schreibtisch lagen. Daneben die Bilder des Mannes, der wahrscheinlich ihr Liebhaber gewesen war. Auf einem der Bilder lehnte sich der Mann lässig an einen dunklen Range Rover. Auf einem anderen saß er neben Simone Durand auf einer karierten Picknickdecke – offensichtlich bei einem Ausflug in die Berge –, ein drittes zeigte das Paar am Strand.

Doch Moment …, war auf dem zweiten Foto nicht derselbe dunkle Range Rover im Hintergrund zu sehen? Und zwar von vorne. Valjean durchsuchte umständlich seine Schreibtischschublade, bis er endlich in der hintersten Ecke gefunden hatte, wonach er suchte. Mit der Lupe vor den Augen sah er sich das Bild vom Picknickausflug noch einmal genauer an. Um mit einem breiten Grinsen auf dem Gesicht festzustellen, dass er sich nicht getäuscht hatte.

*

»Lucas Roussel? Aha, das ist gut!«

Ballard reckte den Daumen hoch. Es hatte sie nicht viel Zeit gekostet, den Halter des Range Rovers zu ermitteln, nachdem er das Kennzeichen entziffert hatte.

»Genau. Lucas Roussel scheint Simones geheimnisvoller Liebhaber zu sein. Er ist tatsächlich Bauunternehmer, verheiratet, lebt in Castellane.«

»Das ist circa achtzig Kilometer von hier. Da hat er aber einen ganz schönen Weg auf sich genommen, um seine Liebste zu sehen.«

»Ja, in der Tat. Aber es nutzt nichts, wir werden ihn da draußen wohl mal besuchen müssen. Vermutlich weiß er noch gar nichts vom Tod von Madame«, antwortete er seinem Kollegen. »Konnten wir inzwischen auch einen Blick auf Madame Durands Handy werfen?«

»Nein, da sind die Techniker noch dran. Wir warten auch noch darauf, Einsicht in ihr Testament nehmen zu können, und wegen des gestohlenen Schmucks haben wir Kontakt zu den uns bekannten Hehlern aufgenommen. Vielleicht ergibt sich da ja auch etwas, aber das kann natürlich dauern.«

»Gut, ich brauche alles, was du über diesen Roussel in Erfahrung bringen kannst. Vorstrafen, Eintrag ins Firmenregister, Bankauskunft, alles über eventuelle Geldtransfers, Aktiengeschäfte und so weiter. Und schau dir seinen Internetauftritt an.«

»Alles klar, ich kümmere mich darum. Ich werde auch die Nachbarn in Carros überprüfen und noch einmal ausführlich befragen. Soll ich auch diesem Roussel einen Besuch abstatten?«

Ballard ließ den Stift sinken und sah Valjean an.

»Nein, das übernehme ich«, antwortete er.

*

Als Valjean das Kommissariat verließ, war er mit dem Ergebnis dieses Vormittags durchaus zufrieden. Sie hatten den Bruder der Toten kennengelernt und die Identität des geheimnisvollen Liebhabers gelüftet – wer weiß, welche Überraschungen der heutige Tag noch für sie bereithielt.

Es war bereits Mittag, und er hatte inzwischen Hunger bekommen. Vor der langen Fahrt hinaus nach Castellane musste er noch etwas essen, und er würde sich dafür ein wenig Zeit nehmen. Denn so wie es aussah, würde es ein langer Tag werden.

Seinen Citroën stellte er in der Parkgarage am Place Massena ab. Er bewunderte die Großzügigkeit des belebten Platzes mit dem schachbrettartigen Pflaster und dem Brunnen, der von Neptuns muskulösem Körper beherrscht wurde. Das Plätschern des Wassers schaffte eine angenehme Atmosphäre, dazu das leise Raunen der Straßenbahn, die Gespräche der Touristen, die sich gegenseitig vor den klassischen, rötlich gestrichenen Fassaden und Arkaden der umliegenden Geschäfte fotografierten.

Valjean warf einen faszinierten Blick auf das moderne Kunstwerk La Conversation, schlichte hockende Figuren, die hier und dort hoch auf meterhohen Pfosten saßen, als wären sie Straßenlaternen. Er wusste, dass sie nachts in wechselnden Farben erstrahlten. Ganz bewusst gönnte er sich diese Auszeit von seiner Arbeit. Der Platz war wirklich das Schmuckstück der Stadt, pulsierendes Leben inmitten einer fast italienisch anmutenden Atmosphäre. Hier trafen sich die Einwohner Nizzas zum Flanieren, zum Plaudern, zum Kaffee trinken.

Und Madame Durand? Hatte es auch sie manchmal an diesen Ort gezogen? Vielleicht war sie noch vor Kurzem hier gewesen und hatte einem Interessenten ein Penthouse angeboten. Oder sie hatte sich in einem der Restaurants mit Lucas Roussel zu einem Abendessen getroffen. Er stieg eine breite Treppe mit flachen Stufen hinab und betrat eine der vielen bunten und engen Gassen. Nicht weit entfernt lag ein Restaurant, das ihm Ballard wärmstens ans Herz gelegt hatte und das nur die wenigsten Touristen kannten. Eine altmodische

Glocke klingelte, als er die Glastür öffnete. In dem schmalen Raum standen nur fünf einfache Holztische, Familienbilder schmückten die Wände, und eine beleibte Frau mit einer Kittelschürze wies ihm einen Platz zu. Sicher keine angesagte Location für die vielen Hipster, die er überall in der Stadt sah und die sicher eher die schicken Clubs und Bars der Stadt besuchten. Beim Wirt, der hier selbst hinter dem Tresen stand, bestellte er ein Perrier. Weitere Gäste, die meisten schon älter, kamen herein, begrüßten die beiden Inhaber mit Handschlag und setzten sich. Vermutlich Stammgäste oder Nachbarn.

Valjean lauschte den unverfänglichen Gesprächen der Wirtin, die hinter einem Vorhang kochte. Lachen und Töpfeklappern lenkten ihn von seinen Gedanken ab. Die Speisekarte auf dem Tisch war ein einfaches Blatt Papier, das schon etliche Fettflecken aufwies. Ohne lange zu überlegen, bestellte er die *Alouette sans tête*, die Lerche ohne Kopf, von der er schon so viel gehört hatte und die er nun unbedingt einmal probieren wollte. Als der Wirt ihm kurze Zeit später die berühmte Rindsroulade auf einem Teller servierte, musste er schmunzeln. Das Gericht sah wirklich einem Vogel ohne Kopf erstaunlich ähnlich.

Wie schön, dass er sich die Zeit genommen hatte, gut zu essen und nicht wie so oft an einer Ecke irgendeinen schnellen Imbiss in sich hineinzuschlingen. Und die Roulade schmeckte tatsächlich ganz vorzüglich, da hatte Ballard nicht zu viel versprochen. Dazu wurden frühe Kartoffeln und köstliche Artischocken gereicht. Jetzt fehlte eigentlich nur ein Glas Burgunder, dachte er kurz, verwarf den Gedanken aber sofort wieder, schließlich hatte er noch die lange Fahrt hinaus nach Castellane vor sich. Er schloss die Augen, dachte wieder an seinen Fall. Vordergründig wirkte alles wie ein gescheiterter Raub, aber irgendetwas sagte ihm, dass es hier um mehr ging. Es mussten heftige Gefühle im Spiel gewesen sein, die Tat wirkte nicht geplant, war im Affekt geschehen. Das schloss natürlich nicht aus, dass es der oder die Diebe gewesen sein konnten, die von Madame überrascht worden waren, aber sein Gefühl sagte ihm etwas anderes. War es um Neid, Eifersucht, Zurückweisung, verletzte Gefühle gegangen? War hier nur ein Raub vorgetäuscht worden? War Simones Freund ein solch impulsiver Mensch, dass er sie im Streit erschlagen hatte? Er musste Roussel unbedingt kennenlernen.

»Noch einen Marc, Monsieur?«, holte ihn die Stimme der Wirtin aus seinen Gedanken. Ihre dunklen Augen glitten neugierig über sein Gesicht.

»Nein … nein, danke. Ich habe noch etwas Wichtiges zu erledigen. Ich würde dann gern zahlen«, sagte Valjean mit leichtem Bedauern in der Stimme. Ein kleiner Absacker hätte das opulente Mahl perfekt abgerundet.

»Geschäftlich hier?«, fragte der Wirt, der ihm kurz darauf die Rechnung präsentierte.

»Nein, eigentlich nicht.«

»Wie ein Tourist sehen Sie nicht aus.« Madame lehnte sich auf den Tresen und zwinkerte ihm kokett zu.

»Nein, ein Tourist bin ich nicht«, versuchte er, das Gespräch zu beenden und kramte den passenden Geldschein aus seinem Portemonnaie hervor.

»Aber Sie kommen aus dem Norden.«

»Himmelherrgott«, stöhnte Valjean und legte den Geldschein auf den Tisch.

Kapitel 3

»Sie soll ja einige Liebhaber gehabt haben. Na ja, wenigstens hatte sie ein schönes Leben.« Madame Mercier zog eine Packung Nudeln über den Scanner. »Das macht dann neunzehn achtundneunzig, meine Liebe.«

Hugo Martin kannte die Kundin, die um die fünfzig und damit im gleichen Alter wie die Ladeninhaberin war. Es war Madame Garonde, die links neben Simone wohnte. Sie zog einen Zwanzig-Euro-Schein aus der Börse. Adèle Mercier, die Besitzerin des kleinen Dorfladens, legte ihn in die Kasse. Als die Kundin die Hand ausstreckte, fischte Adèle ein Zwei-Cent-Stück aus der Lade.

»Ich habe sie immer nur auf dem Dorffest gesehen, einmal auch mit dir, Hugo«, sagte Madame Garonde und stieß Martin, der geduldig hinter ihr stand, mit dem Ellbogen in die Rippen. »Du kanntest sie ja gut, nicht wahr?«

»So gut auch wieder nicht«, gab Martin zurück und prüfte noch einmal gewissenhaft die Konsistenz der Tomaten in seiner Tüte. Das Gespräch ging in eine Richtung, die ihm nicht behagte.

»Aber ist das nicht schrecklich? Einfach so erschlagen. Also, ich gehe nachts nicht mehr raus, und die Türen habe ich zweifach verriegelt.«

»Ja, ich bringe die Einnahmen jetzt auch jeden Tag weg. Ist mir zu unsicher momentan.« Madame Mercier nickte und seufzte erneut. »Auch, wenn es nicht viel ist, was man da tun kann. Und du, Hugo? Du hast doch deine Gemälde und so. Hast du keine Angst?«

»Nein. Ich denke …« Die beiden Frauen schauten ihn aus erwartungsvollen Gesichtern an. »Also, wer immer das getan hat – ich glaube nicht, dass wir es hier mit einem gewöhnlichen Einbrecher zu tun haben. Er hat sein Opfer nicht zufällig ausgewählt. Es ging dabei nur um Simone. Das ist zumindest meine Meinung.«

In einer Unschuldsgeste hob er die Hände.

»Na, dein Gottvertrauen möchte ich haben«, sagte Madame Garonde und hob ihre Einkaufstasche hoch.

»*Adieu*, bis morgen!«, sagte sie, als sie am Ausgang stand.

»*Au revoir!*«, sagte Martin höflich und bezahlte die Tomaten und das Basilikum, beides benötigte er für die Suppe, die er sich nachher kochen wollte. Eine Tomatensuppe war genau die richtige Mahlzeit, wenn noch viel hart gewordenes Baguette im Haus war. Die Hühner konnten sich ja nicht um all seine Brotreste kümmern. In Olivenöl getränkt, gebraten und mit Leberpastete bestrichen waren die Stücke ein Fest für den Gaumen, wenn man sie zur Suppe reichte.

Vor der Tür des Ladens hatte sich Paul an die Wand gelehnt, hielt eine Flasche Bier in der Hand und sah hinab ins Tal. Martin folgte seinem Blick. Die Luft war trotz der Mittagsstunde klar, und wenn er die Augen zusammenkniff, konnte er das Fußballstadion von Nizza erkennen.

»Schon verrückt, was?«, sagte Paul und rieb sich das stoppelige Kinn. »Das mit Simone.«

Martin sah ihn an. Paul war Frührentner, seit eines seiner Beine beim Fällen einer Pinie unter dem Baumstamm gelandet war.

»Sie hatte immer ein nettes Wort für mich übrig. Was ja nicht für jeden hier gilt.«

»Ach Paul, du hast ja recht. Es ist furchtbar. Aber daran können wir beide nun auch nichts mehr ändern.«

Mit einer freundlichen Geste bedeutete ihm Martin, die Straße zu überqueren, um sich an der Mauer, die zur Burg hinaufführte, auf einer Bank niederzulassen. Dort spendete eine Platane ausreichend Schatten. Paul ging zunächst zu seinem Trecker, der hier stand, um dort eine Flasche Bier aus seinem scheinbar unerschöpflichen Vorrat zu holen, bevor er sich neben Martin auf der Bank niederließ. Er reichte Martin die Flasche. Die Kronkorken klapperten, dann stießen die beiden Männer mit traurigen Blicken auf ihre verstorbene Freundin an.

»Das ist alles so unglaublich. Ich kann es immer noch nicht fassen. Da denkt man, hier auf dem Dorf ist das Leben ruhig, und dann so etwas«, sagte Paul und schüttelte den Kopf. Eine Gruppe japanischer Touristen stieg aus einem Großraumtaxi, das vor Madame Merciers Laden gehalten hatte. Mit Handy und Fotoapparat bewaffnet, machten sie sich in Richtung Burg auf, wobei sie fast ununterbrochen miteinander redeten. Einer von ihnen, ein älterer Mann, machte ungeniert ein Foto von den beiden Männern auf der Bank.

»Hast du eigentlich irgendetwas mitbekommen?«, fragte Martin, dem einfiel, dass Paul oft bei Amelie arbeitete und auch sonst ziemlich viel im Dorf herumkam. »Vielleicht warst du ja an dem Tag bei ihr in der Nähe.«

»Ich wünschte, ich wäre in der Nacht dort gewesen, dann hätte ich vielleicht etwas tun können. Aber was hätte ich dort zu suchen gehabt?« Paul blickte nachdenklich auf seine Hände. »Am Nachmittag bin ich dort vorbeigefahren, und da stand dieser Range Rover. Ich habe mir nichts dabei gedacht. Das war das Auto von ihrem Freund, der war ja öfter bei Madame«, sagte Paul.

Martin fuhr zu ihm herum.

»Du kennst ihn?«

»Nicht wirklich. Er hat mich einmal angerufen für Madame und mich gebeten, etwas zu reparieren im Haus. Da bin ich natürlich sofort hin. Hab mehr zufällig mitbekommen, was da zwischen den beiden lief.«

Er zwinkerte Martin anzüglich zu, worauf dieser unbehaglich zusammenzuckte.

»Und du weißt, wie er heißt?«

Die Stimmen der Japaner wurden leiser und verstummten schließlich ganz. Paul hob die Schultern.

»Roussel oder so. Denke, sie kannten sich über die Arbeit.«

Lucas Roussel aus Castellane, der Bauunternehmer, natürlich! Simone hatte ihm davon erzählt, dass sie oft zusammenarbeiteten. Und er fuhr tatsächlich einen Range Rover. Wenn das stimmte, war ihm so einiges entgangen. Und Simone hatte ihm nie erzählt, dass da mehr war zwischen ihnen. Er hatte selbst schon Geschäfte mit Roussel gemacht, ihm das ein oder andere verkauft und auch abgekauft. Er interessierte sich genauso für Kunst wie Simone, auch das hatte sie wohl verbunden.

»Danke für das Bier, Paul!«, sagte er mit einem Lächeln und stellte seine Flasche neben die Bank. Dann stand er auf, klopfte Paul zum Abschied auf die Schulter und machte sich mit seinen Einkäufen auf den Weg zurück nach Hause. Er musste unbedingt gleich den Kommissar anrufen.

*

Kommissar Valjean saß schon eine halbe Stunde im Auto und hatte Nizza lange hinter sich gelassen. Er hatte Monsieur

Roussel angerufen, um sich anzukündigen, und der Bauunternehmer erwartete ihn.

Nach dem guten Mittagessen in Nizza war er zufrieden ins Auto gestiegen und hatte sich auf den Weg gemacht. Er fuhr mit offenem Verdeck und ließ sich gefangen nehmen von der schönen Natur um ihn herum. Begleitet vom träge dahinfließenden Var, von den Bahngleisen und den sich immer höher auftürmenden Bergen, fuhr er auf der Route de Grenoble seinem Ziel entgegen. Es war eine lange Strecke, die er später auch wieder zurückfahren musste. Er konnte nur hoffen, dass zumindest die Handwerker bei ihm in Carros ein gutes Stück weitergekommen waren, wenn er am Abend nach Hause zurückkehren würde.

Er fuhr unter dem blauen Himmel an den leuchtenden grüngrauen Hängen entlang, die immer näher zusammenrückten. Die Straße teilte sich, der Gegenverkehr verschwand aus seinem Sichtfeld. Staunend, fast ungläubig verlangsamte er die Geschwindigkeit ein wenig, zu schön war es, hier in die faszinierende graue Steinwelt einzutauchen, der der Mensch die Straße abgetrotzt hatte. Allmählich wurde das Tal so eng, dass der Gegenverkehr den Weg durch einen Tunnel nehmen musste, während die Straße nach Norden sich durch einen Spalt zu quetschen schien. Vorbei an schroffen Wänden, denen man die Sprengungen noch ansah, und tief unten im Tal der immer heller schimmernde Fluss.

Da nur wenig Verkehr herrschte, bemerkte Valjean, wie er unwillkürlich das Gefühl hatte, in der Mitte der Fahrbahn fahren zu müssen, da sich die Steinhänge immer mehr zu ihm neigten, als wollten sie ihn erdrücken. Ein schärferer Kontrast zu den weiten, ebenen Flächen, die er aus dem Norden kannte, war kaum vorstellbar. Jetzt tauchte auch auf seiner Straßenseite ein kurzer Tunnel auf, dann wieder Überhänge, grünes Buschwerk, das sich in den Stein krallte. Schließlich wurde das Tal nach und nach wieder breiter, und einige Dörfer kamen in Sicht.

Schließlich passierte er Entrevaux, wo sich Simone mit Roussel verabredet hatte. Also war er ungefähr auf der Hälfte der Strecke. Die hohen graugelben Häuser wuchsen hintereinander aus dem Boden, der Fluss floss an ihren Grundmauern vorbei, eine Bogenbrücke spannte sich über das Wasser. Über dem Ort thronte eine Burgruine auf einem hohen Felshang, die Zufahrt mit wehrhaften Mauern gesichert. Ein Dorf wie aus dem Reiseführer, dachte Valjean und zuckelte über die Straßenschwellen. Inzwischen war es heiß geworden, selbst hier im Bergland.

Natürlich hätte er seine Kollegen in Castellane um Hilfe bitten können, aber er wollte Roussel unbedingt persönlich kennenlernen, sich ein Bild von dem Mann machen, der solch eine wichtige Rolle im Leben von Simone Durand gespielt hatte. Und wenn er ganz ehrlich war, genoss er diese Fahrt im offenen Cabrio auch.

Die Ortsnamen kündigten an, dass er sich der berühmten Verdon-Schlucht näherte, dem Grand Canyon Frankreichs. In Saint-Julien-du-Verdon zeigte das Navi ihm an, dass er die Route de Grenoble Richtung Süden verlassen musste, auf der vor zweihundert Jahren Napoleon, von Elba kommend, seinen erneuten Siegeszug durch Frankreich fortgesetzt hatte.

Die Straße führte jetzt an einem Stausee entlang. Auf den Parkplätzen sah er Autos in der prallen Sonne stehen. Angler oder Wanderer vielleicht. Die türkise Oberfläche des Sees glitzerte im Sonnenlicht, und die Schatten, die die Wolken warfen, huschten über das Wasser. Es musste hier unglaublich gute Fischgründe geben, dachte er und sah sofort seine

Angeltasche vor sich, die bisher unangerührt im Flur gestanden hatte. Es war höchste Zeit, hier wieder mit seinem alten Hobby zu beginnen.

Valjean atmete tief ein, der warme Wind spielte mit seinem Haar, und er bemerkte erneut, dass er allmählich in dieser Gegend ankam. Die Fahrt war wirklich beeindruckend. Als er schließlich die massive Staumauer überquerte, die den Verdon hier in seinem Lauf hemmte, wusste er, dass es nicht mehr weit bis Castellane war. Vor ihm taten sich Getreidefelder auf, bevor sie abgelöst wurden von Parkplätzen, Tankstellen, Kreisverkehren – den untrüglichen Zeichen der Zivilisation. Und dann erreichte er den Dorfkern von Castellane mit seinen schönen alten Häusern. Er überquerte die Brücke über den schäumenden Verdon und sah von dort aus den mächtigen Felsen, der das Dorf überragte. Von seiner Spitze aus blickte eine Madonnen-Figur auf den Ort herab, Notre Dame de Castellane. Er war also fast beim Haus von Monsieur Roussel.

*

»Was machen Sie denn hier?«, stieß Valjean hervor, nachdem er vom Hausherrn Monsieur Roussel begrüßt und in dessen Wohnzimmer geführt worden war. Hugo Martin saß mit einer Tasse Kaffee in einem der wuchtigen Ledersessel, während Monsieur Roussel in die Küche eilte, um eine weitere Tasse für Valjean zu holen.

Martin blickte ihn ebenso entgeistert an, wie Valjean ihn noch vor einer Sekunde. Er hob die Schultern. »Ich hatte da so eine Idee …«, sagte er dann.

»Sie hatten da so eine Idee?« Valjean schnaufte und sah sich zur Küchentür um. Vor dem Kaffeeautomaten stand

Roussel und stemmte die Arme auf die Arbeitsplatte, während er zusah, wie der Kaffee in die Tasse floss.

»Sie haben ihm von dem Mord erzählt?«, fragte Valjean sofort.

»Nein«, flüsterte Martin ihm zu. »Ich bin ja selbst gerade erst angekommen.«

Gut, dachte Valjean, denn er wollte unbedingt mit eigenen Augen sehen, wie der Hausherr auf die traurige Botschaft reagierte.

Lucas Roussel kehrte mit dem Kaffee in den weitläufigen Salon zurück.

Valjean erkannte sofort den Mann wieder, den er auf Simones Fotografie gesehen hatte und der ihm jetzt die Tasse mit dem Kaffee überreichte. Roussel strich sich durch das dunkle Haar, das an den Schläfen bereits ein wenig ergraute. Ein attraktiver Mann, dachte Valjean. Und verheiratet mit einer ebenso attraktiven Frau, wie das Gemälde über dem Bruchsteinkamin verriet, das ihn und eine aparte Blondine mit ernsten, aber ebenmäßigen Gesichtszügen zeigte. Der Salon hier war größer als in Simones Villa, doch in ähnlicher Weise mit Gemälden und Kunstgegenständen ausgestattet. Ein Flügel stand in einer Ecke des Raumes und schimmerte im Sonnenlicht.

»Wie Sie sehen, habe ich gerade Besuch«, sagte Roussel an Valjean gewandt, »aber ich nehme an, die Herren kennen sich bereits. Monsieur Martin und ich haben gelegentlich geschäftlich miteinander zu tun. Er hat eine gute Nase für Gemälde und Antiquitäten – eine Leidenschaft, die wir beide teilen, wie Sie sicher schon bemerkt haben. Ich habe eigens einen Anbau für weitere Stücke errichten lassen.«

Roussel wies mit einer lässigen Geste auf einen imposanten Gebäudeteil, den man durch die große Terrassentür sehen konnte. Buchsbaumhecken umgaben den Rasen, der Pool war von Findlingen, zwei Sitzgruppen und zwei Feuerstellen gesäumt. Das Grundstück lag am Rand des Dorfes mit Blick auf den Madonnenfelsen. Das Haus selbst war sicher über hundertfünfzig Jahre alt, doch sehr ansprechend instandgesetzt und erweitert worden. Beim Eintreten hatte Valjean einen Mercedes Coupé und den Range Rover gesehen, den er auf dem Foto wiedererkannt hatte. Als Bauunternehmer war Roussel offenbar sehr erfolgreich.

Valjean holte tief Luft, um die unangenehme Seite seines Berufes so bald wie möglich hinter sich zu bringen.

»Monsieur Roussel, wie vorhin bereits angedeutet, bin ich hier, um mit Ihnen über Simone Durand zu sprechen. Ich muss Ihnen leider mitteilen, dass sie gestern Morgen tot vor ihrem Haus aufgefunden wurde.«

Roussel starrte ihn an, stumm, jedoch mit einem Ausdruck völliger Überraschung. Dann verzog er schmerzlich sein Gesicht.

»Simone? Tot? Aber das ... ist unmöglich ...«, sagte er mit belegter Stimme. »Sie ist tot?« Es schien, als würde er die Tatsache nur langsam begreifen. »Aber ich habe ... Wieso ist sie tot? Es ging ihr doch gut.« Seine Haut war fahl geworden, und er biss sich auf die Lippe.

»Wir gehen von einem Gewaltverbrechen aus«, sagte Valjean.

Der Bauunternehmer stand auf und ging durch den Raum, stellte sich vor eines der großen Fenster und blickte in den Garten hinaus. Valjean ließ ihm Zeit. Schließlich drehte Roussel sich wieder zu ihm um und fuhr sich verwirrt durch das Haar.

»Sie wurde ermordet? Das ... das ist doch unmöglich!«

»Ja, so leid es mir tut.«

Roussel ließ sich wieder in den Sessel fallen und senkte den Kopf. »Das ist unglaublich. Ich kann das nicht fassen.«

»Mein Beileid, Monsieur Roussel«, meldete sich Martin mit leiser Stimme zu Wort. »Ich weiß, wie sehr Simone Ihnen zugetan war, und das beruhte ganz sicher auf Gegenseitigkeit.«

Valjean zuckte kurz zusammen, er hatte die Anwesenheit von Martin Hugo ganz vergessen.

»Monsieur Martin, es wäre mir lieb, wenn Sie draußen warten könnten. Ich würde gerne mit Monsieur Roussel hier in Ruhe sprechen, ich denke, das verstehen Sie.«

»Selbstverständlich ... natürlich verstehe ich das. Ich warte draußen am Auto.«

Valjean stand mit ihm auf.

»Sie entschuldigen mich kurz, Monsieur Roussel«, sagte er dann an den Hausherrn gewandt. Er begleitete Martin vor die Tür und schloss die Haustür bis auf einen Spalt hinter sich.

»Wie um alles in der Welt kommt es, dass Sie hier sind?«

Martin neigte sich ein wenig vor. »Ich habe erfahren, dass Roussel am Nachmittag vor Simones Tod bei ihr war. Sein Range Rover stand vor dem Haus.«

»Und woher wissen Sie das? Haben Sie es gesehen?«

»Nein, Paul hat es mir heute Vormittag erzählt. Er wusste, dass Monsieur Roussel Simones Liebhaber ist.«

Ob Paul noch mehr wusste?, ging es Valjean sofort durch den Kopf. Er musste ihn unbedingt noch einmal befragen, vielleicht hatte er mehr bemerkt, als ihm bewusst war.

»Und anstatt mir diese Informationen zukommen zu lassen, fahren Sie einfach los? Um was zu tun?«, wandte er sich erneut an Martin.

»Nun ich dachte ... ich habe die Madonna im Auto,

dachte es wäre ein guter Vorwand, sie ihm anzubieten und so mit ihm ins Gespräch zu kommen, ganz unverfänglich, versteht sich ...«

»Monsieur Martin, wirklich? Das war ganz und gar keine gute Idee von Ihnen, wie Sie sich vielleicht selbst denken können. Sie mischen sich in die Ermittlungen der Polizei ein, in einem Mordfall.«

»Ja, ja natürlich, aber ich dachte ...« Hugo Martin senkte den Kopf, er wirkte betrübt.

»Überlassen Sie das Denken doch in Zukunft den Fachleuten, Monsieur Martin, damit ist uns allen geholfen«, sagte Valjean bestimmt, aber nicht unfreundlich. Dann wandte er sich um, während Martin zu seinem Auto ging, um dort zu warten.

Als Valjean den Salon wieder betrat, saß Roussel nicht mehr zusammengesunken in seinem Sessel, sondern schien sich gefasst zu haben und über etwas nachzudenken.

»Entschuldigen Sie, Monsieur, aber ich musste da etwas klären«, sagte Valjean. »Auch ich möchte Ihnen mein Beileid aussprechen. Ich würde Ihnen dennoch gerne ein paar Fragen stellen. Als ihr guter Freund können Sie mir sicher mehr über Madame Durand erzählen.«

»Ja ... ja, natürlich ...«, murmelte Roussel.

»*Merci*, ich weiß das zu schätzen.«

»Das Ganze ist wirklich eine Tragödie. Ich hatte sie sehr gern und habe sie des Öfteren besucht.« Roussel atmete tief ein und wandte sich ihm zu. »Was möchten Sie wissen?«

»Wir haben ein paar Fotos von Ihnen und Simone gefunden. Sie beide hatten eine intime Beziehung, nicht wahr?«

»Das ist richtig. Aber es war nichts von Bedeutung. Eine Freundschaft, aus der etwas mehr wurde, sonst nichts.«

Seine Miene wurde hart, und er schaute sich um, als wollte er über das Thema lieber nicht sprechen.

»Verstehe. Wann haben Sie Simone denn zum letzten Mal gesehen?«

»Ach, das muss ein paar Tage her sein. Wir haben uns in einem Restaurant in Entrevaux getroffen. Das haben wir häufiger gemacht, wenn sie in der Gegend unterwegs war.«

»Worüber haben Sie gesprochen?«

Roussel hob den Kopf ein Stückchen. »Über dies und das. Es war sehr harmonisch. Simone und ich haben uns einfach auf Anhieb gut verstanden, uns hat vor allem die Liebe zur Kunst verbunden.«

Er sah sich plötzlich zu der offenen Galerie um, die am Obergeschoss entlanglief, und fuhr etwas leiser fort: »Nur wäre es mir recht, wenn wir hierüber in diesen vier Wänden lieber nicht sprechen, wenn Sie verstehen, was ich meine?« Roussel sah ihn bedeutungsvoll an. »Nicht, dass meine Frau etwas dagegen gehabt hätte, aber ich will ihr nicht unnötig wehtun.«

»So wie die Dinge liegen, werde ich Ihre Frau auch befragen müssen.« Er blickte ihm fest in die Augen. »Wo waren Sie in der Nacht des 5. Mai, etwa ab 23 Uhr?«

»Hier, zu Hause. Meine Frau kann das bezeugen.« Roussel stand auf, um einen Airedale-Terrier ins Haus zu lassen, der wie aus heiterem Himmel vor der Terrassentür stand.

»Lauf zu Frauchen, lauf!«, sagte er zu dem Hund, der sofort mit großen Sätzen durch den Salon und die Treppe hinauflief. Eine Weile später hörte Valjean, wie eine Tür geöffnet und wieder geschlossen wurde.

»Sie haben mit Madame Durand auch über eine Baumaßnahme gesprochen«, fuhr Valjean fort. »Worum ging es da genau?«

Der Unternehmer nickte. »Sie hatte ein Objekt in La Roque-Esclapon im Bestand, nicht weit von hier. Sie hat überlegt, ob dort eine Garage abgerissen werden sollte, um dem Haus mehr Möglichkeiten zu geben. Ich habe mir das angesehen und sie beraten.«

»Es kam, wie Sie schon sagten, also öfter vor, dass Madame Durand Sie beruflich um Rat gefragt hat.«

»Ja, natürlich. Einmal habe ich die Bausubstanz einer alten Villa geprüft und manchmal hat sie sich meinen Rat geholt, wenn es um Renovierungsarbeiten ging.«

»Und Ihre Frau kann also bestätigen, dass Sie zur Tatzeit hier waren? Ist sie zu Hause?«

Valjean blickte kurz in Richtung Galerie.

»Ist das denn wirklich nötig, dass Sie mit ihr darüber sprechen?«

Roussel wirkte zerknirscht.

»Ich muss darauf bestehen. Wir werden Ihre Aussage auf alle Fälle überprüfen müssen, daran führt kein Weg vorbei. Es wäre sehr freundlich, wenn Sie Ihre Frau herunterbitten könnten.«

Und natürlich handelte es sich hier auch um ein mögliches Motiv, dachte Valjean. Vielleicht war Roussels Frau gar nicht so locker mit der Situation umgegangen, wie Roussel es darstellte oder es sich vielleicht auch nur wünschte.

Roussel ging die Treppe zur Galerie hinauf und klopfte an eine der Türen. Augenblicklich erklang kurzes Gebell, dann hörte Valjean, wie jemand beruhigend auf den Hund einredete, der verstummte und die Treppe wieder hinunterlief, gefolgt von einer schlanken Frau in einem eleganten beigefarbenen Kleid. Das blonde Haar trug sie schulterlang, ähnlich wie Simone.

Valjean stand auf, während Roussel sie einander vorstellte.

»Kommissar Valjean, meine Frau.«

Madame Roussel reichte ihm die Hand und musterte ihn interessiert, fast neugierig.

Er verneigte sich leicht. »Madame ...«

Sie tätschelte den Hund, der Valjean aus seinen schwarzen Knopfaugen neugierig musterte.

»Ein schönes Tier«, sagte Valjean.

»Ja, nicht wahr? Was führt Sie zu uns, Kommissar?«

Madame Roussel ließ sich in einem der Sessel nieder, den ihr Mann fürsorglich für sie zurechtrückte.

»Valerie, du kennst doch Simone Durand aus Carros.«

Roussel kam Valjean zuvor, doch er ließ ihn gewähren.

»Sie wurde vorgestern ermordet.«

»Wirklich?« Ihre Augen weiteten sich für einen kurzen Moment, als sie ihren Mann ansah. »Wie tragisch. Was hast du damit zu tun? Geht es um dieses Geschäft mit dem Bild?«

»Ihr Mann hat uns berichtet, dass er vorgestern Abend hier im Haus war. Können Sie das bestätigen?«, schaltete sich Valjean ein und setzte sich wieder.

Für eine Sekunde blitzte so etwas wie Erkenntnis in Madame Roussels Gesicht auf. Mit einem leichten Spott in den Augen sagte sie: »Aber sicher war er hier. Er saß den ganzen Abend vor dem Fernseher, während ich zu Bett ging. Unsere Zimmer sind getrennt, aber ich hörte ihn später in der Nacht heraufkommen.«

Sie seufzte leicht. Ob aus Anteilnahme wegen Simones Tod oder Enttäuschung über das Treiben ihres Mannes, konnte Valjean nicht einschätzen.

»Sehen Sie, Kommissar, Sie können mir ruhig vertrauen.« Roussel stand freundlich lächelnd hinter dem Sessel seiner Frau, die Hand auf ihrer Schulter.

»Wir wissen, dass Ihr Range Rover, den ich draußen gesehen habe, am Nachmittag vor Simones Haus stand. Am Tag ihres Todes. Sie sagten mir, dass Sie zuletzt vor ein paar Tagen dort gewesen seien. Können Sie mir das erklären?«

Roussel presste die Lippen zusammen.

»Ah …, richtig, das hatte ich völlig vergessen. Ich war nur ganz kurz dort, um etwas mit ihr zu besprechen. Ich war geschäftlich in Nizza … Aber das Treffen in Entrevaux war das letzte, bei dem wir länger miteinander zu tun hatten.«

»Wir haben Grund zu der Annahme«, richtete sich Valjean jetzt an die Dame des Hauses, »dass die Beziehung zwischen Ihrem Mann und Simone Durand mehr war als nur ein geschäftlicher Kontakt. Wussten Sie davon?«

Valerie Roussel schien völlig ungerührt und lächelte.

»Ja, das wusste ich. Und wenn sein Wagen vor ihrer Tür stand, dann war das eben so. Lucas stand wegen eines Bildes mit Madame Durand in Kontakt, ich denke, dass es wohl darum gegangen sein muss. Und ansonsten lassen mein Mann und ich uns gegenseitig eine gewisse Freiheit, wenn Sie verstehen. Was uns verbindet, ist mehr als das, was andere Ehen ausmacht.«

Geschickt ausgedrückt, dachte Valjean und lächelte ihr zu.

»Was hat es mit diesem Bild auf sich, das Sie gerade erwähnten? Können Sie mir das ein wenig genauer erläutern?«

»Mein Mann hat ein Bild von Simone gekauft. Nicht wahr, Lucas, so war es doch?«

»Ja … nun … das ist richtig …«, begann Roussel etwas widerwillig. »Es ging um ein Ölgemälde. Simone hatte es ursprünglich von Monsieur Martin gekauft.«

Madame Roussel nickte zu seinen Worten, und ihr Mann fuhr fort.

»Es gefiel mir außerordentlich gut und ich fragte sie, ob

sie es mir verkaufen wollte. Sie hat es gerne getan, sie freute sich darüber, dass wir dieses gemeinsame Interesse hatten. Also hat sie es mir verkauft.«

»Könnte ich mir das Bild einmal ansehen?«, fragte Valjean.

»Nun ... ich habe es nicht. Es ist wohl noch bei Simone, ich hatte keine Eile es mitzunehmen. Wir wollten die Übergabe bei einem kleinen Essen feiern, aber ... wir sind einfach noch nicht dazu gekommen. Und ich konnte ja nicht wissen ...«

»Das Bild befindet sich also noch in Madame Durands Haus?«

»So ist es. Wir haben den Kaufvertrag tatsächlich erst vor Kurzem aufgesetzt. Ich denke, ich werde mich mit den Erben in Verbindung setzen, wenn ... alles ein wenig ruhiger ist.«

Der Bauunternehmer wirkte erschöpft, mit einer fahrigen Geste fuhr er sich durch das Haar und schien seinen traurigen Gedanken nachzuhängen.

»Könnten Sie mir den Kaufvertrag kurz zeigen, Monsieur Roussel?«

»Ja ... natürlich, warten Sie ...«, Lucas Roussel tauchte aus seinen Erinnerungen auf und verschwand in einem angrenzenden Raum, in dem sich sein Büro befinden musste.

Valjean lächelte Madame Roussel zu, die immer noch mit unbewegtem Gesicht im Sessel saß und ihren Hund hinter den Ohren kraulte.

»Kannten Sie Madame Roussel auch näher?«, fragte er.

»Ich kannte sie. Sie war eine wichtige Geschäftsfrau hier in der Gegend, und mein Mann hat oft eng mit ihr zusammengearbeitet. Sie hatte in Kunstdingen nicht immer meinen Geschmack, aber ...«, sie unterbrach sich. Vielleicht wollte sie nicht zu lange über ihre Konkurrentin reden, dachte Valjean.

»Aber ich weiß, dass Monsieur Martin sie sehr gemocht hat. Er war ein guter Freund von ihr. Ich hoffe, ihr Tod hat ihn nicht zu sehr getroffen.«

Bevor Valjean antworten konnte, kam Lucas Roussel mit einem Blatt Papier in der Hand zurück, das er Valjean gab. Der Kaufvertrag lautete auf »Junger Mann vor Oleanderbusch, Ölgemälde, ca. 1965«.

Die Verkaufssumme war mit siebenhundert Euro angegeben, und unter dem Vertrag standen die Unterschriften von Simone Durand und Lucas Roussel.

»Kommissar«, meldete sich Madame Roussel zu Wort, nachdem er zu Ende gelesen hatte, »wenn Sie mich hier nicht mehr brauchen, würde ich mich gerne zurückziehen.«

Valjean sah sie an. »Selbstverständlich, Madame. Wenn wir noch Fragen haben, werde ich oder mein Kollege noch einmal auf Sie zukommen.«

Sie lächelte ihn huldvoll an, dann nickte sie und ging ohne ein weiteres Wort die Treppe hinauf. Der Hund folgte ihr.

Valjean wandte sich wieder an Roussel, der seiner Frau mit einem fast ängstlich wirkenden Ausdruck hinterherschaute. »Ich werde den Vertrag fotografieren, wenn es Ihnen recht ist. Ich gehe davon aus, dass wir ein Duplikat in den Unterlagen von Madame Durand finden werden.«

»Natürlich …«, sagte Lucas Roussel, der wieder in seine traurigen Gedanken zu versinken schien.

»Ansonsten wäre das im Augenblick alles. Aber halten Sie sich bitte weiter zu unserer Verfügung.«

»Sicher. Ich begleite Sie noch zur Tür.«

Lucas Roussel schüttelte die Hand, die Valjean ihm entgegenstreckte, als sie an der Tür standen.

»Es ist wirklich schrecklich, was da geschehen ist. Zögern Sie nicht, mich zu kontaktieren, wenn ich Ihnen irgendwie behilflich sein kann. Und, Monsieur Valjean …«, er stockte, »finden Sie denjenigen, der das getan hat.«

*

Martin Hugo stand noch immer an die Haube seines Wagens gelehnt, und Valjean ging direkt auf ihn zu.

»Dieses Gemälde, das Sie Simone verkauft haben? … War es wertvoll?«, fragte Valjean.

»Nein«, antwortete Martin. »Hat mich fünfhundert Euro gekostet, ein heimischer, relativ unbekannter Künstler von der Küste hat es gemalt. Nichts Besonderes. Ich habe es für siebenhundert Euro an Simone verkauft, weil sie es so ansprechend fand.«

Valjean nickte. Simone hatte ihrem Geliebten das Bild für den gleichen Preis überlassen.

»Da, schauen Sie, ich habe ein Foto von dem Bild.« Martin scrollte durch die Aufnahmen auf seinem Handy. »Hier ist es.«

Valjean blickte auf das Display und sah einen jungen Mann mit interessanten Gesichtszügen, der vor einem Oleanderbusch posierte, im Hintergrund das Meer. Das Bild war lebendig, und man konnte fast den Wind spüren, der die dunklen Haare des Mannes zerzauste.

»Ein schönes Bild, aber wie gesagt nicht besonders wertvoll. Es hat Simone einfach angesprochen. Ich fand es immer einen sympathischen Zug an ihr, dass sie Kunst nicht nur nach dem Wert aussuchte.«

»Und heute wollten Sie Roussel also diese Madonna zeigen, die Sie Simone angeboten hatten?« Valjean glaubte ihm kein Wort, auch wenn er nicht wirklich verstand, was hier genau im Gange war. »Und das hatte nicht ein paar Tage Zeit? Bis Simone beerdigt ist?«

»Nun ja …« Martin wich seinem Blick aus und sah zu Boden. »Das Leben geht weiter.«

»Sicher«, seufzte Valjean und lehnte sich auch an Hugo Martins Wagen. Er schwieg.

»Ich habe mit Roussel Geschäfte gemacht«, sagte Hugo Martin nach einiger Zeit. »Ich dachte, er ist ein ehrlicher Geschäftsmann, und dann steht er da mit seinem Wagen vor Simones Haus, am Tag ihres Todes … das stinkt doch zum Himmel. Da geht doch etwas nicht mit rechten Dingen zu.«

»Aha, meinen Sie?« Valjean musste schmunzeln. »Meinen Sie nicht, dass es die Aufgabe der Polizei ist, sich hierüber ein Urteil zu bilden?«

»Aber ich konnte Sie nicht erreichen, und irgendjemand musste doch etwas unternehmen.«

»Monsieur Martin. Mischen Sie sich nicht in die Arbeit der Polizei ein. Das bringt Sie selber in eine missliche Lage. Sie waren als Erster bei der Toten … Was soll ich also Ihrer Meinung nach denken, wenn Sie mir jetzt hier ins Handwerk pfuschen?«

Martin wirkte zerknirscht. »Simone war meine Freundin, und dann höre ich so etwas … können Sie nicht verstehen, dass ich etwas tun musste?«

»Vielleicht … Aber lassen Sie mich hier und jetzt ein für alle Mal klarstellen: Wir Polizisten sorgen dafür, dass Simones Mörder gefunden wird, da können Sie ganz beruhigt sein.«

Martin Hugo sah ihn lange an, dann meinte er nur: »Wenn Sie das sagen …«

»Ich fahre nun zurück nach Carros, und wir beide schauen

uns morgen noch einmal gemeinsam bei Simone um«, sagte Valjean.

»Ja, das machen wir. Dann kann ich Ihnen vielleicht doch ein wenig nützlich sein.«

Valjean lächelte. »Und jetzt gehen Sie rein und schauen, ob Ihre Madonna hier vielleicht doch noch ein neues Zuhause findet.«

*

Valjean näherte sich auf seinem Weg zurück über die Route de Grenoble bereits wieder Carros, als sein Handy klingelte. Er drückte auf die Taste für die Freisprechanlage. Ballard meldete sich. Auch er schien noch bis spät in den Abend beschäftigt gewesen zu sein.

»Hör zu, Georges«, sein Kollege klang ganz aufgeregt, »der Bruder der Toten hat uns belogen, was seinen Aufenthaltsort während der Tatzeit angeht.«

»Er war nicht bei sich zu Hause?«

»Nein, hör zu. Er wurde geblitzt, um 23.37 Uhr. Auf der Straße von Nizza in Richtung Monaco, kurz vor Monte Carlo.«

»Wirklich?«

»Ja. Als ich seinen Wagen im System überprüft habe, bin ich darauf gestoßen. Die Kollegen der Verkehrspolizei haben es eben bestätigt.«

»Durand hätte also zur Tatzeit nicht in Carros sein können?«

»Nein, unmöglich.«

»Aber warum belügt er uns dann über seinen Aufenthaltsort?«

»Was weiß ich«, antwortete Ballard.

»Ich bin auf dem Weg zu dir. Ich hole dich im Kommissariat ab, dann fahren wir gemeinsam hin. Das muss er uns erklären.«

*

Es war schon spät, als Valjean am Kommissariat ankam. Er ging hinauf in das Büro, wo Ballard bereits auf ihn wartete.

»Und?«, fragte er, »wie war dein Ausflug ins Hinterland?«

»Eine ganz schöne Gurkerei. Aber ihr habt es wirklich schön hier im Süden. So langsam gefällt es mir richtig«, sagte er und grinste.

»Und Roussel? Was ist der für einer?«

»Er hatte ein Verhältnis mit Madame Durand, und seine Frau wusste davon. Aber an dem Abend war er wohl zu Hause, seine Frau hat das bestätigt.«

»Und du meinst, sie sagt die Wahrheit?«

»Wer weiß das schon … Aber da gibt es irgendeine Sache mit einem Bild, das ständig den Besitzer wechselt. Kaum zu glauben, aber Hugo Martin saß bei Roussel auf dem Sofa, als ich dort ankam.«

»Hugo Martin? Was hat der damit zu tun?«

»Er hat Simone dieses Bild verkauft, keine Ahnung, was es damit auf sich hat. Aber Monsieur Martin mochte Simone sehr, da bin ich mir sicher. Irgendwie versucht er uns zu helfen.«

Ballard lachte. »Na herzlichen Glückwunsch. Die Leute da oben in Carros sind schon ein komisches Völkchen.«

»Mmh, das Gefühl bekomme ich auch so langsam.«

»Ich habe mir inzwischen auch alle Mühe gegeben, die Nachbarn der Toten besser kennenzulernen.«

»Fein«, sagte Valjean, »erzähl mir davon. Was Neues?«

»Nein, leider nicht wirklich, sonst hätte ich's dir schon gesagt. Aber sieh mal.«

Ballard drehte den Monitor seines Computers so, dass Valjean den Kartenausschnitt mit dem Haus von Madame Durand erkennen konnte. Sein Kollege wies mit einem Kugelschreiber auf den Bildschirm.

»Hier wohnt ein Engländer, direkter Nachbar rechts. Er gibt an, bis 21.00 Uhr mit seiner Familie in England telefoniert zu haben und dann ins Bett gegangen zu sein. Er ist nicht oft dort, das Haus gehört ihm, er nutzt es als Ferienhaus.«

»Kein Motiv, nehme ich an.«

»So ist es. Hier der Nachbar links.« Der Kuli wanderte auf die andere Seite von Simones Haus. »Monsieur und Madame Garonde, sie sehr gesprächig, er sehr schweigsam. Kein richtiges Alibi, nur jeweils gegenseitig vom Ehepartner. Sie hat angegeben, dass um 23.00 Uhr noch Licht im Haus gewesen wäre. Ich sehe auch hier kein Motiv.«

Valjean grinste. »Ich habe sie auch schon kennengelernt, hat mir vor Simones Haus aufgelauert, war ziemlich aufdringlich. Ob sich die Durand mit ihr verstanden hat?«

»Du kennst sie?«

»Pardon, ich hätte dich warnen können.«

»Ja, hättest du«, knurrte Ballard und fuhr fort. »Hier der Nachbar von gegenüber, ein Monsieur Toscarelli. Italienischer Name, französischer Staatsbürger. Laut Madame Garonde ist er am frühen Morgen mit einem Taxi nach Nizza zur Fähre gefahren, er hatte schon länger eine Reise nach Korsika geplant. Ich habe die Buchung gecheckt. Er hat wohl Verwandte dort.«

»Den sollten wir noch befragen. Kannst du ihn erreichen?«

Ballard nickte. »Ich erhalte Auskunft von der korsischen Meldebehörde, hoffentlich mit einer Telefonnummer. Aber im Grunde ist er unverdächtig, denn laut unserer guten Madame Garonde, der wohl nichts entgeht, ist er mitten in der Nacht von Partygästen nach Hause gebracht worden, in weinseliger Stimmung. Madame hat sich über den Krach beschwert. Und dann ist da noch dieser Paul. Er übernimmt Gelegenheitsarbeiten im ganzen Dorf. Kennt die Leute dort gut.«

»Ja, das habe ich heute schon mitbekommen. Er hat gesehen, dass Roussels Range Rover am Tag des Mordes vor Madame Durands Haus gestanden hat. Roussel hat das zugegeben. Er sagte, er hätte nur kurz etwas mit ihr besprochen an diesem Tag, weil er dort unterwegs war.«

»Meinst du, dass dieser Roussel sauber ist?«

»Ich bin mir nicht sicher. Sieht erst mal sauber aus, aber ich weiß es nicht … Und seine Frau, die so abgeklärt tut, hätte natürlich auch ein Motiv. Wir checken ihn durch, genau wie die anderen auch.«

Valjean blickte kurz aus dem Fenster und sah die untergehende Sonne, die einen rötlichen Schimmer auf die Felswände hinter der Stadt legte.

»Es ist schon spät. Lass uns zu Madame Durands Bruder fahren. Ich bin gespannt, was er uns zu berichten hat.«

*

Robert Durand wohnte in der Nähe des Bahnhofs in Nizza. Das kleine Musikgeschäft befand sich in einem der typischen ockergelben Häuser. Valjean schaute durch das Schaufenster, während Ballard die Klingel betätigte, neben der der Name Robert Durand stand. Er verkaufte Instrumente, hatte aber auch eine große Auswahl an Noten im Angebot, die gut geordnet in den deckenhohen Regalen standen, wie Valjean sehen konnte. Der Laden war nicht groß, aber liebevoll eingerichtet.

Ballard stand schon im Flur des Hauses und hielt seinem Kollegen die Tür auf, Monsieur Durand hatte ihnen geöffnet.

Sie gingen die enge Treppe hinauf in den ersten Stock des kleinen Hauses und sahen Durand in der Tür stehen.

»Ah, die Herren Polizisten«, begrüßte er sie. »Was führt Sie so spät noch zu mir?«

»Dürfen wir kurz hereinkommen?«, fragte Ballard.

»Ja, aber natürlich«, antwortete Durand freundlich und bat sie in seine kleine Küche.

Sie nahmen an dem einfachen Küchentisch Platz.

»Da ist sehr freundlich von Ihnen, dass Sie uns so spät noch empfangen«, sagte Ballard, um dann direkt zur Sache zu kommen. »Wir wollten unbedingt noch einmal mit Ihnen sprechen, denn wir haben heute erfahren, dass Sie in der Nacht, in der Ihre Schwester getötet wurde, auf der Straße von Nizza in Richtung Monaco, kurz vor Monte Carlo, durch eine Radarfalle gefahren sind und dabei um 23.37 Uhr fotografiert wurden.«

Valjean beobachtete, wie Robert Durand das Foto aus der Kamera der Verkehrsüberwachung betrachtete, das Ballard ihm gegeben hatte. Durands dunkle Haare und seine gerade Nase waren deutlich hinter dem Steuer zu erkennen, auch wenn er ein wenig nach unten schaute.

»Sie konnten an diesem Tag also tatsächlich nicht in Carros gewesen sein«, sagte Valjean nach einer Weile, »allerdings genauso wenig hier bei sich zu Hause in Nizza.«

Valjean ließ die Worte im Raum hängen und wartete die Reaktion seines Gegenübers ab.

»Ja, Sie haben natürlich recht. Ich hatte ganz vergessen,

dass die Kamera mich erwischt hatte.« Durand starrte auf die Tischplatte, er wirkte plötzlich um Jahre gealtert. Valjean schaute ihn an, als er den Kopf wieder hob. Die Zerknirschung stand ihm deutlich ins Gesicht geschrieben.

»Ich spiele eben gern. Wissen Sie, ich rede nicht gerne darüber. Die Gesellschaft akzeptiert das nicht, sie denken jeder, der spielt, wird gleich süchtig. Aber ich spiele einfach zu meinem Vergnügen …«

»Sie waren also nicht zu Hause«, stellte Valjean noch einmal fest.

»Nein. Ich wollte einfach mal wieder ein paar Euro riskieren. Manchmal überkommt es mich einfach, und dann fahre ich los, hinaus nach Monte Carlo, um zu spielen. Manchmal länger, manchmal kürzer.«

»In welcher Spielhalle waren Sie?«, fragte Ballard gänzlich unberührt von Durands Betroffenheit.

»Es heißt Roulodrome. Eins von den kleineren Casinos. Ich wollte es schon länger mal ausprobieren.«

»Und was haben Sie dort gespielt?«, fragte Valjean.

»Es gibt dort Automaten. Ich habe an einem in der Nähe der Theke gesessen. Und wenn ich ehrlich bin, hat es noch nicht einmal wirklich Spaß gemacht. Normalerweise spiele ich Roulette am Tisch. Das ist spannender, echter.«

»Wo genau liegt dieses Roulodrome?«

»Am östlichen Ende des Boulevard d'Italie. Dieses verdammte Piratennest macht mich noch fertig.«

Valjean betrachtete Durand, wie er dort mit gesenktem Kopf saß, fast wie auf dem Foto der Verkehrskamera. Dann strich er sich über seinen Dreitagebart.

»Wissen Sie, der Laden läuft nicht schlecht, ich kann mir das alles leisten, das ist gar kein Problem. Es ist einfach ein Hobby, wenn auch kein sehr gut angesehenes … Jedenfalls binde ich es nicht jedem direkt auf die Nase, wenn Sie verstehen, was ich meine.«

»Von uns erfährt es niemand«, sagte Valjean und grinste, »aber schlau ist es nicht, der Polizei die Wahrheit zu verschweigen, wie Sie sich sicher denken können.«

»Ja, da haben Sie natürlich recht, es tut mir leid, ich … Gibt es denn schon Neuigkeiten zum Tod meiner Schwester? Kann ich noch irgendetwas tun, damit …« Durand sah ihn fragend an.

»Nein, vorerst gibt es nichts Neues, aber wenn wir Sie noch brauchen sollten, melden wir uns bei Ihnen. Verlassen Sie daher vorerst die Stadt nicht.«

»Gut … natürlich. Dann … ich bringe Sie zur Tür.«

»Machen Sie sich keine Mühe, wir finden selber hinaus, nicht wahr, Ballard?«, sagte Valjean und klopfte seinem Kollegen auf die Schulter.

Als die Tür sich hinter ihnen geschlossen hatte, gingen die beiden Polizisten schweigend die Treppe hinunter und traten auf die Straße hinaus.

»Ich überprüfe das mit der Spielhalle. Ich hoffe doch sehr, dass es da eine Video-Überwachung gibt.«

»Ja, mach das, dann werden wir sehen.«

Müde reckte Valjean die Arme in die Höhe. »Ich fahre dich zurück zu deinem Auto und dann direkt nach Carros weiter. Ich bin todmüde. Es war wirklich eine lange Fahrt nach Castellane raus.«

Kaum hatte er Ballard vor dem Kommissariat abgesetzt und gesehen, wie er mit seinem Wagen den Weg nach Hause eingeschlagen hatte, klingelte sein Handy. Missmutig starrte er auf die unbekannte Nummer. Kurz überlegte er, das Gespräch einfach wegzudrücken, aber dann entschied er sich anders. Als er hörte, wer sich meldete, straffte er sofort die Schultern.

»Michele Caroche hier, Sie erinnern sich? Vom Lollo Rosso.«

»Ja, natürlich, Monsieur Caroche. Was kann ich für Sie tun?«

»Ich sollte Ihnen doch Bescheid sagen, wenn die Jungs von neulich, also meine Stammgäste, wieder hier aufkreuzen.«

Sofort war Valjean hellwach und die Müdigkeit verflogen. Die Typen würde er sich liebend gerne vorknöpfen!

»Sorgen Sie dafür, dass sie dableiben. Ich bin auf dem Weg.« Er beendete das Gespräch und fuhr los.

Die grazil gestalteten Fassaden der fünfstöckigen Wohnhäuser auf dem Boulevard de Cimiez erstrahlten ockerfarben. Hier und dort schimmerten bereits die Straßenlaternen durch das Grün der Bäume. Die Stadt war im Umbruch. Nach Feierabend und Diner bereitete sie sich auf das Nachtleben vor.

Valjean fuhr an Bars vorbei, die sich allmählich füllten, an Restaurants, in denen Kellner neue Kerzen in den Windlichtern anzündeten, und an kleinen Kinos, vor denen sich die ersten Schlangen bildeten. Die Scheinwerfer der Autos spiegelten sich in den Fenstern der Geschäfte und Bürohäuser. Dann erreichte er die höher gelegene Schnellstraße, fuhr an den Dächern der Stadt vorbei, ließ den hell erleuchteten Bahnhof hinter sich und war schon bald in Gambetta.

In der Avenue Shakespeare parkte er und stieg aus. Bei seinem ersten Besuch war ihm das Rauschen der Schnellstraße gar nicht aufgefallen. Er kam an einem Pole-Dance-Studio vorbei, bevor er das Lollo Rosso erreichte, das in grünen und blauen Neonfarben beleuchtet war, was den Eindruck verstärkte, dass es sich um eine echte Kaschemme handelte. Auf dem Bürgersteig standen junge Frauen mit ihren Verehrern, Jugendliche telefonierten mit ihren Handys oder tippten darauf herum und ließen hektisch ihre Joints verschwinden, als Valjean kurz vor dem Betreten der Bar seinen Ausweis zog. Er lächelte sie an.

Der fast leere Gastraum war mit einem schweren Vorhang gegen Zugluft geschützt. Michele Caroche trug dieses Mal ein lilafarbenes Hemd und hantierte hinter der Bar. Valjean nickte ihm zu, worauf der Inhaber mit dem Kinn auf eine Gruppe junger Männer wies, die im hinteren Teil der Kneipe an einem Billardtisch standen und fachsimpelten. Er ging zu ihnen, versperrte mit seinem Körper so gut es ging den Weg zum Ausgang.

»*Bonsoir*«, sagte er und hielt seinen Ausweis hoch. »Kommissar Valjean, Polizei Nizza. Ich habe ein paar Fragen.«

Die Köpfe der Männer schnellten zu ihm herum. Zwei von ihnen waren arabischer oder algerischer Herkunft.

»Was gibt's?« Ein blonder schlaksiger Kerl trat einen Schritt vor.

»Ich habe gehört, hier hätte es vor zwei, drei Tagen einen kleinen Zwischenfall gegeben.«

»Hä?« Verständnislos sahen sich die Männer an.

»Eine kleine Schießerei.« Valjean lächelte die Männer an.

»Ach das.« Der Mann winkte ab, griff nach der Kreide und präparierte konzentriert sein Queue.

»Ja, das. Wer kann mir da weiterhelfen?«

Einer der jungen Männer lachte.

»Okay, dann werde ich wohl ein paar Kollegen dazubitten müssen, damit das mit der Untersuchung Ihrer Kleidung auf unerlaubte Substanzen ein bisschen an Fahrt gewinnt.«

»Oh Mann!« Verärgert warf der Blondschopf das Queue auf den Tisch und baute sich vor ihm auf.

»Was soll der Scheiß? Wir haben nichts gemacht.«

»Na, das hoffe ich doch. Worum ging es also an dem Abend?«

Der junge Mann zog die Nase hoch und sah sich zu seinen Kumpeln um. Die zuckten mit den Achseln.

»Die Typen waren nicht von hier, das waren keine von uns. Die waren auf Ärger aus. Die ziehen durch die Kneipen und halten sich für was Besseres.«

»Und?«

»Die haben angefangen. Standen auf einmal draußen und hatten schon die Fäuste oben, Kommissar, glauben Sie mir. Einer hatte plötzlich 'ne Waffe in der Hand. Was sollten wir denn machen? Wir sind abgehauen. Die ganzen Tussis hier sind schreiend weggerannt. Und einer von uns, der heute nicht hier ist, hatte eine Gaspistole dabei. Er wollte die Typen einfach nur vertreiben, um uns zu helfen. Da ging es dann ein bisschen hin und her. Nicht unsere Schuld.«

»Wie heißt euer abwesender Freund mit der Gaspistole?«

»Nennt sich immer nur Jacques. Nachnamen kennt hier keiner. Der hängt noch nicht lange hier ab. Ist auch schon älter.«

»Wo wohnt er?«, versuchte Valjean sein Glück.

»Keine Ahnung.«

»Kommt der nicht aus Carros?«, schaltete sich sein dunkelhaariger Kumpel ein.

Überrascht sah Valjean ihn an. »Aus Carros?«

»Ja, ich bin mir sicher. Wir haben uns noch kaputtgelacht, dass er aus dem Kaff da oben kommt.«

»Ja, richtig«, bestätigte der Blondschopf. »Der Typ ist irgendwie komisch.«

»Wieso?«

Valjean bemerkte, dass der Dunkelhaarige dem Blonden

unauffällig vors Schienbein trat. Offenbar war er die Plaudertasche vom Dienst. Sofort verstummte er und nahm den Queue wieder zur Hand.

»Kommen Sie doch mal kurz mit mir«, sagte Valjean mit fester Stimme zu dem Blondschopf und richtete sich zu seiner vollen Größe auf. Der Blonde presste die Lippen aufeinander, und sein Freund trat sofort zurück und drehte sich um, als gehörte er nicht dazu. Der Blonde trottete hinter Valjean her. Als sie draußen standen, ließ sich Valjean seinen Ausweis zeigen. Er fotografierte ihn ab und gab ihn dann zurück.

»Monsieur Noisy, was also ist so komisch an diesem Jacques?«

»Ach, wissen Sie«, wiegelte Noisy ab, »der Typ ist eigentlich ganz gut drauf, hat uns immer mal was spendiert, so dies und das. Aber na ja, vor ein paar Tagen …« Er sah Valjean an, überlegte offenbar, ob er ihm vertrauen konnte.

Dann gab er sich einen Ruck.

»Vor ein paar Tagen hat er einen von uns angequatscht, ob er ihm bei einer bestimmten Sache helfen könnte. Er wollte ein Ding drehen, Sie verstehen?«

Jacques aus Carros plante ein Ding.

»Hat er Details genannt?«

Noisy zuckte die Schultern. »Ich glaube, es ging um einen Einbruch. Er wollte es nicht selber machen, wollte nur abkassieren. Und da hat er Ari angequatscht. Aber der ist doch nicht blöd. Hat dankend abgelehnt. So etwas macht er nicht, wissen Sie.«

Valjean lächelte. »Sicher.«

»Ja, wirklich«, fuhr Noisy auf.

»Ja, ja, schon gut«, seufzte Valjean und sog die nach Fritten und Alkohol riechende Luft ein. Vom nahen Flughafen startete ein Flieger und zog eine blinkende Spur über den

Nachthimmel. Irgendwo quietschten Reifen, und zwei Frauen lachten hell.

»Wo sollte dieser Einbruch stattfinden?«, fragte er.

»Das hat er uns ganz sicher nicht auf die Nase gebunden. Keine Ahnung. Er hat nur mit Aristide darüber geredet.«

»Ist Aristide heute auch verhindert?«

»Ja, so ist es, er …«

»Dann geben Sie mir bitte seinen vollen Namen, Anschrift, Telefonnummer.«

Der junge Mann befragte ein wenig umständlich sein Adressbuch auf dem Handy und hielt Valjean schließlich das Display entgegen, sodass er die Angaben abfotografieren konnte.

Dann nahm Valjean Noisy am Arm und schob ihn vor sich her.

»Hier habt ihr euren Kumpel wieder«, sagte er, als sie das Billardzimmer erreichten.

Noisy richtete ein wenig gekränkt sein Hemd und ging an den Tisch zurück.

»Alles in Ordnung?«, fragte sein dunkelhaariger Freund fürsorglich.

Valjean tippte ihm auf die Brust. »Wann sollte dieses Ding gedreht werden?«

»Du bist so ein Idiot«, murmelte ein anderer Mann in Noisys Richtung.

Das Gesicht des Dunkelhaarigen erstarrte augenblicklich zu einer reglosen Maske.

»Das wissen wir nicht«, antwortete er gedehnt.

»So etwas machen wir hier nämlich nicht.«

»Sicher«, wiederholte Valjean.

»Am Abend der Schießerei war er zuletzt hier, danach nicht mehr«, hörte Valjean plötzlich die Stimme des Wirts hinter sich. »Ich weiß, wen Sie meinen. Er hat sich vor ungefähr zwei Wochen an die Jungs drangehängt. Stimmt doch, oder?«

Es wurde genickt.

Ein Mann aus Carros plante einen Einbruchdiebstahl. Es war schon spät, und Valjean hätte an dieser Stelle normalerweise darüber nachgedacht, die Sache auf sich beruhen zu lassen, wenn, ja wenn da nicht eine tote Frau im Spiel gewesen wäre, deren Schmuck und Handtasche fehlten. War es ein Zufall, dass sich dieser Jacques seit drei Tagen nicht mehr hier hatte blicken lassen? Weil er die Tat allein durchgezogen hatte?

»Wo waren Sie und Ihre Freunde hier in der Nacht des 5.Mai, so gegen 23.30 Uhr?«, fragte Valjean den Dunkelhaarigen.

»Da waren wir doch auf dem Rave-Festival in Cagnes. War doch der Sonntag, oder?«, meldete sich ein anderer zu Wort.

»Genau«, bestätigte der Dunkelhaarige und sah Valjean herausfordernd an. »Nur ein kleines Event. Unsere Mädchen waren mit. Die können das bezeugen. Und der Türsteher. Da ging es um 23.00 Uhr erst so langsam los.«

»Okay, fein ... Wenn hier einem plötzlich noch ein Geistesblitz kommen sollte, denkt an mich.« Er überreichte ihm seine Visitenkarte. Caroche begleitete ihn zur Tür.

»Kennen Sie diesen Aristide?«, fragte Valjean ihn beim Hinausgehen.

»Ja, den kenne ich.«

»Dann sagen Sie dem jungen Mann doch bei seinem nächsten Besuch, dass er sich im Kommissariat in der Avenue de Marechal bei mir melden soll. Nur falls ich ihn nicht erreiche.«

»Klar, wird gemacht«, sagte Caroche sofort. »Auch wenn das sicher keine Engel sind – ich glaube den Jungs«, fügte er hinzu.

»Schön, dass Sie ein Auge auf sie haben«, sagte Valjean und merkte, dass er es tatsächlich genau so meinte.

Er trat in die kühle Nachtluft hinaus und machte sich auf den Weg zu seinem Wagen. Noch in Gedanken versunken bemerkte er plötzlich, wie der Mond hinter den Wolken auftauchte und die Umgebung in ein weiches Licht tauchte. Als er mit dem Wagen den nördlichen Stadtrand erreichte, warf er einen letzten Blick zurück. Wie ein funkelndes Diamanttuch lag die Stadt vor ihm, und Valjean fühlte sich fast ein wenig zu Hause.

Kapitel 4

Das konnte doch nicht wahr sein! Mit einem Satz sprang Amelie Chabrol auf, ging in den Flur und rief sofort ihre Freundin.

»Vero! Kommst du mal runter?«

Dann setzte sie sich wieder an den Küchentisch, an dem sie gerade die Aufnahmen der Wildkamera durchgegangen war. Sie hatte die Kamera in der Nähe des Hühnerstalls installiert, da sie in letzter Zeit zu viele Tiere an irgendein unbekanntes Raubtier verloren hatte. Und der Stall lag auf eingezäuntem Brachland, das nicht zur Bebauung geeignet war, direkt neben Simones Grundstück. Amelie kniff die Augen zusammen, um das Foto auf dem Display der Kamera noch einmal genau zu betrachten. Sie hörte Veronique die Treppe hinunterkommen.

»*Bonjour!*«, sagte sie, als ihre Freundin sich gesetzt hatte. »Hier, sieh mal.«

Veronique holte die Brille aus ihrer Kitteltasche und setzte sie auf. Gemeinsam starrten sie auf das schwarz-weiße Bild, auf dem ein Gummistiefel zu sehen war sowie ein Stück des Beins der Person, die in die Kamerafalle gelaufen war. Sie trug offensichtlich eine einfache Jeans.

»Und?«, fragte Veronique.

»Das ist eine Aufnahme aus der Nacht, in der Simone getötet wurde. Und du weißt ja, wo die Kamera steht?«

»Auf der Hühnerwiese.«

Amelie nickte, richtete sich auf und nagte an ihrer Lippe. »Das muss ich Valjean sagen, bevor er in die Stadt aufbricht. Sag mal, kennst du so einen Stiefel? Sieht aus wie jeder andere, oder?«

»Keine Ahnung, da erkennt man doch rein gar nichts«, gab Veronique zurück und steckte die Brille wieder ein. Doch sie war blass geworden. »Du meinst, das war der Mörder?«

Amelie legte ihre Hand auf Veros Schulter. »Muss ja nicht sein. Aber zumindest ein Zeuge, nicht wahr? Jedenfalls war es um 0.18 Uhr.«

»Ja, ein Zeuge vielleicht«, sagte Veronique nachdenklich.

Dann sah Amelie auf die Uhr. »Noch nicht mal acht. Ich geh kurz rüber zu Georges und sage es ihm.«

Ein Blick durch das Fenster zeigte ihr, dass der Citroën heute in der Einfahrt parkte. Sofort nahm sie die Wildkamera vom Tisch und ging, begleitet von Carlos, zum Haus des alten Douglar hinüber. Denn obwohl jetzt natürlich der Kommissar hier wohnte, hatte sie immer noch den alten Douglar vor Augen, wie er mit seiner Pfeife vor dem Haus auf der Bank gesessen und alle vorüberziehenden Wanderer in ein Gespräch verwickelt hatte. Die Bank war längst verschwunden, das Haus hatte vier Jahre leer gestanden und war dabei immer baufälliger geworden. Tante Sophie hätte sich sicher darüber gefreut, dass das Gebäude ihres Geliebten endlich renoviert wurde.

Georges Valjean musste gerade geduscht haben, denn seine dunklen Haare waren feucht und ungekämmt und eine vereinzelte Strähne fiel ihm ins Gesicht, als er die widerspenstige Tür öffnete. Amelie Chabrol warf einen kurzen Blick auf seinen muskulösen Körper und das dunkle Haar auf seiner Brust, das unter dem noch nicht ganz geschlossenen Hemd zu sehen war. Ein wirklich schöner Mann, dachte sie, um sich dann gleich an den Grund ihres Besuchs zu erinnern.

»*Bonjour*, Georges.« Sie ärgerte sich, dass sie sofort errötete, weil er sie mit einem breiten Lächeln begrüßte.

»Hallo, Amelie, kommen Sie doch rein.« Er kämpfte noch ein wenig mit der Tür, bis diese so weit nachgab, dass sie hindurchschlüpfen konnte.

»Verdammte Handwerker, sie kommen einfach nicht weiter. Entschuldigen Sie. Und du bleibst draußen!«, befahl er Carlos, der ihn vorwurfsvoll ansah und sich dann zu ihrer Überraschung hinlegte.

Als sie den Salon betraten, fiel ihr Blick auf das große Fenster, hinter dem sich ein atemberaubendes Bergpanorama entfaltete.

»Sie wohnen noch schöner als ich, Kompliment.«

»Ja, es ist wirklich schön hier, wenn es doch nur bald fertig renoviert wäre.« Er seufzte. »Ich habe kein heißes Wasser, die Gastherme ist immer noch nicht installiert und die Tapeten fallen von den Wänden.«

Er wirkte ein wenig jungenhaft, wie er so mit hängenden Schultern vor ihr stand.

»Möchten Sie einen Kaffee, es ist noch einer da?«

»Nein danke, das ist nett, aber ich komme wegen Simone.« Sie zeigte ihm das Display der Wildkamera.

»Hier, sehen Sie? Da war jemand auf meiner Wiese, dort hinten, wo sie an Simones Grundstück stößt. Genau zur fraglichen Zeit, ich meine, zur Tatzeit.« Ein Schauder lief ihr über den Rücken. Es war fast so, als sei sie selbst Zeugin der Tat geworden.

Valjean sah sich das Foto genau an.

»Ja, richtig, da ist jemand auf Ihrem Grundstück, genau zur Tatzeit. Ein Gummistiefel, ein Bein. Oje …« Er seufzte. »Solche Stiefel gibt es natürlich zuhauf. Aber wer weiß, vielleicht können wir damit tatsächlich etwas anfangen.«

Amelie zog die Speicherkarte aus der Wildkamera und reichte sie ihm.

»Ich denke, wir sollten noch einmal auf Ihr Grundstück gehen und nachschauen, ob es dort nicht noch andere Spuren gibt. Können Sie mich zu der Stelle führen?«

Er knöpfte sich das Hemd zu, strich seine Haare zurück, und sie traten hinaus. Simones Haus lag nur zwei Minuten entfernt.

»Gibt es denn schon irgendwelche Neuigkeiten?«, fragte sie und trat gegen einen Stein, der in einem Rosmarinstrauch landete. Die Luft duftete plötzlich intensiv nach dem herben Kraut.

»Ich darf mit Ihnen nicht über den Fall sprechen. Aber wir kommen voran.« Plötzlich blieb er stehen und fuhr dann fort: »Kennen Sie übrigens jemanden, der Jacques heißt? Er ist um die dreißig etwa und wohnt hier in Carros.«

»Also, wenn Sie nicht mit mir darüber reden dürfen, dann darf ich auch nicht mit Ihnen darüber reden«, sagte sie und blickte ihm dabei mit einem schelmischen Lächeln in die Augen.

Valjean grinste.

»Also gut, ich kenne hier nur einen Jacques in dem Alter. Er versucht sich auch in Antiquitäten. So wie Martin, aber lange nicht so erfolgreich.«

»Wie heißt er mit vollem Namen?«

»Jacques Socella. Er wohnt in einem Mietshaus in der Rue Moustier und hat seinen Kram in einem alten Schuppen untergebracht, wo er ihn auch zum Verkauf anbietet. Hat er etwas mit Simones Tod zu tun?«

»Das wissen wir nicht«, antwortete Valjean.

»Ich kann ihn nicht besonders leiden, er ist ein Angeber und Schürzenjäger.«

Inzwischen waren sie an der Grenze zu Simones Grundstück angekommen, das Haus lag still in der schon warmen Morgenluft. Amelie Chabrol betrat einen schmalen, von wilder Stechpalme gesäumten Pfad. Durch die Büsche hindurch konnte man Simones Pool sehen, in dem das Wasser einladend schimmerte. Sie scheuchte ein paar Mücken fort.

»Hier ist es.«

Sie öffnete ein klapperiges Holztor und betrat den Auslauf der Hühner, der von einem Geflügelzaun umgeben war. Eine alte Scheune diente als Hühnerstall. Zwischen Disteln und Ginsterbüschen scharrten die Tiere in der Erde. Amelie ging zu einem Pfahl, den Paul in der Nähe des Stalles in den Boden gerammt hatte. »Hier hängt die Kamera. Es treibt sich hier irgendein Raubtier herum, das es auf meine Hühner abgesehen hat.«

Valjean war bereits damit beschäftigt, den Boden zu untersuchen. »Schade. Es ist zu trocken hier. Keine Abdrücke, nur das Gras ist ein wenig heruntergedrückt.«

»Ja, das hatte ich befürchtet.«

Valjean blickte sich auf dem Grundstück um und musterte die Mauer, die auf Simones Grundstück stand. Man konnte sie leicht überwinden. Dann blickte er wieder zu dem Pfahl hinüber.

»Woher ist die Person auf dem Bild gekommen?« murmelte er. »Warum hat sie nicht den Pfad benutzt? Weil sie dann durch die Siedlung musste.«

»Genau«, stimmte Amelie ihm zu und folgte Valjean, der zum anderen Ende der abschüssigen Wiese ging. Er blickte über den Zaun und wies auf einen geschotterten Fahrweg, der mit Unkraut bewachsen war. »Wohin führt dieser Weg?«

»Zu einem Feldweg, der in den unteren Teil von Carros führt. Der Unbekannte kann irgendwo geparkt haben und ist dann hier entlanggegangen.« Während sie weiter spekulierten, wurde es Amelie plötzlich ganz flau im Magen. Das alles ließ doch nur einen logischen Schluss zu: Der Unbekannte, der in jener Nacht über ihr Grundstück gelaufen war, hatte etwas vor, bei dem er um keinen Preis gesehen werden wollte: Simone zu töten.

*

Paul Thibaud bewohnte einen kleinen Kotten aus Bruchstein am südlichen Rand von Carros, einen Kilometer vom Dorfkern entfernt. Überrascht registrierte Valjean, dass die Küche, in der er stand, blitzsauber war. Alte Emailleschüsseln hingen an einem Bord. In der Vitrine standen ordentlich in Reih und Glied Biergläser mit bunten Motiven.

Paul hatte ihm sofort nach dem ersten Klingeln die Tür geöffnet. Er trug eine alte Hose mit Hosenträgern über einem schon ein wenig in die Jahre gekommenen blauen Baumwollhemd. Beim Eintreten hatte Valjean sofort die Gummistiefel gesehen, die unter der Garderobe standen. Er hatte die Chance ergriffen und Paul gefragt, ob er einen kurzen Blick darauf werfen dürfe, und Paul hatte zugestimmt. Die Sohle war relativ sauber, hier und dort waren kleine Schottersteinchen zu sehen, aber kaum Erde. Schade, dass er nur Schwarz-Weiß-Aufnahmen von den Stiefeln hatte. Aber er würde die SD-Karte, die ihm Amelie Chabrol gegeben hatte, in die Forensik bringen, vielleicht konnte man auch auf schwarz-weißen Fotos die Farbe ein wenig genauer definieren.

»Die sind wirklich schön«, sagte er jetzt und wies auf die Vitrine mit den Biergläsern.

»Ja, das ist ein kleines Hobby von mir. Aber Sie sind sicher nicht wegen der Biergläser hier, habe ich recht?«

Er wies auf einen Stuhl, und Valjean nahm ihm gegenüber Platz, betrachtete die zerschrammte Oberfläche der Tischplatte.

»Ich wollte mich noch einmal nach der Nacht erkundigen, in der Madame Durand ermordet wurde.«

»Aber das habe ich doch alles schon Ihrem Kollegen erzählt.« Paul holte eine Packung Tabak aus der Schublade, dazu einen Streifen Papier.

»Dann wissen Sie es ja sicher noch und können meinem Gedächtnis auf die Sprünge helfen«, beharrte er.

»Ich war im Bett. Zehn Uhr ist meine Zeit, da fallen mir die Augen zu. Vor allem, wenn ich am Tag viel gemacht habe.« Paul wies mit dem Kinn auf sein Bein, während seine groben Finger mit erstaunlicher Geschicklichkeit eine Zigarette rollten. »Mein Bein tut es nicht mehr so richtig, bin Frührentner. Man kann nicht davon leben. Deshalb helfe ich hier und da.«

»Und was haben Sie an dem Tag, an dem Madame Durand starb, so gemacht, vor allem am Nachmittag und Abend?«

Paul rieb sich die Nase und dachte nach, seine Augenbrauen hatten sich zusammengezogen.

»Ich war bei den Deverauxs zum Hecke schneiden, dann bei Pascal, um ein Bier zu trinken. Dann bei Mr. Wordish oder wie der heißt, um den Pool sauber zu machen, bevor er das Wasser einlässt.«

Mr. Wordish, der Engländer.

»Sie waren also in der Nähe von Simones Haus.«

»Ja.«

Paul schwieg und leckte über das Zigarettenpapier.

Valjean wartete.

»Und?«

»Hm«, machte Paul und hantierte mit dem Feuerzeug.

»Und vor Simones Haus, haben Sie dann … was … gesehen?«, half Valjean ihm auf die Sprünge.

»Ja, diesen Range Rover. Ihr Freund war wohl bei ihr«, sagte Paul, wobei ihm der Zigarettenrauch aus dem Mund quoll.

»Und das haben Sie dem Beamten nicht erzählt, der Sie befragt hat?«

»Nein, ist mir erst hinterher eingefallen, als ich mit Hugo dort gesessen habe. Der Arme ist immer noch ganz verstört.«

»Sie kennen den Teil des Grundstücks von Amelie Chabrol, auf dem ihre Hühner leben?«, wechselte Valjean das Thema.

»Ja, natürlich.«

»Wissen Sie, wozu dieser Pfahl dient, der dort in den Boden getrieben wurde?«

»Nein. Amelie hat mich gebeten, ihn dort aufzustellen. Sie brauchte einen Pfosten und damit fertig.«

»Waren Sie danach wieder auf der Wiese?«

»Nein. Bisher nicht.«

Valjean stand vom Tisch auf und stellte sich ans Fenster, um auf das Dorf hinauszublicken.

»Es ist schön hier«, sagte er verträumt beim Anblick der rötlichen Dächer.

»Ja, das ist es. Ich bin gern hier. War nie weg.« Pauls Augen glänzten. »Wissen Sie, dass man die Alpen von hier aus sehen kann?«

»Ja, ich habe es erst gar nicht glauben können.«

»Simone …«, fuhr Paul mit einem traurigen Glanz in den Augen fort, »ich habe sie wirklich sehr gemocht. Sie hat mich immer gut bezahlt, war nett zu mir, hat oft mit mir geplaudert. Sie war eine gute Frau. Wie kann man so etwas nur tun?«

»Sie waren an dem Abend jedenfalls nicht in der Nähe des Hauses unterwegs?«

»Nein, was glauben Sie? Ich erledige zwar fast zu jeder Uhrzeit noch einen Auftrag, aber irgendwann brauche ich auch meinen Schlaf.«

»Natürlich.«

Valjean fuhr mit dem Finger die Rillen im Tisch nach. Dann betrachtete er Paul einen Moment lang, wie er dort saß. Sah seinen melancholischen Blick, der ins Weite gerichtet war.

»Es gibt nicht viele Leute, die wirklich nett zu einem sind. Das wissen Sie doch sicher besser als so manch ein anderer.« Er faltete die schwieligen Hände.

Ein plötzliches Gefühl ergriff Valjean, eine seltsame, ungewollte Sympathie für diesen Mann.

»Da haben Sie sicher recht. Und ich habe leider auch viel zu oft erlebt, dass Leute, die eigentlich sehr nett sind, zu Mördern werden. Das ist noch viel schlimmer, glauben Sie mir.«

*

Bereits kurze Zeit später stand er vor einem schlichten Reihenhaus in der Rue Moustier. Hier wohnte Jacques Socella, der Mann, der im Lollo Rosso die jungen Männer angesprochen hatte. Die Klingel neben dem Namensschild hatte er bereits gedrückt, doch nichts geschah. Aus dem geöffneten Fenster der Nachbarwohnung drang der Duft von Speck und Bohnen direkt in seinen Magen. War das etwa Cassoulet? Sofort musste er an ein Glas Rotwein und frisches Baguette denken, während ihm die Sonne seinen Rücken wärmte.

Er klopfte energisch an die Haustür, doch es rührte sich noch immer nichts. Gerade wollte er sich umdrehen, als der

Kopf des Nachbarn am Fenster erschien, direkt über den roten und weißen Geranien, die in langen Kästen die etwas schäbige Fassade schmückten.

»Jacques ist nicht da.«

»Aha. Wo kann ich ihn denn finden?«

»Keine Ahnung. So weit geht unsere Freundschaft auch wieder nicht«, antwortete der junge Mann mit den wirren Haaren. »Sind Sie der Kommissar, der jetzt im Haus des alten Douglar wohnt?« Er wies nach Osten.

»Ja, Valjean von der Polizei Nizza. Und wie ist Ihr Name?«

»Daniel Guiot.«

»Könnte ich vielleicht mit Ihnen sprechen?«

»Ja, klar, kommen Sie doch rein.«

Die Haustür aus Holz, die Valjean an seine eigene erinnerte, öffnete sich, und er betrat den Flur des Nachbarhauses. In der geräumigen Küche war es trotz des offenen Fensters stickig, als hielten die Mauern die feuchte Luft fest. Der junge Mann, der eine Jeans und ein schlichtes T-Shirt trug, kochte gerade, wie der himmlische Duft schon hatte vermuten lassen.

»Das riecht wirklich wunderbar.« Valjean setzte sich an den Küchentisch.

»Ich bin Koch in einem Restaurant in Le Broc und habe heute frei. Eigentlich koche ich zu Hause selten, aber heute war mir einfach danach.«

Valjean bemerkte, dass die Namen der Ortschaften ihn immer mehr berührten. Es fühlte sich an wie ein leises Erkennen, ein vorsichtiges neues Gefühl. Der kleine Weiler Le Broc lag am Ende des Wanderweges, der an seinem Haus vorbeiführte.

»Sagen Sie, war Ihr Nachbar am 5. Mai abends zu Hause?«

»Jacques? Der ist oft in Nizza unterwegs, schläft meistens

nur hier. Am 5. Mai, warten Sie, da hatte ich Besuch von meiner Freundin. Das war ein wunderbarer Abend, daran erinnere ich mich genau. Sie kam zum Abendessen. Nein, ich glaube, da war er abends nicht da, sein alter Renault Kastenwagen stand zwar in der Einfahrt, aber drinnen war alles dunkel.«

»Vielleicht war er schon im Bett.«

»Nein, das glaube ich nicht, alle Fensterläden waren offen, als ich meine Freundin um Mitternacht verabschiedet habe. Und es war immer noch alles dunkel. Er macht die Läden immer zu, wenn er schlafen geht. Am Morgen danach waren sie jedenfalls geschlossen, das weiß ich noch genau.«

Guiot beugte sich ein wenig vor.

»Geht es etwa um den Mord in der Siedlung?«

Valjean schwieg und sah Guiot dabei in die Augen. Sein Zeuge hatte offenbar verstanden, denn er schüttelte nachdenklich den Kopf.

»Wenn Sie wollen, kann ich Sie in den Schuppen lassen. Ich habe einen Schlüssel von ihm. Wenn Kunden kommen, kann ich sie reinlassen, damit sie sich die Ware anschauen können.«

Erstaunt runzelte Valjean die Stirn.

»Das ist okay, er hat nichts dagegen, wissen Sie. Und Sie sind ja Polizist. Sie dürfen ja eigentlich alles.«

Guiot grinste.

Eigentlich nicht, dachte Valjean. Aber das würde er dem jungen Mann sicher nicht unter die Nase reiben.

»Gehen Sie einfach rein, und wenn Sie sich alles angeschaut haben, bringen Sie mir den Schlüssel zurück.«

Valjean stand auf, worauf Guiot einen altmodischen Bartschlüssel aus einem Schrank holte, den er Valjean übergab. Guiot ging durch den Hausflur voraus und wies ihm den Pfad durch den kleinen Garten.

Valjean bedankte sich und machte sich sofort auf den Weg, der von hohen Brennnesseln gesäumt wurde, in dem um diese Tageszeit zahllose Schmetterlinge tanzten. Es war wunderbar still, und in der Luft lag betörender Blütenduft, der von den umliegenden Wiesen zu ihm herüberwehte.

Kurz darauf stand er vor dem großen Schuppen hinter dem Haus von Jacques Socella. Er steckte den Schlüssel ins Schloss und öffnete das Tor. Im Inneren stieg ihm sofort der Geruch von altem Holz und Politur in die Nase. Er fand einen Lichtschalter und als er ihn drückte, sprangen mit einem surrenden Geräusch eine Reihe einfacher Neonröhren an der Decke an und fluteten den Schuppen mit Licht. Rechts und links an den Wänden entlang standen all die Dinge, die Socella zum Verkauf anbot. Kisten voll Krimskrams, Geschirr, Gemälde in verstaubten Rahmen, Schallplatten, alte Nähmaschinen und Spinnräder und weitere Dinge, die womöglich alle eines Tages irgendeinen Liebhaber finden würden.

Er drehte sich um und sah links neben sich einen abgetrennten Bereich, der Socella wahrscheinlich als Büro diente, denn er war mit einem einfachen Vorhängeschloss gesichert. Neben der Tür stand eine alte Milchkanne, instinktiv nahm er den Deckel ab und drehte sie um. Mit dem Schlüssel, der herausfiel, öffnete er das Vorhängeschloss. Die Menschen lernen auch nie dazu, dachte er, noch nicht einmal die Gauner selbst.

Als er die Tür öffnete, befand er sich in einem kleinen Raum, in dem alles viel ordentlicher wirkte. Auf einem Regal standen drei ansprechende Gemälde und zwei Skulpturen. Die kleinen Preisschilder zeigten, dass er offensichtlich einen Unterschied zwischen Kunst und Trödel machte. Auf einem Tisch stand eine kleine Vitrine mit verschiedenen Schmuckstücken, durchaus möglich, dass sich der Schmuck von Madame Durand darunter befand.

Valjean wandte sich jedoch sofort dem Schreibtisch zu, der in einer Ecke des Raumes stand. Er öffnete die Schubladen, in denen sich Rechnungsbücher und andere Notizhefte befanden. Als Valjean die Bücher anhob, spürte er, dass etwas Hartes unter ihnen lag. Er nahm die Bücher und Hefte heraus und blickte auf eine schon ältere, ziemlich verstaubte automatische Pistole von Heckler & Koch.

Sieh mal einer an, dachte Valjean, ein Waffenliebhaber ist er definitiv, dieser Monsieur Socella. Er hob die Pistole mit einem Bleistift an und fotografierte sie so mit dem Handy, dass die Seriennummer gut zu erkennen war. Ballard konnte sich darum kümmern. Mal schauen, welche Vergangenheit Socellas kleiner Freund hier hatte. Dann verstaute er die Waffe so, wie er sie vorgefunden hatte.

»Bitte rufen Sie mich an, wenn Sie Jacques sehen sollten«, sagte Valjean zu Guiot, als er wieder vor der Tür des Nachbarhauses stand, um dem Mann den Schlüssel zurückzugeben.

»Kein Problem. Klar, das mache ich«, antwortete dieser freundlich.

»Vielen Dank, dass ich mich umsehen durfte, das war eine große Hilfe.«

»Gern geschehen.«

Guiot zwinkerte ihm zu, und Valjean hatte das Gefühl, dass er Socella seinen Besuch hier nicht auf die Nase binden würde.

*

»Der Mähroboter tut es nicht. Ich werde mich darum kümmern müssen«, murmelte Hugo Martin und betrachtete den Rasen vor der Villa von Simone Durand. Valjean hatte sich sofort nach seinem kleinen Besuch bei Socella auf den Weg zu seinem Treffen mit dem Antiquitätenhändler gemacht.

Jetzt lief der Kommissar neben Martin auf das Haus der Immobilienmaklerin zu. Er musste zugeben, dass er sich gefreut hatte, Monsieur Martin wiederzutreffen, der wie verabredet pünktlich vor der Villa gestanden hatte. Und er hatte recht, der Rasen rund um die Villa war tatsächlich ein gutes Stück gewachsen, seit sie das letzte Mal hier gewesen waren.

Valjean schloss die Haustür auf. Im Inneren war die Luft abgestanden, Staubteilchen tanzten in den Sonnenstrahlen. »Schauen Sie sich doch bitte einmal um, Monsieur Martin«, sagte er, als sie im Salon standen. »Fällt Ihnen hier irgendetwas Ungewöhnliches auf?«

Der Kunsthändler kam seiner Aufforderung nach und sah sich aufmerksam in dem großen Raum um, betrachtete die Skulpturen, die Wände mit den Gemälden. Plötzlich stutzte er.

»Ja, hier ist tatsächlich etwas verändert.«

Konzentriert betrachtete Martin die südliche Wand, vor der die Sitzlandschaft stand.

»Ja, nicht wahr, ich hatte auch gleich das Gefühl, dass …«

»Dort!« Martin wies auf eine Stelle an der weiß getünchten Wand. »Das Gemälde mit dem jungen Mann, das ich ihr verkauft habe, hat genau hier gehangen. Ein schöner Platz, Simone hatte wirklich ein Händchen dafür, die Bilder zu arrangieren. Vielleicht hat sie es abgehängt, um es für Roussel einzupacken.«

»Gut möglich …«, sagte Valjean.

»Das Bild, das jetzt hier hängt, passt eigentlich nicht richtig in die Lücke, es ist viel zu groß.«

Natürlich, dachte Valjean. Wahrscheinlich war es das, was ihm aufgefallen war, als er die Bilder betrachtet hatte.

»Sehen Sie den Staubschatten hier?«

Martin hatte das Bild von der Wand genommen. »Man sieht genau, dass hier vorher ein anderes Gemälde gehangen hat.«

Valjean trat näher und erkannte die kaum sichtbare Linie, die zurückbleibt, wenn man ein Bild nach längerer Zeit abnimmt.

»Und dieses hier hing vorher woanders, daran erinnere ich mich genau. Nun, Simone hat mit Sicherheit alles ein wenig geändert. Sie wollte die Lücke mit diesem Landschaftsbild füllen. Zumindest vorläufig, denke ich.«

Martin trat ein paar Schritte zurück und betrachtete die restlichen Bilder, dann blickte er zu einer der anderen Wände hinüber. »Es hing dort drüben, sehen Sie.«

Valjean ging zu der Stelle, auf die Martin gezeigt hatte. Auch dort war ein sehr dezenter Staubschatten zu erkennen.

»Ja, Sie haben wahrscheinlich recht.« Valjean nickte. »Sie hat das Gemälde ganz sicher wegen des Verkaufs abgehängt. Und da sie noch keinen angemessenen Ersatz hatte, musste das Landschaftsbild seinen Platz einnehmen.«

Martin blickte sich erneut um.

»Ich frage mich einfach nur, wo es ist. Roussel wird es sicher bald abholen wollen.«

»Hier im Haus ist es jedenfalls nicht«, meinte Valjean. »Was denken Sie, fehlt noch irgendetwas anderes? Ein anderes Gemälde, eine Skulptur?«

Gemeinsam streiften sie durch die Villa. Als sie wieder im Salon standen, schüttelte Martin den Kopf.

»Alles ist so, wie es vorher auch war. Alles ist an seinem Platz. Soweit mich meine Erinnerung nicht täuscht. Und das Ölgemälde ... vielleicht wollte Simone es ja für Roussel rahmen lassen. Und dann hat sie es an ihn verschickt, und es ist noch unterwegs. Vielleicht sollte es eine Überraschung sein, und sie hatte ihm nichts davon gesagt?«

»Das wäre natürlich denkbar … obwohl die beiden die Übergabe ja mit einem netten Abendessen verbinden wollten.« Valjean überlegte. »Von einem bekannten Künstler stammte es jedenfalls nicht, sagten Sie?«

»*Mon Dieu*, nein. Hier hängen Bilder, die das Zehnfache wert sind. Finden Sie es nicht auch erstaunlich, dass die wertvollsten Kunstwerke noch an Ort und Stelle sind?«

»Doch, das ist ganz sicher erstaunlich«, antwortete Valjean nachdenklich.

»Dieses Gemälde muss irgendeine Rolle spielen bei dem, was hier vorgefallen ist.«

»Da mögen Sie recht haben, auch wenn sich mir im Augenblick nicht erschließt, worum es dabei gehen könnte. Aber ich denke, dass wir hier erst einmal nicht mehr tun können. Ich danke Ihnen jedenfalls für die Unterstützung.«

Martin blickte Valjean eine Zeit lang an, dann sagte er:

»Wissen Sie was, Kommissar. Vielleicht darf ich Sie ja mal zu mir nach Hause einladen, was meinen Sie? Ich angele ab und zu. Und ich würde Sie gerne einmal auf einen fangfrischen, gut zubereiteten Fisch einladen.«

Valjean lächelte.

»Sie angeln? Wie wunderbar. Dann können Sie mir doch sicher auch den ein oder anderen guten Fangplatz hier in der Gegend zeigen?«

»Es wäre mir ein Vergnügen.«

Sie standen bereits vor der Haustür, die Valjean eben abschließen wollte, als Madame Lefebre über den Weg zum Haus auf sie zukam.

»Oh Monsieur Valjean, gut, dass ich Sie hier sehe«, rief sie schon von Weitem und ganz außer Atem. »Ah, hallo Hugo«, sagte sie, als sie vor den beiden stand.

»Hallo, Veronique!«, gab Martin zurück. »Voller Tatendrang, wie immer?«

»Was kann ich für Sie tun, Madame Lefebre?«, fragte Valjean die ältere Dame, die ein wenig befangen wirkte.

»Sagen Sie, könnten Sie mir den Schlüssel zum Haus wiedergeben?«, fragte sie dann. »Ich soll hier saubermachen.«

»Saubermachen sollen Sie also?«, fragte Valjean.

»Ja, Monsieur Durand hat mich heute angerufen. Er möchte, dass das Haus sauber gehalten wird, und er hat mich gebeten, Sie nach dem Schlüssel zu fragen.«

»Oh, Madame Durands Bruder hat sich bei Ihnen gemeldet?«

»Ja, ein sehr freundlicher Herr«, antwortete Vero.

»Nun gut, das sollte kein Problem sein, der Tatort ist ja wieder freigegeben. Er kann ihn gerne bei uns auf dem Kommissariat abholen.« Er selbst hatte nach der forensischen Behandlung inzwischen auch Simones eigenen Schlüssel erhalten.

»Oh natürlich, das muss sicher alles seinen offiziellen Weg gehen, nicht?«

»Ja, so ist es wohl ...« Valjean lächelte.

»Gut, dann werde ich ihm das sagen«, meinte Vero und wandte sich zum Gehen.

»Hören Sie, Vero«, hielt Valjean sie zurück. »Kennen Sie das Gemälde, das im Salon von Madame an der Wand hing, ein junger Mann vor einem Oleanderbusch?«

Für den Bruchteil einer Sekunde blitzte so etwas wie Furcht in Veros Blick auf, dann schien sie sich zu fassen.

»Möglich ..., ich ... Was ist damit?«

»Nun, es ist nicht mehr dort und ...« Valjean führte eine vage Geste aus.

»Verdächtigen Sie etwa mich?« Die Augen der älteren Dame waren plötzlich vor Schreck geweitet.

»Aber Madame, nichts dergleichen wird hier behauptet.« Er legte eine Hand auf ihren Arm und bemerkte, dass sie leicht zitterte. »Machen Sie sich keine Sorgen.« Er zwinkerte ihr zu.

»Es ist nur …, wenn man in einem fremden Haus arbeitet, so wie ich … es ist das Schlimmste, was einem da passieren kann …«, sagte sie mit unsicherer Stimme.

»Nun, wie ich schon sagte, machen Sie sich keine Sorgen. Aber wenn Ihnen noch etwas dazu einfällt, denken Sie an uns.«

»Natürlich.« Vero nickte leicht, dann drehte sie sich um und eilte davon.

*

In dem kleinen Dorfladen stand die Luft. Die Sonne schien direkt auf das Schaufenster, hinter dem ausgeblichene Grillkohlesäcke und zwei Pakete Campingkocher auf Käufer warteten. Die zwei Dosen Cola, die Valjean in der Hand hielt, während er an der Kasse anstand, waren mit eiskalten Tröpfchen bedeckt und versprachen baldige Kühlung. Doch erst musste die Kundin vor ihm ihre Möhren und Zwiebeln in einer Stofftasche verstauen, dazu Knoblauch und frische Mandarinen. Ansonsten war der kleine Laden leer.

Eigentlich lohnte es sich gar nicht mehr, ins Kommissariat zu fahren, aber die Speicherkarte der Wildkamera brannte wie Feuer in seiner Hosentasche. Zudem hatte er Ballard angerufen und ihn gebeten, nähere Informationen über Socella zu besorgen. Also versorgte er sich schnell mit einem kalten Getränk, bevor er sich in sein Auto setzte, um nach Nizza zu fahren.

»Ach Adèle, diese Madame Garonde von da oben, die ist wirklich frech.«

Die Kundin vor ihm verdrehte die Augen, während Madame Mercier sich auf die Ablage neben der Kasse stützte und zuhörte. Manchmal hatte Valjean das Gefühl, dass die Dorfbewohner extra ein kleines Schwätzchen begannen, wenn sie ihn sahen und er es gerade eilig hatte. Genau wie diese Handwerker.

»Du weißt ja, die möchte doch allen Ernstes einen Bouleplatz da oben anlegen lassen. Halb auf ihrem Grundstück und halb auf dem der armen Simone. Sie hatte schon einen Gartenbauer mit einem Angebot beauftragt.«

»Ich habe davon gehört. Einen Bouleplatz für die Nachbarschaft dort oben, es ist verrückt«, bestätigte Madame Mercier und wischte einige Krümel von dem kurzen Warenband.

»Auf dem Grundstück von Madame Durand?« Valjean hatte die Worte schneller ausgesprochen, als es seine Absicht gewesen war.

»Ja, genau. Das gibt einem doch zu denken, oder?«, richtete sich die Kundin jetzt an ihn. »Aber Simone wollte das nicht. Was ich gut verstehen kann. Schließlich haben wir doch einen Bouleplatz hier unten.«

»So ist es«, murmelte Madame Mercier an der Kasse.

»Aber da ist sich Madame zu fein, hier mit den anderen zu spielen. Und jetzt hat die Garonde doch sofort den Bruder von Simone bequatscht … Und auch eine Abfuhr erhalten, weil er das Haus wahrscheinlich verkauft.«

Madame Mercier nickte bedeutungsschwanger. Die Kundin drehte sich erneut um, sodass sie Valjean direkt in die Augen schaute. Sie musterte ihn von oben bis unten und fragte dann: »Sind Sie nicht der Kommissar aus Nizza, der im Haus vom alten Douglar wohnt?«

»Ja, das haben Sie richtig beobachtet«, Valjean grinste. Er war inzwischen scheinbar eine richtige Berühmtheit.

»Madame Desantrange«, stellte sich die Frau mittleren Alters vor und strich sich eine Locke hinters Ohr.

Valjean legte die Coladosen auf das Band.

»Ist das nicht mehr als verdächtig, was meinen Sie?« Vor lauter Aufregung über ihre eigene Theorie verkrampften sich ihre Finger um den Griff der Tasche.

»Nun, das vielleicht nicht gerade …, aber es ist natürlich ein interessantes Vorhaben, so ein Bouleplatz.« Er lächelte.

Madame Desantrange warf ihm einen zweifelnden Blick zu.

»Kannten Sie sie gut?«, fragte Valjean.

»Madame Durand?«

Valjean nickte.

Die Frau wiegte den Kopf. »Nur von ein paar Plaudereien auf der Straße. Sie war nett, aber auch sehr bestimmt. Sie hat mir klar gesagt, dass sie nicht einen Zentimeter von ihrem Boden für diesen Unfug abgeben wird. Das wäre ja noch schöner, wenn sich die Nachbarn einfach fremdes Terrain aneignen könnten, hat sie gesagt.«

»Und Madame Garonde hat den Bruder auch schon angesprochen? Sie scheint ja sehr hartnäckig zu sein.«

»Ich habe gehört, die meisten wollen diesen Platz gar nicht. Wie gesagt, wir haben hier schon einen.« Sie wies zur Tür hinaus in eine unbestimmte Richtung. »Und es ist wirklich ein schöner Platz, wenn dort nicht ständig Falschparker stehen würden. Aber da pass ich auf, die notier ich mir gleich, wissen Sie.«

»Natürlich.«

Valjean war dort schon vorbeigegangen. Der Platz lag in der Dorfmitte unter schattigen Pinien mit einladenden Bänken ringsum. Und immer standen dort einige der älteren Dorfbewohner und warfen ihre Kugeln.

»Aber nein, diese Siedlung da oben muss ja unbedingt einen eigenen bekommen.« Sie schnaufte. »Diese Frau ist unmöglich. Sie terrorisiert die Nachbarn, tratscht über alles und jeden und macht sich unglaublich wichtig. Niemand kann sie leiden.«

Valjean verkniff sich ein Grinsen. Er ermahnte sich, objektiv zu bleiben. Schließlich musste er Madame Garonde ja nicht heiraten.

»Was sagt denn Monsieur Garonde dazu?«

Madame Desantrange winkte ab. »Pah.« Dabei blickte sie Madame Mercier an, die zustimmend nickte. Womit alles gesagt zu sein schien.

»Gab es da noch andere Unstimmigkeiten mit Madame Durand?«

»Nicht, dass ich wüsste. Sie kam so weit mit allen gut klar.« Dann legte sie den Finger an die Lippen, als würde sie nachdenken. »Warten Sie … mit Amelie hatte sie kürzlich eine längere Auseinandersetzung.«

Stumm blickte er die Frau an, die ihm gegenüberstand. Madame Mercier hatte inzwischen begonnen, das Geld in der Kasse zu zählen.

»Es ging in letzter Zeit um die Hühner. Simone hat mir mal gesagt, dass die Hühner oft über die Mauer flattern, ihren Rasen kaputt scharren und ihre Hinterlassenschaften überall verteilen. Sie hat von Amelie verlangt, den Zaun höher zu setzen. Wie gesagt, Simone war da sehr bestimmt. Aber Amelie hat das bis heute nicht getan.«

»Und deshalb hatten sie auch weiterhin Streit?«

»Ja, aber das habe ich nur von anderen gehört. Angeblich hat Simone Amelie sogar ein Angebot für die Wiese gemacht. Sie wollte das Hühnerproblem wohl auf diese Weise beseitigen.«

»Und von wem haben Sie das gehört?«

»Paul hat es mal erwähnt. Er und Simone verstanden sich sehr gut. Aber so sind die Menschen wohl, ständig gibt es irgendwo Reibereien.«

»Wie wahr, wie wahr, Madame Desantrange. Gut, dass es da zumindest einige gibt, die sich noch aufrichtig Sorgen um ihre Mitmenschen machen.«

»Ja, das ist wirklich ein Segen, nicht wahr, Monsieur Valjean.«

Mit einem glücklichen Seufzen wandte sich die Frau um und ging davon. Als Valjean die Coladosen vom Band nahm, waren die kühlen Tropfen darauf verschwunden.

*

»Hallo, zurück aus dem Dorf?«, fragte Ballard grinsend, als Valjean das Büro betrat.

»Ja, so ist es, melde mich zurück in der großen Stadt«, antwortete er.

Valjean war sofort in die Räume der forensischen Abteilung gegangen, als er im Kommissariat angekommen war, damit die Daten auf der Speicherkarte der Wildkamera bald untersucht werden konnten. Die Mitarbeiterin im weißen Kittel hatte ihm versprochen, ihr Bestes zu geben, doch sie könne nichts versprechen bei dieser Art von grob auflösenden Kameras. Valjean hoffte trotzdem, dass der Fund ihnen weiterhelfen würde.

»Und? Gibt es Neuigkeiten von dort?« Ballard sah ihn an.

»Ich war noch einmal im Haus der Durand, gemeinsam

mit Hugo Martin. Wir müssen davon ausgehen, dass das Gemälde fehlt, das an Lucas Roussel verkauft wurde, aber bisher nicht bei ihm eingetroffen ist. Könntest du die Paketdienste in Carros und Umgebung checken? Es geht um ein Paket, das ein Bild enthalten habe könnte, ungefähr sechzig mal vierzig. Empfänger: Lucas Roussel, Castellane.«

»Kein Problem. Sonst noch was?«

Valjean nahm das Handy in die Hand und zeigte ihm das Foto der Pistole. »Ich habe hier die Seriennummer einer Pistole. Kannst du prüfen, ob die Waffe erkennungsdienstlich schon mal aufgetaucht ist?«

»Und wem gehört die? Unser Tatwerkzeug war ein Blumentopf, soweit ich mich erinnere.«

»Das stimmt. Doch die Pistole gehört diesem Jacques Socella, dem Typen, der im Lollo Rosso für einen Einbruch geworben hat. Ich war bei ihm, ein Nachbar hatte einen Schlüssel zu seinem Schuppen, in dem er sein Zeug verkauft. Ich hab die Gelegenheit beim Schopf gepackt und mich da mal genauer umgesehen.«

»Ohne Durchsuchungsbeschluss?«

Valjean schaute seinem Kollegen tief in die Augen. »Ich war nur ein Kunde, der sich die Ware ansehen wollte.«

Ballard seufzte.

»Versuch rauszubekommen, ob die Waffe irgendwann in den letzten Jahren polizeilich erfasst wurde, vielleicht im Zusammenhang mit Einbruchsdelikten. Er scheint auf diesem Gebiet aktiv zu sein, und Monsieur scheint gern um sich zu schießen. Ich hoffe nur, dass er sich nicht abgesetzt hat. Und ... Patrice ... häng es einfach nicht an die große Glocke, ja?«

Ballard hob einen Daumen.

»Auch das ist kein Problem.«

»Du hast was gut bei mir.«

»Ich werde dich dran erinnern.«

»Und bei dir? Was hast du herausgefunden in der Zwischenzeit?«

»Warte ...«, sagte Ballard und kramte in seinen Notizen. »Wir konnten inzwischen auf das Handy von Simone Durand zugreifen. Überwiegend Geschäftliches, Kundenkontakte. Zwei Tage vor ihrem Tod eine Nachricht an Lucas Roussel. Sie hat sich mit ihm zum Essen verabredet, in Entrevaux, was, wie du weißt, auf halber Strecke zwischen Carros und Castellane liegt. Ansonsten hat sie mit ihm immer nur kurze Gespräche geführt, über WhatsApp, meist geschäftliche Dinge, wie Baumaßnahmen an einem ihrer Objekte.«

»Das bestätigt dann ja so weit die Aussagen von Monsieur Roussel.«

»Mit ihrem Bruder hat sie auch telefoniert, in den letzten drei Monaten ein wenig häufiger. Inhaltlich nichts besonders Interessantes. Ein-, zweimal kündigt sich der Bruder kurz zu einem Besuch an. Dann eine Nachricht von Hugo Martin, in dem es um diese Madonna ging.«

»Auch das wissen wir bereits ...«

»Aber dann sind da noch die Unterhaltungen mit einer ihrer Freundinnen, einer Madame Vernay aus Cannes. Ziemlich regelmäßig. Ich würde sagen, die typischen Themen zwischen Freundinnen, über den Job, über Männer, nichts Ungewöhnliches. Aber diese Vernay war wahrscheinlich die letzte Person, mit der Simone Durand gesprochen hat. Das letzte Gespräch ist vom 5. Mai, 21.44 Uhr.«

»Das hört sich interessant an.«

»Korrekt. Also habe ich Madame Vernay sofort angerufen. Sie war fassungslos, von Madame Durands Tod zu erfahren. Die Arme konnte sich nicht vorstellen, wer es gewesen sein könnte. Sie hat mir bestätigt, dass sie häufig mit Madame Durand telefoniert hat. Simone sei gewesen wie immer, übermüdet, aber gut gelaunt und optimistisch.«

»Kein Streit, keine Spannungen zwischen den beiden?«

»Kein Streit, sie waren beste Freundinnen, schon seit Langem. Aber dann hat die Vernay mir erzählt, dass Simone Durand bei diesem letzten Telefonat eine rätselhafte Andeutung gemacht habe. Sie sagte, dass es eine Neuigkeit gebe, etwas wirklich Aufregendes. Aber sie wollte ihrer Freundin noch nichts Genaues sagen. Es klang geheimnisvoll, als hätte es in Madame Durands Leben eine Überraschung gegeben, etwas Erfreuliches.«

»Gut, das könnte interessant sein. Ich denke, ich werde ihr auch noch mal einen Besuch abstatten, vielleicht ist ihr inzwischen ja etwas mehr dazu eingefallen.«

»Gut. Ansonsten habe ich die Kollegen von der Streife angewiesen, ein Auge auf Monsieur Socella zu haben. Falls sie ihn irgendwo sehen, wissen wir als Erste Bescheid. Und ich habe mich natürlich schon ein wenig schlau gemacht über ihn.« Er nahm eines seiner Blätter zur Hand. »Socella stammt aus Lyon, hat dort früher mal die Kunstakademie besucht, bevor er hier an die Côte kam. Er ist vorbestraft wegen kleinerer Sachen. Betrug, kleine Diebstähle, Hehlerei und so. Er hat Kontakte zu diversen anderen Hehlern. Bisher ist er jedoch immer mit Geld- oder Bewährungsstrafen davongekommen. Seit vier Jahren ist er sauber und kommt finanziell so gerade über die Runden.«

»Danke dir. Das passt zu meinen Erkenntnissen.«

»Denkst du wirklich, er wollte in Carros einbrechen? Seine anderen Straftaten hat er hier in Nizza und in Menton verübt, niemals in seinem eigenen Dorf. Er ist doch nicht dumm.«

»Deshalb hat er ja auch versucht, diesen Ari dafür zu gewinnen. Er wollte sich die Finger nicht selber schmutzig machen«, erklärte Valjean. »Und zeitlich stimmt es auch.«

»Du meinst diesen Jungen aus Gambetta? Vielleicht ist er ja woanders fündig geworden.«

In der nächsten Stunde gingen sie die Ergebnisse der übrigen Recherchen durch. Auf Simones Konto gab es keine auffälligen Einzahlungen oder Abbuchungen. Alle Transaktionen konnten einem Zweck zugeordnet werden. Keine Hinweise auf schwarze Konten.

Auch Roussels Konten wiesen keine Überraschungen auf, was jedoch nicht viel heißen mochte, denn als Bauunternehmer verfügte er womöglich über Schwarzgeld.

Das Casino Roulodrome, in dem Robert Durand angeblich zur Tatzeit gewesen war, hatte nur eine vorgetäuschte Videoüberwachung, und die Angestellten konnten sich bei ihren vielen Kunden nicht an einen Mann wie Durand erinnern.

Als das Telefon auf seinem Schreibtisch ein schrilles Klingeln von sich gab, schreckte Valjean auf. Nach einem Blick auf das Display nahm er sofort den Hörer ab. Die Gummistiefel, das war wirklich schnell gegangen, dachte er. Die Forensik teilte ihm mit, dass man die Farbe der Stiefel leider unmöglich identifizieren könne.

»Aber eine Art Riss oder Schramme am Stiefel wird sichtbar, wenn man das Bild vergrößert. Ein dunkler, gerade verlaufender Schatten. Und zwar vorn am Schaft, beginnend am oberen Rand.«

Das ist doch fast noch besser, dachte Valjean.

»Vielen Dank, dass ihr euch so reingehängt habt«, sagte er und legte wieder auf.

»Hier, lies mal.« Ballard winkte ihn zum Monitor, er hatte eine E-Mail der korsischen Polizei geöffnet. »Gerade ist ein Bericht reingekommen.«

»Monsieur Toscarelli, der Partygänger?«, sagte Valjean nach einem Blick auf den Monitor.

»Ja, so ist es.« Valjean beugte sich vor und las das Ergebnis der Befragung zum Fall Durand durch die korsischen Kollegen. »Eine Frau?«, fragte er ungläubig.

Ballard nickte. »Genau. Toscarelli hat zur Tatzeit aus dem Schlafzimmerfenster heraus eine Gestalt über Simones Grundstück huschen sehen. Sie hätte nicht wie Simone ausgesehen. Der Gangart nach eher eine Frau. In einem dunklen Kapuzenpullover, die Haare waren nicht zu sehen. Mittlere Größe.«

Sehr unwahrscheinlich, dass Amelie Chabrol in ihre eigene Fotofalle getappt war. Dann hätte sie ihm niemals die Speicherkarte überlassen. Und er hielt sie nicht für so abgebrüht, dass sie dies alles nur vorgetäuscht hatte, um den Verdacht von sich abzulenken. Es musste eine andere Person, wahrscheinlich eine andere Frau, gewesen sein oder ein eher kleiner Mann.

»Können wir davon ausgehen, dass die Person, die Toscarelli gesehen hat, identisch ist mit der Person in Gummistiefeln?«, überlegte er.

»Sehr wahrscheinlich.«

»Und ist sie identisch mit dem Mörder … oder sollte ich besser Mörderin sagen?«

»Zumindest liegt das nahe. Allerdings ist da ja auch noch dein Trödler Socella, der einen Einbruch geplant hatte.«

Seufzend stützte Valjean seinen Kopf in die Hände.

»Genau. Und der ist keine Frau.«

Kapitel 5

Am späten Nachmittag noch Käse zu machen, war eigentlich nicht in Amelie Chabrols Sinn gewesen. Am Vormittag war ein Zicklein auf die Welt gekommen, es war ein wenig schwach gewesen, und Amelie hatte lange bei ihm gesessen, um zu schauen, ob es trinken würde. Glücklicherweise war alles gutgegangen, das Kleine war über den Berg.

Die Ziegen waren nicht nur Beruf und Lebensunterhalt, jede einzelne von ihnen war ihr ans Herz gewachsen, und langweilig wurde es mit ihnen nie. Kurz hatte sie noch einmal bei Mutter und Ziegenkitz vorbeigeschaut, und sie war erleichtert gewesen, die beiden satt und zufrieden im Stroh liegen zu sehen.

Jetzt stand sie also in der Käsekammer und war konzentriert bei der Arbeit, brachte die Milch auf Temperatur, dosierte alle Zutaten genau. Als sie gerade das Naturlab abwog, tauchte ein Schatten an der Tür auf. Gegen das hereinfallende Sonnenlicht erkannte sie Kommissar Valjean, der im Türrahmen stand.

»Georges, Sie haben mich erschreckt.«

»Pardon, das wollte ich nicht. Störe ich?«

Ein wenig belustigt musterte er die Plastikhaube, die sie wie immer beim Käsemachen über den Haaren trug.

»Ein wenig«, sagte sie lächelnd, goss das Lab in die Käsewanne und stellte die Maschine an. Sogleich brummte der Motor, und der Rührer zog seine Kreise durch die Milch.

»Das sieht alles sehr professionell aus.« Er betrachtete die blitzsaubere Käseküche.

Sie war stolz auf ihr hell gekacheltes Reich, auf die Armaturen aus Edelstahl, die hochwertigen Geräte. Es roch so gut nach Milch, Gewürzen und natürlich nach ihrem leckeren Käse.

»Eigentlich wollte ich Sie etwas fragen. Soll ich lieber später wiederkommen?« Er hob entschuldigend eine Hand.

Sie trat zum Tisch und stellte die Formen in Reih und Glied, um sie zu desinfizieren.

»Nein, ist schon in Ordnung. Die Milch muss jetzt eindicken, ungefähr eine Dreiviertelstunde lang.«

Sie stellte den Rührer aus und legte einen Deckel auf die Käsewanne.

»Wird das Frischkäse?«

»Wollten Sie das fragen?«

Ihre roten Gummistiefel quietschten, als sie grinsend über die Bodenfliesen zum Tisch zurückging, wo sie mit dem Desinfektionsmittel aus der Sprühflasche den Bakterien in den Abtropfbehältern zu Leibe rückte.

Er lachte kurz. »Nein, natürlich nicht.«

Sie bemerkte, dass Valjean seinen Blick intensiv auf ihre Stiefel gerichtet hielt, statt sie anzuschauen.

»Gefallen sie Ihnen?«

»Sind sie neu?«, fragte er.

Sie musste lachen. »Netter Versuch.« Sie wischte sich die juckende Nase am Oberarm ab. »Nein, sie sind ein Vierteljahr alt, und es sind nicht die Stiefel auf dem Foto.«

Täuschte sie sich oder wurde er ein wenig verlegen?

Valjean biss sich auf die Unterlippe, dann sagte er: »Eigentlich wollte ich Sie fragen, warum Madame Durand Interesse an Ihrer Wiese hatte.«

Für einen Moment hielt sie in der Bewegung inne. Natürlich, Madame Desantrange hatte wieder einmal dafür gesorgt, dass in diesem Ort nichts verborgen blieb. Sie war fast ebenso schlimm wie Madame Garonde.

»Hat Madame Durand Sie unter Druck gesetzt? Hatten Sie Streit deswegen?«

»Streit würde ich es nicht nennen, aber ich musste ziemlich deutlich werden.« Sie dachte nach. »Ich habe versucht, die Hühner mit Stacheldraht von ihrer Mauer fernzuhalten. Das haben Sie ja gesehen.«

»Aber trotzdem wollte sie gern ihr Grundstück erweitern.«

»Sie hat mir ziemlich viel Geld dafür geboten. Beinahe wäre ich schwach geworden.« Sie spülte die letzte Form mit Wasser aus und stellte sie in das Abtropfgestell. »Aber diese karge Wiese ist optimal für die Hühner. Und ich brauche sie, schließlich brauchen die Ziegen auch ihren Platz. Nein, ich wollte einfach nicht verkaufen. Es war Tante Sophies Land und jetzt ist es meins. Da gibt es nichts zu verkaufen, und das habe ich ihr deutlich gemacht.«

»Ich verstehe …«, sagte Valjean, und eine unangenehme Stille entstand zwischen ihnen.

»Haben Sie nicht Lust, mir dabei zu helfen, den Käse in die Formen zu füllen?«, fragte sie schließlich einfach.

Überrascht zogen sich seine Augenbrauen zusammen. Als wäre er noch nie auf den Gedanken gekommen, dass Ziegenkäse nicht einfach so vom Himmel in die Kühltheke fällt.

»Nun …, also … ich wollte eigentlich Wasser aufsetzen … Sie wissen ja, die Heizung, sie …«

»Das Arbeiten hält auch warm«, Amelie lächelte.

»Wenn Sie meinen, ich …«

»Nun kommen Sie schon.«

Ein Lächeln stahl sich in sein Gesicht, ein verdammt attraktives Lächeln, musste sie feststellen.

»Ein wenig Zeit bleibt noch, bis die Milch dick genug ist und bis dahin können Sie mir bei einer anderen Sache helfen.«

Amelie winkte Valjean, ihm zu folgen. Er schien inzwischen vergessen zu haben, dass er Wasser aufsetzen wollte, und folgte ihr, ohne zu fragen.

Amelie ging kurz zur Melkstube, tauschte an der Tür ihre Stiefel gegen Crocs und bedeutete Valjean, kurz draußen zu warten. Sie nahm eine große Schüssel voll Ziegenmilch und füllte sie in vier Flaschen, die mit Saugern bestückt waren. Dann trat sie hinaus ins Licht der tief stehenden Sonne und bemerkte Valjeans irritierten Ausdruck, als er die Flaschen betrachtete.

»Kommen Sie schon, die sind nicht für Sie.« Sie lachte leise und ging dann mit Valjean hinüber zum Stall. Als sie durch die Gasse gingen, erhaschte Valjean einen Blick auf ein sehr kleines Zicklein in einer Box, das sich eng an das Muttertier schmiegte. Ein Anblick, bei dem ihm das Herz aufging.

Vorsichtig öffnete Amelie nun die Tür einer anderen Box, und sofort wurden sie und Valjean umringt von vier Zicklein, die bereits abgesetzt waren. Sie meckerten um die Wette, stupsten sie an und stiegen mit ihren harten, kleinen Klauen an ihnen empor.

»*Doucement*, ihr Süßen!«, sagte Amelie und betrachtete belustigt, wie Valjean versuchte, seine Hose vor den neugierigen Annäherungsversuchen zu schützen. Schnell drückte Amelie ihm zwei der Fläschchen in die Hand. Kurz zögerte Valjean, doch dann ließ das Drängen der kleinen Ziegen ihm keine Wahl, und er hielt zwei von ihnen je eine Flasche hin. Sogleich begannen die beiden Tiere gierig zu saugen. Amelie sah, wie er zu ihr hinüberschaute und sie dabei betrachtete, wie sie den anderen beiden Ziegen ihre Milch gab. Der Duft von Heu und Kräutern lag über dem Raum, der bald von einem wohligen Schmatzen und Glucksen erfüllt war. Und Amelie sah, dass Valjean seinen Blick inzwischen nicht mehr von den Zicklein abwenden konnte.

»Das ist wirklich schön, Amelie«, sagte er ganz in Gedanken versunken.

Als sie kurz darauf in der Käsekammer an der Käsewanne standen, fühlte sich Valjean vollkommen entspannt.

Fasziniert sah er zu, wie Amelie mit der Hand ein paar Brocken Käse aus der Wanne fischte und sie dann probierte, während er am Waschbecken seine Finger erst schrubbte und dann desinfizierte.

»So, das reicht«, sagte sie und lächelte ihm zu, »jetzt können wir anfangen.«

Sie ließ die Molke über einen Ablass in einen Eimer laufen, dann drückte sie ihm eine kleine Kunststoffschüssel mit Löchern in die Hand. Sie beugte sich über die Wanne, fischte weiter Brocken heraus und stopfte sie mit in die Form.

»Sie müssen gut zudrücken, gut pressen.«

Also tauchte er seine Hand auch in die kühle Masse und drückte den Frischkäse in die Formen. Amelie betrachtete ihn genau.

»Sie haben Talent. Wollen Sie nicht bei mir anfangen?«, fragte sie schelmisch und drückte noch einmal fest auf die Masse in seiner Form, sodass noch mehr Flüssigkeit aus den Löchern quoll.

»Ich weiß nicht ... Ich quetsche lieber Menschen aus ...«, sagte er und zog eine Grimasse.

Amelie lachte.

Zuerst war er sich recht ungeschickt vorgekommen, doch allmählich gelang es ihm immer besser. Es war ein ungewohntes Gefühl, mit den Händen zu arbeiten und seinen Gedanken eine Pause zu gönnen, aber er merkte, wie sehr er es genoss. Es roch frisch nach Salz und Kräutern, und er hatte das Gefühl, den Käse schon auf der Zunge zu schmecken. Amelie warf hin und wieder einen Blick auf sein Werk. Innerhalb einer halben Stunde hatten sie eine ganze Reihe Formen gefüllt und auf einen Tisch gestellt. Die Wanne war leer, und er trocknete sich die Hände an einem sauberen Handtuch ab, während Amelie die Schüsseln mit Deckeln verschloss. Sie forderte ihn auf, sie unter eine Presse zu stellen, die Amelie dann fest anzog.

»Die Formen werden jetzt zwölf Stunden lang gepresst, danach kommen die Käselaibe in eine Salzlake.«

Sie lächelte ihn an, und Valjean konnte seinen Blick kaum von ihr abwenden. Kurz vergaß er alles um sich herum …, dann klingelte das Handy.

»Oh …, pardon, das tut mir leid«, sagte er und schüttelte sich kurz, als wäre er aus einem Traum erwacht. »Ich muss da leider rangehen …«

»Ja, natürlich, kein Problem«, Amelie drehte sich wieder zu der Käsepresse um und ließ ihn in Ruhe telefonieren.

»Hallo, Georges«, meldete sich Ballard, »ich habe von einer Streife in Villefranche-sur-Mer die Nachricht bekommen, dass sie Jacques Socella gesehen haben. Er ist dort auf einem Nachtmarkt und gerade dabei, seine Sachen aufzubauen.«

Valjean war sofort ganz bei der Sache.

»Ah, *bon*, sehr gut«, sagte er. »Dann werde ich mich wohl auf den Weg machen. Muss mich wohl nur kurz umziehen, wie es aussieht.«

»Umziehen?«

»Ach vergiss es, nicht so wichtig. Danke dir für die Nachricht.«

Als er aufgelegt hatte, sah er Amelie verlegen an. »Seien Sie mir nicht böse, aber ich muss leider sofort weg.« Noch einmal blickte er ihr direkt in die Augen. »Es war sehr schön, Amelie. Ich möchte mich dafür bedanken.«

*

Auf der Fahrt nach Villefranche-sur-Mer umrundete Valjean den Mont Boron, Nizzas Hausberg, mit seinen Wäldchen, Villen und Parks. Auf der von Nizza abgewandten Seite eröffnete sich immer wieder der Blick auf das blaue Meer, und als er einige der Serpentinen kurz vor Villefranche nahm, erkannte er hoch oben auf dem Grat des Boron das Fort du Mont Alban, das Nizza bewachte. Den Arm hatte er lässig ins offene Fenster gelegt, sodass der Fahrtwind über seine Haut strich. Er konnte gut verstehen, dass hier jeder ein Cabrio fahren wollte.

Villefranche schmiegte sich in eine kleine Bucht, und draußen auf dem Meer schaukelten Jachten, doch sein Blick blieb an der Halbinsel Cap Ferrat hängen, wo die unzugänglichen, gut bewachten Villen der Prominenten lagen.

Bald war er in der Altstadt angekommen und folgte den Plakaten, die in fröhlichen Bildern den ersten sommerlichen Nachtmarkt des Ortes ankündigten. Ein Parkplatz zwischen Meer und Markt, der von pastellfarbenen Häusern gesäumt wurde, war abgesperrt worden und stand den Trödlern, Händlern und Bauern zur Verfügung. Er parkte an einer freien Stelle und legte einen Polizeiausweis in den Citroën.

Obwohl es längst noch nicht Nacht war, noch keine Fackeln flackerten und noch keine Lampions und Lichterketten die Zweige der Olivenbäumchen und Oleandersträucher schmückten, schien eine gewisse Aufregung über dem Ort zu schweben. Eifrig waren die Händler mit dem Aufbau ihrer Stände beschäftigt. Bullis und Autos mit Anhängern standen überall auf dem Platz.

Als er aus dem Wagen stieg, kam der Polizeibeamte auf ihn zu, der am Eingang zum Parkplatz gestanden und ihn mit Blicken verfolgt hatte. Mit gerunzelter Stirn sah er ihn an.

»Monsieur, Sie parken im …«

»Kommissar Valjean aus Nizza.« Er zeigte seine Dienstmarke.

»Ah Monsieur, Sie sind das.«

Sofort wies der Polizist auf einen Tisch nicht weit entfernt, auf dem bereits die Ware ausgebreitet war.

»Ihre Kollegen haben mir Bescheid gegeben. Dort drüben, das ist Monsieur Socellas Stand.«

Eine Gestalt tauchte gerade aus dem Fond eines alten Renault auf und stellte einen weiteren Karton auf den Tisch.

»Vielen Dank«, sagte Valjean und ging hinüber.

»Glauben Sie mir oder lassen Sie es!«, fauchte Socella ihn an, nachdem er ihn mit den Aussagen der jungen Männer aus dem Lollo Rosso konfrontiert und ihn zum wiederholten Mal nach seinem Alibi für die Mordnacht befragt hatte.

»Ich war an dem Abend zu Hause und bin auf dem Sofa eingeschlafen. Ich bin weder irgendwo eingebrochen noch habe ich jemanden getötet. Und ausgerechnet in Carros? Ich bin doch nicht lebensmüde. Das ist totaler Unfug.«

Jacques Socella, der vielleicht vierzig Jahre alt war, trug einen Zopf. Er war der Typ Trödler, den man in Holzschuhen und in Kordweste auf jedem Trödelmarkt dabei antraf, wie er gerade eine Gauloise rauchte.

Valjean nickte.

»Gut. Während der Fernseher lief, sind Sie eingeschlafen. Geht mir auch manchmal so.«

»Genau so war es. Ich verstehe nicht, was Sie von mir wollen!«

»Und dann sind Sie wach geworden, haben den Fernseher ausgeschaltet und sind ins Bett gegangen?«

»Was ist falsch daran?«, begehrte Socella auf und drückte die Zigarette in einem bunten Keramikaschenbecher aus. Valjean fragte sich kurz, ob er den Aschenbecher noch verkaufen wollte.

»Alles ist daran falsch. Die Nachbarn haben kein Licht bei Ihnen gesehen, auch nicht von einem Fernseher.«

»Dann war ich wohl schon im Bett.«

»Ohne wie gewohnt die Fensterläden zu schließen?«

»Ich war müde! Ich habe sie aufgelassen.«

»Wann sind Sie am nächsten Morgen aufgestanden?«

»*Mon Dieu*, das weiß ich doch nicht mehr!«

Socella schlug mit der Faust auf den Tisch, riss sich aber wieder zusammen, als das Geschirr zart klirrte.

»Wann ungefähr?«, fragte Valjean milde, während er den neugierigen Nachbarn an den Ständen nebenan mit einem Blick bedeutete, sich um ihre eigenen Angelegenheiten zu kümmern.

»Wie immer, denke ich. Um acht.«

»Haben Sie durchgeschlafen, wenn Sie so müde waren?«

»Muss ich wohl.«

»Wer hat dann in der Nacht die Läden geschlossen? Schlafwandeln Sie etwa?«

»Geschl…«

Socellas Augen wurden groß, dann schwieg er und spielte an einem Armband aus dunklen Holzkugeln, das er am Handgelenk trug.

»Ja. Die Läden waren morgens geschlossen. Ein Zeuge hat das gesehen.«

»Das kann ja nur einer gewesen sein«, brummte sein Verdächtiger und ließ die Schultern hängen. Dann richtete er sich wieder auf. »Das mit den Fensterläden hat überhaupt nichts zu sagen.«

Langsam ging Valjean um den Renault herum. Die Türen standen offen, und er warf einen Blick auf die halb vollen Kisten, die noch nicht ausgepackt waren.

»Ihre Freunde aus Gambetta haben ausgesagt, dass Sie eine Gaspistole besitzen. Haben Sie die dabei?«

Mit verkniffenem Gesicht ging Socella zur Beifahrerseite und öffnete das Handschuhfach. Mit der Gaspistole in der Hand drehte er sich zu Valjean um.

»Ho, ho, nehmen Sie das Ding herunter!«

Sofort richtete Socella die Waffe auf den Boden und legte sie dann zurück in das Handschuhfach. Dann zog er einen zusammengefalteten Schein aus seiner Brieftasche.

»Hier ist die Genehmigung. Sonst noch Fragen?«

Valjean nahm das Papier entgegen, um die Eintragungen zu lesen. Die Genehmigung umfasste nur die Gaspistole, nicht die Heckler & Koch, die er im Schreibtisch gefunden hatte. Zu gern hätte er Socella direkt damit konfrontiert und sein überraschtes Gesicht gesehen, doch er hielt sich zurück, das musste warten.

Socella schloss die Beifahrertür und kehrte dann missmutig zu seinem Stand zurück, wo er einige Teller hin- und herschob.

»Wie gesagt, mit der Waffe hat alles seine Ordnung«,

murmelte er, nahm die Genehmigung wieder an sich und verstaute sie umständlich wieder in seiner Brieftasche. Dann zündete er sich eine neue Zigarette an.

»Erzählen Sie mir doch mal, wie es zu dem Vorfall vor dem Lollo Rosso gekommen ist.«

Socella setzte sich auf einen Klappstuhl und begann den Abend in und vor der Kneipe zu schildern. Sein Bericht deckte sich fast völlig mit den Angaben der jungen Männer.

»Sie geben also an, in Notwehr gehandelt zu haben?«

»Ja, das habe ich. Die Jungs hatten ziemlichen Schiss vor den Typen.«

»Sie haben also Ihre neuen Freunde nur beschützt ...«

Der Trödelhändler brummte etwas vor sich hin.

»Und dann haben Sie nach jemandem gesucht, der einen Einbruch für Sie erledigen würde, richtig? Schließlich sind Sie ja nicht lebensmüde.«

»Wie kommen Sie darauf?«

»Aber Sie haben dort niemanden gefunden, denn die Jungs sind auch nicht lebensmüde. Und dann blieb Ihnen nichts anderes übrig, als allein bei Madame Durand einzubrechen.«

Socella sah auf.

»Ich bin nirgendwo eingebrochen. Ich war nicht mal dort!«

»Nun gut. Wenn das so ist, werden wir Ihnen eine Vorladung schicken und Sie kommen einfach zu einem netten Plausch auf das Polizeipräsidium in Nizza. Und da können Sie das alles schön zu Protokoll geben. Wegen der Schießerei, Sie kennen das Prozedere. Geben Sie mir Ihre Mobilnummer, damit ich Sie erreichen kann. Nur für den Fall ...«

Socella zuckte die Schultern und gab ihm seine Nummer. Sie würden Socella weiter im Auge behalten. Es würde nicht schaden, ihn ein wenig aufzuscheuchen. Vielleicht führte er sie ganz von selbst zu dem Schmuck von Madame Durand.

Auf dem Weg zum Auto sah er aus dem Augenwinkel, wie ein kleiner Tisch in einem der Cafés am Platz frei wurde. Aus einem spontanen Impuls heraus ging er auf den Tisch zu und setzte sich. Es war so viel geschehen an diesem Tag, dass ihm ein Moment der Ruhe guttun würde, bevor er wieder nach Carros zurückkehrte. Die Quirligkeit des Trödelmarktes zwischen den hellen Hausfassaden sorgte für eine einzigartige Atmosphäre. Er bestellte sich einen Cappuccino und lehnte sich zurück. Der laue Wind vom Meer trug den Geruch von Salz mit sich, durch ein Fenster drang leise Musik aus einem Radio. Er schloss die Augen und ließ sich einen Moment lang einfach von der Stimmung gefangen nehmen. Dann trank er langsam seinen Cappuccino, der inzwischen auf dem Tisch stand, und beobachtete die Händler dabei, wie sie ihre Stände aufbauten. Die Sonne warf inzwischen ihre letzten Strahlen über die Hügel und legte einen rötlichen Schleier auf das Meer. Frauen in Sommerkleidern flanierten vorbei, große Ledertaschen hingen an ihren Schultern. Nach und nach trafen die Besucher des Trödelmarktes ein. Hier und dort leuchteten die ersten Lichter an den Ständen. Als er sich umblickte, sah er, dass auch die Läden in den umliegenden Gassen ihre Waren auf die Bürgersteige gestellt hatten, beleuchtet von Kerzen und bunten Lampen.

Er seufzte. Das erste Mal hatte er das Gefühl, all diese schönen Erlebnisse mit jemandem teilen zu wollen. Und es überraschte ihn selbst, dass er dabei sofort an Amelie dachte. Es war schön gewesen, kurz an ihrer Welt teilhaben zu dürfen. Sie war offen, humorvoll und voller Energie. Sicher saß sie jetzt mit Veronique im Garten und plauderte über die Ereignisse des Tages. Carlos würde neben ihr liegen, die Schnauze flach auf dem Boden. Nur wenn Amelie sich bewegte, würde er kurz aufschrecken und zu ihr aufschauen. Ja, er musste sich eingestehen, dass er sie gerne hier an seiner Seite hätte, um mit ihr das bunte Treiben zu betrachten.

Erst als der Kellner neben ihm stand, um ihn zu fragen, ob er noch etwas bestellen wollte, bemerkte er, dass er sich ganz in seinen Träumereien verloren hatte.

Die Dämmerung war inzwischen in Dunkelheit übergegangen. Ein Feuerschlucker wirbelte brennende Stangen umher, der Schein des Feuers erleuchtete die Gesichter der Zuschauer. Er fragte nach der Rechnung und tastete nach dem Autoschlüssel in seiner Hosentasche. Es war Zeit aufzubrechen. So schön es hier war, er freute sich auch darauf, nach Carros zurückzukehren.

Kapitel 6

Im hellen Licht der Morgensonne stand Valjean vor der Haustür seiner Nachbarin. Er hatte auch in der Nacht noch an sie denken müssen und an das schöne Erlebnis, mit ihr gemeinsam die jungen Ziegen zu füttern. Eigentlich war er unterwegs zu Madame Garonde, um sie zu ihrem Streit mit Simone Durand über den geplanten Bouleplatz zu befragen. Vielleicht war eine ihrer Auseinandersetzungen ja tatsächlich vor Madame Durands Villa eskaliert.

Aber dann hatte er sich ein Herz gefasst und war zu Amelies Haus hinübergegangen. Er wollte sie fragen, ob sie nicht an diesem wunderschönen Tag nach Feierabend zusammen einen Wein auf seiner Terrasse trinken könnten.

Die Tür zu ihrem Haus stand wie so oft auch heute Morgen offen.

»Amelie!«, rief er in den kühlen Flur hinein, in dem es wunderbar nach frisch gebackenem Brot duftete.

»Sie ist oben, gehen Sie ruhig hinauf.«

Eine dünne Stimme drang aus der Küche.

Valjean lugte hinein und sah Madame Lefebre, die gerade ein duftendes Brot aus dem Ofen holte.

Valjean machte sich auf den Weg hinauf zu Amelie, als er das Schuhregal unter der Treppe bemerkte. Neben etlichen anderen Schuhen fiel ihm sofort ein Paar Gummistiefel ins Auge.

Einfache olivfarbene Gummistiefel. Kurz schaute er sich

zur Küche um, aus der er immer noch eifriges Geklapper hörte. Er nahm die Stiefel hoch und erschrak, als er den dunklen Strich sah, der sich über die Oberfläche des einen Stiefels zog – ein Fehler im Material, deutlich sichtbar und ungefähr zehn Zentimeter lang.

Sein Herz klopfte schneller, als er Schritte auf der Treppe hörte.

Amelie trug eine weite dunkelblaue Pluderhose, dazu ein helles Top, ihre Haare waren frisch gewaschen und die feuchten Strähnen lagen wie Dreadlocks um ihren Kopf.

»*Bonjour*, Amelie«, sagte er und musste sich kurz räuspern, weil der Anblick ihm den Atem verschlug.

»Oh, Georges, so früh schon hier? Was gibt es denn?«

Amelie sah ihm direkt in die Augen, dann wanderte ihr Blick auf seine Hände hinab, in denen er immer noch die Gummistiefel hielt.

»Sind das … Ihre Gummistiefel?«, fragte er mit belegter Stimme.

»Ja. Wieso fragen Sie?«

»Ich …, es ist nur so …«, er musste sich erneut räuspern, »sie standen dort und … ich habe sie mir angeschaut … nun, dieser Streifen hier … er ist auf dem Bild der Wildkamera zu sehen. Die Techniker haben das Bild vergrößert, und es war genau dieser Streifen zu sehen.«

Amelies Augen weiteten sich.

»Was?«, brachte sie schließlich hervor.

»Es sind Ihre Stiefel auf dem Foto. Wie ist das möglich? Waren Sie zur Tatzeit dort draußen auf der Wiese?«

»Nein, natürlich nicht.« Amelie wirkte beinahe empört. »Vero muss sie hereingeholt haben. Sie stehen meistens vor der Haustür, eigentlich immer. Da können sie besser trocknen und auslüften. Jeder kann sie genommen haben.«

»Aber warum sollte jemand das tun, Amelie? Warum sollte jemand ein fremdes Paar Stiefel anziehen?«

Sie hielt seinem festen Blick stand.

»Was weiß ich. Ich bin nicht so dumm, in meine eigene Wildfalle zu laufen.«

Er stellte die Stiefel auf den Boden.

In seinem Kopf überschlugen sich die Gedanken. Die Stiefel, die er auf dem Foto gesehen hatte, standen hier eindeutig vor ihm. Konnte er sich so sehr in der Frau getäuscht haben, die ihn gerade aus zornigen Augen musterte?

Sie hatte Streit mit Simone gehabt, und ihr Alibi war alles andere als wasserdicht. Sie hatte ihm gesagt, sie habe zur Tatzeit geschlafen.

»Glauben Sie etwa, ich wäre in der Nacht über die Wiese geschlichen, um Simone …?«

Ihre empörte Stimme unterbrach seinen Gedankengang.

»Nein, davon war nicht die Rede. Ich kann das hier nur nicht einfach ignorieren«, sagte er dann und blickte auf die Stiefel hinab.

»Ich habe Ihnen das Foto selber gezeigt!«

Wäre es denkbar, dass sie versucht hatte, die Polizei auf diese Weise in die Irre zu führen, dass sie gehofft hatte, niemand würde sie verdächtigen, wenn sie die Aufnahmen selber der Polizei übergab? Vielleicht hatte sie spät in der Nacht noch einmal nach den Hühnern gesehen, war zur Wiese gegangen, ohne zu bemerken, wie die Kamera ausgelöst wurde. Vielleicht hatte Madame Durand sie gehört und war herausgekommen. Sie waren zum Haus gegangen und dann in Streit geraten.

Als sie schwieg und ihn auf diese entrüstete Art und Weise anblickte, ihm direkt in die Augen schaute, bemerkte er, in welchem Zwiespalt er sich befand. Er hoffte von ganzem Herzen, dass sie nichts mit alldem zu tun hatte.

»Simone und ich hatten das mit den Hühnern längst geklärt, wir haben uns bestens verstanden, sind miteinander umgegangen, wie gute Nachbarn es tun. Sie hat mich auf dem Markt in Nizza besucht und meinen Käse gekauft, wie sonst auch immer«, die Augen seiner Nachbarin funkelten.

Er hatte den Käse in Simones Kühlschrank gesehen. Doch er wusste genau, dass das gar nichts bedeuten musste.

»Was ist denn hier los?«

Madame Lefebre war aus der Küche in den Flur getreten. Sie wischte sich ihre Hände mit einem Handtuch ab.

Valjean drehte sich zu ihr herum und hob entschuldigend die Hände.

»Ich habe die Stiefel hier gesehen, es sind die Stiefel auf dem Foto der Wildkamera. Sie wissen, wovon ich spreche, nehme ich an.«

»Amelie war in dieser Nacht im Haus und hat geschlafen«, sagte Vero sofort, und nichts anderes hätte Valjean erwartet. Er wusste, dass Amelie dasselbe für ihre Freundin tun würde.

»Tragen Sie diese Stiefel auch manchmal?«

Er blickte in Madame Lefebres Gesicht, die die Augen aufriss. »Trägt Vero diese Stiefel und stellt sie dann ins Haus zurück?«, richtete sich Valjean an Amelie.

Amelie schwieg.

»Sie müssen mir helfen zu verstehen, was dort auf der Wiese geschehen ist. Wer hat diese Stiefel getragen?«

»Es sind meine Stiefel, und Vero trägt sie nicht«, sagte Amelie schließlich, »sie sind ihr viel zu klein. Und sie stehen die meiste Zeit vor der Tür, wo sie sich einfach jeder hätte nehmen können.«

Eine unangenehme Stille breitete sich in dem kleinen Flur aus, die nur von einem kurzen Meckern der Ziegen im Stall unterbrochen wurde.

»Mehr gibt es dazu nicht zu sagen«, fügte Amelie nach einer Weile hinzu.

»Ich verdächtige niemanden.« Valjean hüstelte kurz. »Ich muss diese Stiefel aber mitnehmen, das verstehen Sie sicherlich?«

»Machen Sie das. Tun Sie Ihre Arbeit und finden Sie den Mörder von Madame Durand. Damit ist uns allen hier am meisten geholfen.«

Seine Nachbarin griff nach den Gummistiefeln und drückte sie ihm wieder in die Hände.

Er machte sich auf den Weg zur Tür, um endlich Madame Garonde zu befragen. Und als er an Madame Lefebre vorbeiging, sah er, wie sie das Handtuch in den Händen knetete.

*

Am Haus von Madame Garonde standen die Fensterläden weit offen, und Valjean schellte an der Tür. Seine Gedanken kreisten noch immer um die unangenehme Situation in Amelies Haus, und er bemerkte, dass ihm das alles viel näherging, als es sollte.

»*Monsieur le commissaire*, kommen Sie doch herein!«, riss die Stimme von Madame Garonde ihn aus seinen Gedanken.

Sie trug einen mintgrünen Jogginganzug, der ihr nicht sonderlich zu Gesicht stand. Sofort führte sie ihn in den Salon, den eine großzügige Sitzlandschaft dominierte. Vor den großen Fenstern befanden sich einige auffallende und aufwendig gestaltete Zimmergewächshäuser, in denen die verschiedensten Orchideen standen, die dem Raum ein exotisches Flair verliehen.

»*Bonjour*, Madame. Ich habe tatsächlich noch ein paar Fragen an Sie. Ich denke, Sie könnten mir in einer Sache weiterhelfen«, sagte er, nachdem er zwischen die Sofakissen gesunken war.

So gemütlich die Sitzgarnitur wirkte, wenn man vor ihr stand, so unangenehm war das Gefühl, auf ihr zu sitzen. Unwillkürlich musste er an eine überdimensionierte fleischfressende Pflanze denken.

Jetzt betrat auch Monsieur Garonde den Raum und kam auf ihn zu, um ihm die Hand zu schütteln. Zu Valjeans Überraschung rauchte er genüsslich eine Pfeife, und der angenehme Tabakduft milderte den Hauch der Tropen.

»Darf ich Ihnen etwas anbieten? Einen Kaffee?«, fragte er.

»Nein danke, ich möchte auch gar nicht lange stören«, erwiderte Valjean.

»Haben Sie schon etwas Neues erfahren?«, fragte Madame Garonde begierig und setzte sich ans andere Ende des Sofas, mit eng geschlossenen Beinen und sittsam im Schoß gefalteten Händen. Sie wirkte ein wenig wie ein eifriges Schulmädchen.

»Leider dürfen wir keine Einzelheiten über den Stand der Ermittlungen bekanntgeben. Da muss ich Sie um Geduld bitten.«

»Aber das verstehe ich doch, Monsieur Valjean«, sagte sie, und ihr Mund verzog sich zu einer schmollenden Miene.

»Man sagt im Dorf, dass Sie mit Simone Durand im Streit lagen. Dabei ging es wohl um einen von Ihnen geplanten Bouleplatz. Aber ich weiß natürlich, dass man nicht allzu viel auf den Klatsch in einem kleinen Dorf wie diesem geben darf. Also dachte ich, ich komme einfach vorbei und erkundige mich selbst bei Ihnen.«

Die Überraschung in ihrem runden Gesicht wirkte nicht gespielt.

»Was?« Sie dehnte die Worte und legte die Hand auf ihre

Brust. »Ich soll mit Simone gestritten haben? Wer erzählt denn so etwas über mich?« Dann drehte sie sich zu ihrem Gatten um, der in einem Sessel am Fenster Platz genommen hatte. »Hast du das gehört, Stephane? Da hat mal wieder jemand bei Adèle zu lange an der Kasse gestanden.«

»Ja, meine Liebe.«

Er zog an der Pfeife, schien nicht ganz zufrieden zu sein und klopfte sie leicht auf seine Hand. Und als Madame Garonde merkte, dass von ihm keine Betroffenheit zu erwarten war, wandte sie sich wieder Valjean zu, der unschuldig die Schultern hob.

»Ich bin nur zufällig Zeuge des Gesprächs geworden. Und Sie verstehen sicher, dass ich der Sache nachgehen muss. Gab es da wirklich einen Streit?«

»Hören Sie, Monsieur Valjean, es ist richtig, dass ich uneins war mit ihr über dieses kleine Stückchen Land. Aber das war doch kein wirkliches Problem.«

»Kein Problem? Sie haben sich also mit ihr geeinigt?«

»Nein, nicht mit ihr. Sie wollte nichts von ihrem Grundstück abtreten. Aber das hatte ich mir längst gedacht. Sie war da immer recht eigen. Ihr Haus ging ihr über alles.«

»Und dann? Haben Sie Ihren Plan aufgegeben?«

Sie setzte eine triumphierende Miene auf und wies durch das Fenster hinaus.

»Mitnichten. Ich habe einfach einen anderen Nachbarn gefragt. Monsieur Toscarelli, der ja Simone gegenüberwohnt. Er besitzt an der Seite seines Grundstücks ein ungenutztes Stückchen Land, wo nur alte Pflastersteine liegen und das Unkraut wuchert. Er war nicht abgeneigt, uns dieses Terrain gegen eine gewisse Miete zu überlassen. Er sei ja ohnehin viel auf Reisen, sagte er. Dann fuhr er nach Korsika, ohne dass wir zu einem Abschluss gekommen wären. Fragen Sie ihn,

Monsieur, fragen Sie ihn schnell. Damit nicht der Eindruck entsteht, ich hätte etwas mit dieser Sache zu tun.«

Zufrieden lehnte sie sich zurück.

»Und wann hat dieses Gespräch stattgefunden?«

Sie zuckte die Schultern. »So drei oder vier Tage vor Simones Tod, glaube ich.«

»Und an dem besagten 5. Mai, da haben Sie geschlafen und wurden wach, weil Monsieur Toscarelli von einer Party zurückkam. Das war kurz nach Mitternacht. Ist das richtig?«

»Ja, das habe ich ja Ihrem Kollegen bereits erzählt.«

»Stimmt das, Monsieur Garonde?«

Valjean sah ihn an.

»Ja, so war es wohl. Ich habe im Halbschlaf gehört, wie meine Frau das Fenster öffnete. Sie rief auch etwas.«

»Ja. ›Solch ein Lärm, um diese Zeit. Unerhört!‹ habe ich gerufen«, meldete sich seine Frau zu Wort, »ich habe mich zu Recht beschwert. Danach bin ich Gott sei Dank wieder eingeschlafen. Ach, was rede ich da? *Leider* bin ich eingeschlafen, sonst hätte ich vielleicht diese Tragödie verhindern können.«

Sie seufzte.

Monsieur Garonde stand auf und legte die Pfeife in einen Aschenbecher auf der Fensterbank.

Sofort eilte seine Frau zu ihm.

»Stephane, nicht dieses stinkende Ding, die armen Orchideen.« Sie stellte den Aschenbecher demonstrativ auf ein Sideboard. Dann fragte sie an Valjean gewandt: »Gibt es sonst noch etwas, das Sie mich fragen wollten?«

Plötzlich musste Valjean an die Orchideen in Madame Durands Haus denken, die dort im Fenster gestanden hatten.

»Schöne Pflanzen, Madame«, sagte er. »Madame Durand hatte auch Orchideen, nicht wahr?«

»Oh ja.« Madame Garonde wirkte wie elektrisiert. »Ich

habe sofort bei meinem ersten Besuch damals bemerkt, dass sie eine schwarze Cymbidium faberi besaß, einfach atemberaubend. Die sind nicht leicht zu pflegen.«

Sie strich mit zarten Gesten über die Blätter einer rot blühenden Orchidee. Ihre Augen glänzten, was ihr den Ausdruck eines frisch verliebten Mädchens verlieh.

»Also …, ich habe die Blumen bei Madame Durand ja nur flüchtig gesehen, aber mir scheint, Ihre hier sind viel …«

Sofort drehte sie sich zu ihm um und warf sich in die Brust. »Ja, sie sind einzigartig, keine von ihnen muss sich verstecken. Sie begeistern jeden, der sie sieht. Meine Expertise ist im halben Land gefragt, und ich bin sogar schon nach Paris eingeladen worden, auf eine der bedeutendsten Orchideen-Messen in Europa.«

»Meine Anerkennung, Madame Garonde.«

Im Hintergrund hörte Valjean Monsieur Garonde seufzen.

»Ich danke Ihnen«, sagte Madame und errötete leicht.

Sieh an! Das also war ihr Herzensanliegen, hier ging es gar nicht ums Boulespielen.

»Was meinen Sie, was könnte dort drüben bei Ihrer Nachbarin geschehen sein?«

»Ach, *monsieur le commissaire*, wenn ich das doch nur wüsste, es hat mich so tief erschüttert. Sie können es sich nicht vorstellen, wie es mich von innen zerfrisst. Wer sich jetzt wohl nur um ihre Lieblinge kümmert? Ihre Orchideen werden sie vermissen, wissen Sie. Pflanzen haben eine Seele, genau wie wir.«

»Sicher doch, Madame. Und es ist gut, diese Exemplare in so geschickten Händen zu wissen.«

Valjean machte eine ausladende Geste in Richtung der Gewächshäuser.

»Ich sehe, Sie verstehen mich«, sagte Madame Garonde, und erneut bedeckte ein zartes Rot ihre Wangen. »Wenn ich irgendetwas erfahre, das mit dem Tod der armen Simone in Verbindung steht, sind Sie der Erste, der es erfährt. Wir müssen doch der Polizei helfen und ihr vertrauen, nicht wahr, Stephane?«

Ihr Ehemann verdrehte kurz die Augen, bevor er etwas Unverständliches brummte, das Madame Garonde ganz offensichtlich als Zustimmung auffasste, wie sie es wahrscheinlich im Laufe ihrer Ehe schon immer getan hatte.

Valjean erhob sich mühsam aus den Sofapolstern.

»Das wäre sehr schön, Madame. Wir tun unser Möglichstes, den Fall so schnell wie möglich aufzuklären, sodass sich niemand hier mehr Sorgen machen muss«, sagte Valjean schließlich, nickte dem Hausherrn zu und reichte Madame Garonde die Hand zum Abschied.

*

Nachdem Valjean gegangen war, saßen Amelie und Vero noch eine Weile schweigend am Tisch, auf dem duftend das Brot stand, das Vero gerade aus dem Ofen geholt hatte.

Vero seufzte, sie wirkte nachdenklich.

»Ich bringe die Wäsche in den Bügelraum«, sagte sie dann unvermittelt und erhob sich ein wenig mühsam. Plötzlich schien es Amelie, als wäre sie um Jahre gealtert.

»Vero, warte.«

Sanft legte sie ihr die Hand auf die Schulter, bis ihre Freundin sich wieder setzte. Dann goss sie Kaffee in eine der bunten Keramiktassen. Sofort griff Vero danach und hielt die Tasse in den Händen.

»Nimm dir das alles nicht so zu Herzen.«

Amelie nahm ihre Hand.
Vero sah auf.
»Du hast ja recht. Es ist nur ...«
Hastig griff sie in ihre Hosentasche und zog ein geblümtes Taschentuch heraus. Tränen glitzerten in ihren Augen. Amelie sah sie erstaunt an.
»Was ist denn nur los? So kenne ich dich ja gar nicht.«
»Ach nichts«, nuschelte Vero ins Taschentuch, dann tupfte sie die Tränen fort. »Dieser Kommissar, er macht mir Angst. Das mit den Gummistiefeln, als würde er uns verdächtigen. Und dann die Sache mit dem Bild ... Was werden die anderen im Dorf darüber denken?«
Amelie lächelte. »Niemand verdächtigt dich. Und alle wissen, wie zuverlässig du bist. Daran zweifelt hier niemand.«
»Ja, schon, aber du weißt doch, wie das hier ist, Amelie. Die Garonde oder Madame Desantrange ..., du weißt, wie sie sich über alles und jeden das Maul zerreißen. Ich ..., es ist mir so unangenehm ..., wenn ich in den Laden gehe und all das.«
»Es wird alles gut, Vero.«
Amelie strich ihrer Freundin beruhigend über die Hände. »Georges ist ein guter Polizist. Er macht einfach nur seine Arbeit. Ich habe mir nichts vorzuwerfen und du dir auch nicht.«
Vero nippte an der Tasse, dann blickte sie auf und schaute Amelie in die Augen.
»Wahrscheinlich hast du recht. Das ist einfach alles zu viel für mich ... die arme Simone, die Polizei bei uns im Haus ... Ach, Amelie, deine Freundin wird einfach langsam zu alt für all die Aufregung.«
»Ach was«, Amelie lächelte Vero an. »Du arbeitest zu hart, das ist alles. Du solltest dir ein wenig mehr Ruhe gönnen.

Weißt du was, heute mache ich die Wäsche alleine, du setzt dich zu mir und wir hören ein wenig Musik.«

Vero sah auf.

»Ja, vielleicht ... oder ... ich mache vielleicht doch lieber einen kleinen Spaziergang und nehme Carlos mit, das wird mich beruhigen.«

So hatte sie Veronique noch nie erlebt, dachte Amelie, nachdem ihre Freundin hinausgegangen war. In sich zusammengesunken, verzagt und hilflos. Sonst war sie immer so zuversichtlich und zupackend.

Seufzend ging sie in das kleine Zimmer, dessen Fenster mit den bunten Vorhängen in den ebenso bunten Garten hinausgingen. Ein alter Ohrensessel stand hier, ein Bügelbrett, ein Radio und ein Tisch, auf dem noch zusammengefaltete Handtücher lagen. Manchmal saßen sie hier, machten die Wäsche und tratschten dabei in den Tag hinein. Amelie liebte den Duft des Waschmittels, die leise Musik, das vertraute Zusammensein. Es erinnerte sie an ihre Kindheit.

Und heute war Vero einfach gegangen. Das war noch nie vorgekommen.

Nun ja, dachte Amelie, es gab schließlich auch nicht jeden Tag eine Tote in der Nachbarschaft und einen Kriminalbeamten in der Küche. Es waren wirklich verrückte Zeiten, und Amelie hoffte mit ganzem Herzen, dass sie bald vorbei sein würden.

*

»*Bouonjou*, Monsieur Valjean, *couma va?*«, meldete sich in breitestem Nissardisch die joviale Stimme von Commandant Douglar, Valjeans Vorgesetzten, als der Kommissar das Handy an sein Ohr hielt.

»Monsieur Douglar, *Bonjour*«, antwortete Valjean überrascht. »Also, mir geht es ganz gut. Die Stadt zeigt sich mir von ihrer schönsten Seite.«

Valjean war inzwischen ins Kommissariat zurückgekehrt und hatte eben sein Jackett über die Stuhllehne gehängt, als das Handy geklingelt hatte.

»Ich dachte, ich melde mich mal kurz, um zu hören, wie alles so läuft mit dem Haus«, setzte Douglar das Gespräch fort.

»Nun ja, die Nachbarn sind sehr freundlich.«

Das Bild von Amelie, wie sie die kleinen Ziegen fütterte, schlich sich erneut in sein Bewusstsein. Sofort verdrängte er den Gedanken wieder.

»Es ist nur … wissen Sie … die Handwerker. Ich habe das Gefühl, dass es einfach nicht weitergeht. Können Sie da nichts machen?«

»Mein Bester, niemand kann das«, Douglar lachte, »die Macht der Handwerker, Sie verstehen … Sie müssen sich in ihr Herz schleichen, das ist der einzige Weg. Sie machen das schon. Die Dörfler, sie halten zusammen wie Pech und Schwefel. Oder sie bekriegen sich bis aufs Blut. So ist es einfach.«

»Aber …« Valjean verstummte.

»Und wie steht es mit den Ermittlungen im Fall Durand? Mein Gott, die arme Simone, es geht mir einfach nicht aus dem Kopf«, fuhr Douglar ungerührt fort. »Ich muss doch nicht zurückkommen und Ihnen unter die Arme greifen?«

Wieder ertönte Douglars sonores Lachen.

»Nein …, absolut nicht, wir sind auf einem guten Weg. Es ist wohl wie mit den Handwerkern, gut Ding will Weile haben, Monsieur Douglar.«

»Nun, Sie machen das schon, mein Lieber. Gehen Sie einfach behutsam vor, Sie wissen ja, wenn Sie erst einmal einen schlechten Ruf haben, werden Sie den nur schwer wieder los in so einem kleinen Dorf.«

»Natürlich, Monsieur Douglar, ich gebe mein Bestes.« Valjean verdrehte innerlich die Augen.

»Sie machen das schon, da bin ich sicher«, wiederholte Douglar erneut und verabschiedete sich, seine Neugier schien befriedigt.

Valjean kannte seinen Vorgesetzten noch nicht sehr gut, aber ganz offensichtlich konnte ihn kaum etwas aus der Ruhe bringen. Ob diese Eigenschaft ihm eher zugutekam oder nicht, darüber war sich Valjean allerdings noch nicht ganz im Klaren. Bevor sein Chef das Gespräch beendete, antwortete Valjean:

»Genießen Sie Ihren Urlaub, Monsieur Douglar!«

Anschließend sah er zu Ballard hinüber, der ihn breit angrinste.

»Ich sehe, du lernst den Chef auch immer besser kennen, richtig?«

»Eine wirkliche Hilfe ist er nicht«, Valjean grinste zurück. »Aber er scheint seinen Urlaub zu genießen.«

»Und er ist ein netter Kerl, legt einem keine Steine in den Weg. Das ist auch etwas wert«, antwortete Ballard.

Da hatte sein Kollege wahrscheinlich recht, dachte er. Dann griff er zum Hörer und versuchte noch einmal zumindest den Dachdecker und den Maler zu etwas mehr Einsatz zu motivieren, nachdem er den Heizungsbauer innerlich bereits aufgegeben hatte. Schließlich warf er resigniert das Handy auf den Tisch. Entweder ging niemand ans Telefon, oder die Sekretärin vertröstete ihn mit einem Rückruf.

Plötzlich sah er Madame Mercier und Madame Desantrange vor sich, wie sie sich das Maul über ihn zerrissen, während der Maler auf der Leiter stand und die Wand des kleinen Dorfladens strich. Er schüttelte sich, um den verrückten Gedanken wieder loszuwerden.

Er sollte lieber darüber nachdenken, wo sie im Fall Durand standen. Der Bruder von Madame hatte ein Alibi und schied somit als Täter aus. Aber dafür sagte ihm sein Gefühl, dass dieses Gemälde etwas mit der ganzen Sache zu tun hatte. Und vielleicht hatte Roussel da seine Finger mit im Spiel, und Socella natürlich. Wenn nur dieser Aristide auftauchen würde und ihm etwas mehr über den Trödelhändler und den geplanten Einbruch sagen könnte. Socella und Roussel waren jedenfalls die einzigen Verdächtigen mit einem Motiv, das über Hühnerwiesen und Orchideen hinausging. Apropos Orchideen, dachte Valjean.

»Patrice, kennst du jemanden, der etwas von Orchideen versteht?«

»Orchideen?«

»Diese Blümchen können verdammt wertvoll sein«, sagte er, nachdem er Ballard von dem gemeinsamen Hobby der beiden Damen berichtet hatte, »und Madame Garonde ist mehr als vernarrt in ihre Lieblinge auf der Fensterbank ...«

»Gut, dann werde ich mich darum kümmern«, sagte Ballard.

»Und schreib Monsieur Toscarelli und lass dir von ihm bestätigen, dass die beiden sich über das Stück Land auf seinem Grundstück geeinigt haben. Madame möchte dort einen Bouleplatz anlegen lassen.«

»Wird erledigt. Und wie steht es um Amelie Chabrol und ihre Freundin? Du hast die Gummistiefel bei ihnen gefunden«, sagte Ballard, dem er direkt von seinem Fund in Kenntnis gesetzt hatte.

»Ja, du hast ja recht. Aber ich sehe da einfach kein Motiv.

Der Streit um die Hühner war wohl beigelegt, und Amelie meint, sie hätten sich gut verstanden. Auch wenn ich das natürlich nicht überprüfen kann. Sie hat uns die Aufnahmen doch selbst übergeben. Also ich weiß nicht …«

»Ich halte das ja auch eher für unwahrscheinlich, aber ganz auszuschließen ist es natürlich nicht. Und dann wäre ihr Vorgehen wirklich ganz schön durchtrieben.«

»Ich traue es den beiden einfach nicht zu.«

»Das würde ich wahrscheinlich auch nicht, wenn Amelie meine hübsche Nachbarin wäre«, sagt Ballard mit einem schiefen Lächeln auf den Lippen.

»Sag mal, hast du inzwischen etwas von der Pistole gehört?«, wechselte Valjean schnell das Thema, denn er fühlte sich von seinem Kollegen durchschaut.

»Nein. Ich wollte einen Kollegen fragen. Der ist mir noch einen Gefallen schuldig. Leider ist er aber erst heute Nachmittag wieder da. Ich will da lieber nicht den offiziellen Weg gehen, ich denke, du verstehst das.«

»Ich danke dir dafür«, sagte Valjean nur.

Er war ein Risiko damit eingegangen, die Pistole zu fotografieren und darüber Erkundigungen einzuziehen. Aber er setzte seine ganze Hoffnung darauf, so vielleicht etwas gegen Socella in der Hand zu haben.

»Dann mache ich mich jetzt auf den Weg zu dieser Freundin von Madame Durand, die in Cannes wohnt. Madame Vernay war schließlich die letzte Person, die mit Simone gesprochen hat. Bin gespannt, ob ihr inzwischen noch etwas Neues zu der Sache eingefallen ist.«

*

Bald befand er sich auf der Straße. Der flache Küstenstreifen öffnete den Blick bis aufs Meer hinaus. Dazu diese leuchtenden Farben und der stahlblaue Himmel – als wäre es Hochsommer! Es war wirklich ein Privileg, hier sein zu dürfen.

Es dauerte nicht lange, bis er die Innenstadt von Cannes und die Promenade erreicht hatte. Die Städte ähnelten sich fast wie Zwillinge. Nizza hatte sein Hotel Negresco und die Promenade des Anglais, Cannes konterte mit dem Carlton und der Croisette. Palmen an der Straße, Hügel in der Ferne und die langen Reihen der Hotels und Appartementhäuser, deren Fassaden in der Sonne erstrahlten.

Nachdem Valjean den Citroën in einer Tiefgarage abgestellt hatte, ging er eine Weile an der Promenade entlang, bis er eines der luxuriösen Appartementhäuser erreicht hatte. Hier wohnte Rosalie Vernay. Er betrat das Foyer des Hauses und ging über einen Bodenbelag aus Marmorfliesen. Ein geräuschloser Aufzug brachte ihn in die fünfte Etage.

Eine etwa fünfzigjährige Dame, braun gebrannt und dezent geschminkt, öffnete ihm die Tür. Sie trug eine hellblaue Seidenbluse zur Jeans. Sofort erkannte Valjean in ihr die Frau auf dem Foto in Simones Wohnung wieder.

»Ich bin Kommissar Valjean aus Nizza, Madame Vernay. Wir hatten vorhin telefoniert«, sagte er.

»Kommen Sie herein, ich habe Sie schon erwartet«, war ihre Antwort.

Das Appartement mit dem hellen Holzfußboden bot einen wunderbaren Blick auf das Meer und die im Dunst liegende Ile Sainte-Marguerite. Valjean wurde von dem Ausblick sofort in seinen Bann gezogen, und er ging auf das große Fenster zu.

Madame Vernay drückte derweil auf den Knopf des Kaffeeautomaten, der in der offenen Küche stand. Nur wenig später saß er mit einer Kaffeetasse auf dem Sofa, während Madame ihm gegenüber in einem Sessel Platz genommen hatte.

»Ich bin noch immer völlig aufgelöst, wenn ich an Simone denke. Und das tue ich beinahe unentwegt. Sie war viel zu jung. Wir haben kurz vor ihrem Tod noch miteinander telefoniert, und sie wirkte so zufrieden ...«

Madame Vernay seufzte tief.

»Sie müssen sehr gut miteinander befreundet gewesen sein«, sagte Valjean.

»Wissen Sie, wir sind nicht nur Freundinnen, sondern auch Cousinen.«

»Oh, nein, das wusste ich nicht. Fühlten Sie sich mit ihr mehr als Freundin verbunden oder eher als Verwandte?«

»Ich glaube, das eine bedingte das andere. Dadurch, dass ich ihre Familie kannte und mit ihr verwandt bin, hat sich eine tiefe Freundschaft entwickelt. Nach dem Tod meines Mannes vor fünf Jahren war ich ein wenig einsam, und ich erinnerte mich daran, dass es da noch eine Cousine gab, die in Nizza lebte.«

»Mein Kollege hat herausgefunden, dass Simone früher auf dem Cimiez-Hügel im Haus ihrer Eltern wohnte.«

»Das stimmt.« Madame Vernay wirkte ganz wehmütig. »Aber sie suchte ein wenig mehr Ruhe, also ist sie nach Carros gezogen.«

»Aber auf dem Hügel lebt es sich doch sehr gut, soweit ich weiß? Cimiez ist eine hervorragende Adresse.«

Madame Vernay wiegte den Kopf.

»Wussten Sie, dass Matisse dort gelebt hat? Es ist wirklich ein wunderbarer Ort. Aber Simone war ständig in der Stadt unterwegs, musste Kunden überzeugen, viel reden, abends die Beziehungen pflegen, indem sie in Restaurants oder in

Galerien ging. In Carros war alles viel ruhiger. Sie war froh, das Haus gefunden zu haben. Ihr Elternhaus hat sie verkauft. Was ich ihr nicht verdenken kann.«

Sie sah aus dem Fenster, ihr Blick verlor sich in der Ferne.

»Ihre Eltern sind schon länger tot, nicht wahr?«, fragte Valjean.

»Ja. Erst ist die Mutter gestorben, dann der Vater, im Abstand von einem Jahr. Sie waren nicht mehr jung, aber so alt nun auch wieder nicht. Aber die Sache mit ihrer Mutter ...« Sie zögerte und sah ihn an, ein wenig widerstrebend.

»Da ist also nur noch ihr Bruder.«

»Ja, und noch zwei ältere Onkel, darunter mein Vater. Aber sie leben nicht in Nizza, sondern in der Provence, im Hinterland. Und ihr Verhältnis zum Bruder war seit dem Tod ihrer Mutter ... nicht mehr dasselbe.«

»Wie meinen Sie das?«, fragte er seine Gastgeberin.

»Es ist jetzt zehn Jahre her. Simone war siebenundzwanzig, Robert vierundzwanzig Jahre alt, ein junger Mann, der manchmal in Schwierigkeiten war.«

»Inwiefern?«, fragte er nach.

»Er hat viel gefeiert, nichts anbrennen lassen bei den Frauen, er fuhr viel zu schnelle Autos. Nun, Simones Mutter war zu Karneval auf einer Party, und sie hatte getrunken. Es war spät geworden, und sie bekam kein Taxi. Sie wissen ja, wie das ist während des Karnevals.«

Jeder hier sprach vom Karneval in Nizza mit seinem Blumenkorso, der bis ins Mittelalter zurückreichte und weit über die Region hinaus bekannt war. Er konnte sich nur zu gut vorstellen, wie ausschweifend in dieser Zeit gefeiert wurde. Gebannt hing er an Madame Vernays Lippen.

»Daher hatte Simones Mutter angerufen und ihre Tochter gebeten, sie vom anderen Ende der Stadt abzuholen. Doch

Simone hatte Besuch von ihrem damaligen Freund, daher rief sie wiederum Robert an und bat ihn, das zu übernehmen. Robert kam ihrer Bitte nach, aber auf dem Rückweg nahm er einem Bus die Vorfahrt, und seine Mutter wurde so schwer verletzt, dass sie nach drei Tagen im Krankenhaus verstarb. Die Polizei stellte fest, dass Robert über 1,2 Promille im Blut hatte. Er hätte niemals fahren dürfen.«

Eine Weile herrschte Stille, nur das leise Geräusch des Verkehrs kroch die Fassade hinauf. Valjean malte sich aus, was dieser tragische Vorfall für Simone und Robert bedeutet haben mochte. Robert hatte quasi den Tod seiner Mutter verschuldet. Und Simone musste sich seitdem immer wieder den Vorwurf gemacht haben, nicht selbst gefahren zu sein. Auch sie musste eine Art Mitschuld empfinden und gleichzeitig erbost über die Nachlässigkeit ihres Bruders sein. Kein Wunder, dass das Verhältnis der beiden gelitten hatte. Kein Wunder vielleicht auch, dass Monsieur Durand sich im Spiel abzulenken versuchte und inzwischen ein Stammgast in Monte Carlo zu sein schien.

»*Mon Dieu.* Das muss das Verhältnis zu ihrem Bruder sehr belastet haben«, fasste er seine Gedanken in Worte.

»Das stimmt, sie hatte den Kontakt lange Zeit abgebrochen. Aber dann … Wissen Sie, Simone war in Carros zur Ruhe gekommen. Ich hatte sogar das Gefühl, als hätten sich die Geschwister wieder ein wenig angenähert. Es waren nur ein paar Worte von ihr, die mich dazu brachten, das zu glauben. Nichts Bestimmtes. Sie erwähnte, dass sie öfter telefoniert hatten und dass sie sich über seine Besuche mehr freute als früher. Solche Dinge eben.«

Valjean nickte.

»Simones Vater verlor nach dem Unfall den Lebensmut. Er starb nur ein Jahr später. Dagegen fasste Robert allmählich wieder Fuß im Leben, als hätte ihn der Unfall zur Einsicht gebracht. Er hatte schon immer Musik gemacht. Er setzte ganz darauf und eröffnete mit seinem Erbteil den Laden in Nizza. Er läuft sehr gut, soweit ich das weiß.«

»Das mit ihren Eltern ist wirklich tragisch«, sagte Valjean. »Ich kann gut verstehen, dass sich Simone danach in ihre Arbeit gestürzt und das Elternhaus aufgegeben hat.«

»Ja, sie wollte nicht mehr in diesem Haus bleiben, war immer unterwegs und oft in ihrem kleinen Büro in der Nähe des Bahnhofs, das sie damals noch hatte. Aber es gelang ihr nie, eine feste Beziehung zu einem Mann einzugehen. Es war nie etwas Dauerhaftes, immer nur unverbindliche Bekanntschaften.«

Valjean dachte an Monsieur Roussel und an seine Beziehung zu Madame Durand. Sehr gut möglich also, dass auch diese Beziehung keine Zukunft gehabt hatte. Ja, vielleicht hatte Madame Durand sie längst beenden wollen. Und Monsieur Roussel? Hatte er sich Hoffnungen gemacht, die enttäuscht worden waren?

»Offenbar gab sie sich die Schuld, wegen eines Männerbesuches ihre Mutter verloren zu haben. Nun gut, solche Gefühle verblassen, aber ich glaube, ganz verschwinden sie nie.«

»Kennen Sie Monsieur Roussel?«, fragte er.

»Den Bauunternehmer? Nicht persönlich. Aber ich weiß, dass sie beruflich viel Kontakt hatten und dass sich wohl mehr daraus entwickelt hat.«

»Haben Sie über ihn gesprochen?«, fragte Valjean.

»Nein, sie hat nie viel über ihr Liebesleben gesprochen. Es schien sie immer schnell zu belasten. Bei unserem letzten Gespräch meinte ich bereits herauszuhören, dass sie über eine Trennung nachdachte. Wie auch immer, es hätte mich gewundert, wenn es bei Monsieur Roussel anders gewesen wäre als bei ihren früheren Beziehungen. Dabei hätte ich es ihr wirklich sehr gewünscht.«

Madame Vernay schwieg und blickte nachdenklich aus dem Fenster.

Valjean gab ihr einen Moment Zeit, dann sagte er: »Da ist noch etwas, was mich interessiert, Madame Vernay. Sie haben meinem Kollegen gegenüber erwähnt, dass Madame Durand Ihnen eine wichtige Mitteilung machen wollte. Haben Sie sich darüber noch einmal Gedanken gemacht? Was, meinen Sie, hätte das wohl sein können?«

»Ich weiß es wirklich nicht, Monsieur Valjean. Und ich habe in der Tat öfter darüber nachgedacht. Vielleicht hatte sie bereits wieder einen neuen Mann kennengelernt, wer weiß? Ich habe mehrmals nachgefragt, aber sie wollte es mir nicht sagen. Sie meinte, sie müsse da erst noch etwas klären. Sie wollte mit mir darauf anstoßen, wenn alles in trockenen Tüchern wäre. Das hörte sich für mich dann eher wie etwas Geschäftliches an. Aber wie gesagt, ich weiß es wirklich nicht.«

Valjean nickte. Er hatte sich erhofft, dass Madame Vernay ihm etwas mehr hätte sagen können. Doch offensichtlich war es etwas sehr Wichtiges gewesen, wenn sie solch ein Geheimnis daraus machte, sogar ihrer besten Freundin gegenüber – und offensichtlich etwas sehr Erfreuliches, dachte er.

*

Auf dem Rückweg nach Carros beschäftigte Valjean das Gespräch mit Madame Vernay immer noch. Er hielt es für immer unwahrscheinlicher, dass es sich dabei um eine neue Bekanntschaft handelte. Die Männer in Madame Durands Leben kamen und gingen. Doch es war offensichtlich nichts, worüber sie viele Worte verlor. Valjean war sich inzwischen fast sicher, dass die Beziehung zu Roussel auch kurz vor ihrem Ende gestanden hatte. Vielleicht hatte sie es ihm sogar an diesem Nachmittag gesagt, als Roussel bei ihr vorbeigeschaut hatte. Vielleicht hatte sie ihn gar nicht mehr ins Haus gelassen. Das würde auch erklären, dass sie sich dazu entschlossen hatte, ihm das Ölgemälde mit dem jungen Mann einfach nachzuschicken. Sie wollte ihn nicht mehr sehen.

Und war das vielleicht sogar das Motiv für den Mord? Wäre es dann nicht gleich an diesem Nachmittag zu einer tätlichen Auseinandersetzung mit Roussel gekommen? War er in der Nacht zurückgekommen, um sie umzustimmen, und dann war alles aus den Fugen geraten?

Er wusste es nicht. Und all das erklärte auch nicht, worüber Madame Durand sich so gefreut hatte und das gleichzeitig so geheimnisvoll war, dass sie es selbst ihrer Freundin gegenüber noch nicht erwähnen wollte.

Er würde all das auch mit Ballard noch einmal in Ruhe durchsprechen müssen. Im Moment kam er jedenfalls nicht weiter.

Also richtete er seine Gedanken auf das Essen mit Martin Hugo, zu dem er gerade unterwegs war. Monsieur Martin hatte ihn heute Morgen angerufen, um sein Versprechen wahr zu machen und ihn für den Abend auf einen frisch zubereiteten Fisch zu sich einzuladen. Valjean hatte sofort zugesagt.

Es war eine wunderbare Aussicht, nicht nur ein köstliches Abendessen zu bekommen, sondern auch endlich mit jemandem über sein geliebtes Hobby sprechen zu können, das er jetzt schon so lange vernachlässigt hatte. Er hatte sich zu Hause kurz umgezogen und beim Verlassen des Hauses einen verträumten Blick auf seine Angelausrüstung geworfen, an der er jeden Morgen vorbeiging und die noch immer auf ihren ersten Einsatz wartete.

Jetzt stand er vor Hugo Martins Haus und klingelte. Er sah, wie sich ein Schatten näherte, dann stand Monsieur Martin vor ihm. Über der Kleidung trug er eine Kochschürze.

»Kommen Sie herein«, sagt er sofort und strahlte übers ganze Gesicht. Dann führte er ihn durch den Salon in die Küche. »Ich bin gerade dabei, den Salat zuzubereiten, zu Ihren Ehren natürlich einen Nicoise. Möchten Sie mir helfen oder nur zuschauen?«

»Oh, ich helfe gern. Höchste Zeit, meine Kochkünste ein wenig auf Vordermann zu bringen.«

Valjean trat näher an den Herd und wies auf eine gusseiserne Pfanne mit Deckel. »Und was ist da drin?«

»Ein wunderbarer Zander.«

»Zander?« Vor seinem inneren Auge sah er sofort die zackige Rückenflosse des Raubfisches vor sich. »Haben Sie den selbst gefangen?«

»Ja, tatsächlich, ohne angeben zu wollen, aber es hat mich sehr stolz gemacht, ein prächtiger Kerl. Sie angeln auch, das hatten Sie mir ja erzählt.«

Valjean fühlte sich sofort in seinem Element.

»Ja, wie gesagt, mein Großvater hat es mir beigebracht. Ich hatte nur noch keine Zeit, mich hier um ein Angelrevier zu kümmern. Aber wenn ich ehrlich bin, ich brenne darauf, endlich wieder einen Fisch an der Angel zu spüren.«

»Wissen Sie was? Wenn Sie möchten, nehme ich Sie mit an den See, an dem ich diesen Prachtkerl hier gefangen habe.«

Martin hob den Deckel der Pfanne an, und Valjean sah den stattlichen Fisch, der mit einigen Zweigen Rosmarin sanft vor sich hin köchelte.

»Er liegt nur eine gute halbe Stunde von hier entfernt und es ist wirklich wunderschön dort«, ergänzte Martin.

»Das wäre wunderbar. Ich habe seit Jahren keinen Zander mehr geangelt.«

»Schön, dann machen wir das so.«

Martin schnitt inzwischen grüne Bohnen klein, während Valjean ein Glas Sardellen öffnete, das Martin ihm hingestellt hatte.

»Das Angeln fehlt mir«, sagte er, während er die winzigen Filets in kleine Stückchen schnitt.

Martin steuerte Tomaten und schwarze Oliven bei und gab alles in eine Glasschüssel. Dann öffnete er die Pfanne und fischte die Rosmarinzweige heraus.

Valjean pellte die Eier und schnitt auch sie klein.

»Sind Sie inzwischen einigermaßen in Carros angekommen?«, fragte der Hausherr, während er sich die Hände an der Schürze abtrocknete.

»Haben Sie das noch nicht mitbekommen?«, fragte Valjean und grinste Hugo Martin an. »Hier weiß doch jeder alles über die anderen, oder etwa nicht?«

Valjean sah zu, wie Martin die Vinaigrette über den Salat goss, die sich träge darüber verteilte.

»Jedenfalls über die Alteingesessenen. Von den neuen Nachbarn in den Siedlungen weiß man oft nicht viel. Und daher weiß ich auch nichts von Ihnen«, gab Martin ebenfalls grinsend zurück.

»Da bin ich ja beruhigt«, Valjean schmunzelte. »Aber danke der Nachfrage, ja, ich bin inzwischen gut angekommen, bis auf die Handwerker, da geht es einfach nicht voran.«

Martin stellte zwei Teller auf den rustikalen Tisch.

»Ja, sehen Sie, ganz wie ich vorausgesagt habe. Und jetzt befragen Sie auch noch die Einheimischen zu dem Mord an Simone, das wird ihre Laune nicht verbessern«, sagte er und lachte. »Apropos, wie geht es voran bei Ihren Ermittlungen?«

»Es tut mir leid, dass ich Ihnen dazu nicht allzu viel sagen darf, aber ja, wir kommen voran.«

»Wissen Sie, mir ist da noch eingefallen, dass Simone eine Freundin in Cannes hatte. Die beiden waren sehr eng miteinander befreundet.«

»Ja, ich habe Madame Vernay inzwischen kennengelernt, eine sehr kultivierte Dame und sehr liebenswürdig.«

Inzwischen hatte Hugo Martin das Essen auf dem Tisch angerichtet. Der dampfende Fisch roch herrlich.

Martin legte ein Baguette auf das Brett, das auf dem Tisch bereitstand, dann zerteilte er den Zander geschickt und richtete die Filets auf den beiden Tellern an.

»*Voilà*«, murmelte er und setzte sich ebenfalls.

Valjean sog genüsslich das Aroma des Rosmarins ein. Es betonte den feinen Eigengeschmack des Zanders, ohne ihn zu überdecken. Das Fleisch war zart und von einer wunderbaren Konsistenz. Valjean war überrascht, wie gut der Salade Nicoise dazu passte.

»Ich sehe gar keinen Thunfisch.«

Er musterte das appetitliche Arrangement.

Martin schüttelte den Kopf.

»Die Sardellen sind besser. Der Thunfisch verdirbt den Geschmack des Zanders.«

»Richtig. Was an Fisch zu viel ist, ist zu viel.«

Valjean nickte und kaute.

Marin goss ihm ein Glas Chardonnay ein, der sich angenehm kühl anfühlte.

»Haben Sie Köder?«, fragte Martin unvermittelt.

»Köder?«

Martin lachte. »Wir wollen doch angeln gehen.«

»Ja, natürlich.« Valjean grinste.

»Gut, darum kümmere ich mich dann. Ich werde nach ein

paar Ködern buddeln. Wenn Sie möchten, hole ich Sie nach der Arbeit direkt am Kommissariat ab, dann hätten wir etwas mehr Zeit.«

»Wunderbar, ich kann es kaum erwarten. Ich nehme meine Angelausrüstung mit und eine Dose Mais für die Fische finde ich sicher auch noch.«

Schweigend aßen sie weiter. Valjean genoss jeden Bissen. Die Zeit stand still, das Gefühl von Geborgenheit und Ruhe nahm ihn völlig in Besitz. Die Sonne schickte warme Strahlen auf die Terrakottafliesen und zauberte Schattenmuster an die Wand.

»Wissen Sie, eins will mir nicht aus dem Kopf gehen«, sagte Martin in die Stille hinein. »Da ist etwas, das Simone mir gesagt hat. Sie hat nur Andeutungen gemacht, aber es muss sie sehr beschäftigt haben. Sie meinte, sie habe gute Neuigkeiten, könne aber vorläufig noch nichts Genaueres dazu sagen.«

»Wirklich?«, sagte Valjean. »Dasselbe hat mir Madame Vernay auch erzählt. Ich habe auf dem Weg zu Ihnen noch darüber nachgedacht. Und ich muss gestehen, ich habe einfach keine Ahnung.«

»Ja, genauso geht es mir auch. Was um alles in der Welt könnte das nur gewesen sein?«, fragte Martin und trank den letzten Schluck Wein.

Kapitel 7

»*Bonjour*, Vero«, begrüßte Martin Amelies Freundin, die ihm die Tür zu Simones Villa öffnete.

Er hatte sich auf den Weg gemacht, um nach dem Mähroboter zu sehen, der auch heute Morgen immer noch still und traurig mitten auf dem Rasen stand. Er hatte versucht, ihn wieder in Gang zu setzen. Ohne Erfolg.

»Was meinst du, darf ich wohl mal kurz ins Haus?«, sagte er jetzt zu Veronique, die ihn erstaunt anblickte. »Ich brauche die Bedienungsanleitung für den Mähroboter. Und wenn ich ehrlich bin …, ich wollte mich auch noch ein letztes Mal hier umsehen …, Abschied nehmen, irgendwie …«

»Warum nicht«, Veronique grinste, ein Hauch von Jugend glitzerte in ihren Augen.

Er kannte sie bereits viele Jahre, sogar Jahrzehnte, und hatte schon auf manchem Dorffest mit ihr getanzt.

»Komm«, sagte sie und ließ ihn herein. Während sie die Putzsachen in den Abstellraum trug, wanderte er vor der Wand mit den Bildern auf und ab. Hin und wieder hörte er Vero, wie sie aufräumte.

»Ist fast wie ein Museum, oder?«, rief sie ihm zu, während sie in einem der Regale Staub wischte.

»Gehst du manchmal ins Museum?«, gab er zurück.

»Nein, das ist lange her.«

»In meinem Zimmer hängen nur zwei Bilder, die ich sehr mag.« Er hörte ihr angenehmes Lachen.

»Sie erfreuen dich. So muss es sein. Das ist viel wichtiger als ihr Wert. Die Kunst sollte für den Menschen da sein, nicht umgekehrt«, sagte Martin und blieb stehen. Hier hatte das verschwundene Gemälde gehangen.

»Dieses Gemälde, das hier hing«, er wies mit dem Finger auf die Stelle und sah, wie Vero zu ihm hinüberblickte, »erinnerst du dich daran?«

»Kann sein.« Es klirrte, als etwas aus dem Regal auf den gefliesten Boden fiel. »*Merde!*«, schimpfte Veronique, und er sah, wie sie sich bückte, um Scherben auf das Kehrblech zu fegen.

Er ging zu ihr hinüber, um zu helfen.

»Alles in Ordnung?«, fragte er.

»Ja, *merci*. Weißt du, Hugo ..., es war ein schönes Bild ...«, Veros Gesicht nahm einen verträumten Ausdruck an. »... ein wirklich schönes Bild.«

Er wartete, bis sie weitersprach.

»Hugo ..., das sage ich jetzt nur dir ..., aber ... Ich habe es manchmal abgenommen, um es abzustauben, wie alle anderen Bilder auch. Aber dieses Bild war besonders, es war so schön. Ich schaute es mir manchmal länger an, verstehst du. Dieser junge Mann ... er war so hübsch.«

Veronique blickte ihn intensiv an, als wollte sie ihn prüfen. »Aber glaub nicht, dass ich etwas damit gemacht habe, wie dieser Kommissar ...«

»Ein hübscher Mann, so, so.«

Martin grinste, und er sah, dass Veros Lippen ein wenig zuckten und sie kurz den Kopf senkte.

»Ich bin eine törichte alte Frau, ich weiß, aber ...«, sie lächelte verschämt, »es ist mir ein wenig unangenehm gewesen, aber als ich es abgewischt habe, bin ich mit dem Staubtuch hängen geblieben und die Rückseite aus Pappe hat sich gelöst. Man konnte direkt auf die Leinwand blicken.«

»Warum hast du das dem Kommissar nicht gesagt?«

»Nein, das hätte ich mich nicht getraut. Er macht mir Angst, dieser Kommissar. Ich denke, er verdächtigt mich, und wahrscheinlich reden schon alle über mich.« Sie wischte mit einem Lappen über ein leeres Regal.

»Also hat der Künstler eine gute Arbeit gemacht. Das Bild hat dich erfreut.«

Er lächelte ihr zu.

»Mehr als die Bilder in meinem Zimmer«, sagte sie leise und wandte sich ab.

»Sag mal, weißt du, wo die Bedienungsanleitungen liegen?«, sagte Martin, um auf den Grund seines Besuches zurückzukommen.

»Hier.«

Sie wandte sich zu einer Kommode um und zog die zweite Schublade auf. Er suchte sich die Unterlagen heraus, die er brauchte und klemmte sie unter den Arm.

»Vielen Dank, Vero. Dann will ich mal sehen, ob ich dem armen Roboter da draußen wieder auf die Räder helfen kann.«

»Bitte, sag es ihm nicht, dem Kommissar.«

»Keine Sorge, das bleibt unser Geheimnis.«

Er sah, wie Veronique erleichtert aufatmete.

Nachdenklich verließ Martin das Haus, nahm den Mähroboter vom Rasen und ging mit ihm in die Garage. Schließlich gelang es ihm, den Fehler zu finden, und nach einiger Zeit verrichtete der Roboter wieder fleißig seinen Dienst. Zufrieden mit sich und dem Ergebnis machte er sich auf den Rückweg. Doch er konnte sich nicht helfen, immer wieder dachte er über den hübschen jungen Mann auf dem Bild nach, der Veronique so beeindruckt hatte.

Als er zu Hause angekommen war, hatte er einen Entschluss gefasst. Er nahm das Telefon zur Hand und wählte eine Nummer.

»Grüß dich, Didier, was macht die Kunst?«, sagte er, als sich eine Stimme am anderen Ende meldete.

»Salut, Hugo, man schlägt sich so durch.«

Martin musste lächeln. Sein alter Freund, ein Maler unten aus der Stadt, hielt sich mehr schlecht als recht mit kleineren Auftragsarbeiten über Wasser. Er kam aus einer alten Künstlerfamilie und hatte nie auch nur einen Gedanken daran verschwendet, sich eine andere Arbeit als die mit Pinsel und Leinwand zu suchen. Ab und zu kaufte er ihm ein Stück ab. Er hatte einige Kunden, denen seine Bilder gefielen.

»Hör zu, du hast mir doch dieses Gemälde verkauft, von diesem jungen Mann am Meer.«

»Ja, ich erinnere mich. Es war nicht von mir, mein Vater hat es gemalt.«

»Ja, das sagtest du mir damals. Ich wollte dich fragen, ob du etwas über den Mann auf dem Bild weißt?«

Martin hörte, wie Didier die Luft ausblies. Es war sicherlich nicht die erste Zigarette, die er sich heute angesteckt hatte.

»Mein alter Herr hat früher viele Leute gemalt. Unten an der Promenade und am Hafen hat er gestanden, weißt du? Da war ja damals viel los, mit diesen ganzen Schauspielern, Sängern, Amerikanern und den leichten Mädchen. Das war in den Sechzigern, weißt du?«

»War das irgendeine Berühmtheit auf dem Bild, in jungen Jahren?«

»Was weiß ich ... Das Bild stand im Keller. Aber mein Vater hatte einen guten Blick und es ist gutes Handwerk.«

»Ja, es hat was. Darum habe ich es dir abgekauft.«

Martin wusste, dass Didiers Vater noch nicht sehr alt gewesen war, als er gestorben war. Doch er hatte seinen Freund schon früh an die Malerei herangeführt, und der Sohn hatte die Fertigkeiten des Vaters übernommen.

»Aber mehr weißt du nicht über das Bild?«

»Mann, weißt du, wie viele alte Schinken im Keller stehen? Es ist alles von meinem Vater. Ich bin froh, wenn ich ab und zu etwas davon verkaufen kann. Es ist nicht leicht heutzutage, sich über Wasser zu halten. Und mein Vater war wirklich ein guter Künstler. Er hatte Kontakt zu den besten hier, das war damals eine gute Zeit für ihn, kannst du mir glauben.«

»Das weiß ich doch, Didier. Es ist nur …, es beschäftigt mich einfach …«

Aber wahrscheinlich machte er sich zu viele Gedanken. Es war wahrscheinlich nur ein altes Gemälde, und Simone hatte es wahrscheinlich wirklich zum Rahmen gebracht. Er erinnerte sich, dass der alte Rahmen sehr einfach und ein wenig zerschlissen gewesen war. Bestimmt wollte sie ihrem Freund ein rundum schönes Bild überreichen. Und wahrscheinlich hatte Roussel noch nicht einmal etwas von dieser kleinen Aufmerksamkeit gewusst.

»Ich danke dir trotzdem«, sagte er an Didier gerichtet. Dann verabschiedete er sich und legte auf.

*

»Wie sieht es aus mit Socellas Pistole?«, fragte Valjean kurz nach dem Eintreffen im Büro seinen Kollegen Ballard, der das Croissant, von dem er gerade abgebissen hatte, auf einer Serviette ablegte.

»Hör zu«, gab Ballard eifrig zurück. »Die Seriennummer ist registriert. Die Pistole gehörte einem Edouard Leclerc, einem Goldhändler. Er wurde vor drei Jahren hier in Nizza bei einem Raubüberfall erschossen. Die Tat ist nie aufgeklärt worden, und die Waffe von Leclerc ist nie wieder aufgetaucht.«

»Und jetzt ist sie wieder da!« Valjean riss die Augen auf. »Was haben die Ballistiker gesagt?«

»Das Kaliber stimmt.«

»*Bon*. Damit haben wir Socella. Selbst wenn er die Tat nicht verübt hat, wird er uns Rede und Antwort stehen müssen. Das war gute Arbeit, Patrice. Jetzt haben wir ihn in der Hand. Sag deinem Kollegen vielen Dank.«

Ballard sah ihn verwundert an. »Du gehst also jetzt zum Richter.«

»Ja. Jetzt, wo wir dieses Druckmittel haben, wird Socella mit der Wahrheit rausrücken müssen. Wenn ich die Pistole erst offiziell als Beweisstück gesichert habe, geht es ihm richtig an den Kragen.«

»Und wie willst du an den Durchsuchungsbeschluss kommen?«

»Er hat einen Einbruch geplant. Ich werde dem Richter erklären, dass wir Grund zu der Annahme haben, dass Simones Geld und der Schmuck sich in seinem Besitz befinden. Und am besten erzähle ich dem Richter auch noch, dass am Tatort ein Bild fehlt.«

»Ich habe übrigens sämtliche Paketdienste der Umgebung kontaktiert. Und die Post natürlich auch. Nirgendwo ist in den zwei Wochen vor der Tat eine entsprechende Lieferung nach Castellane in Auftrag gegeben worden.«

»Na ja, es wird schon auftauchen.«

»Und wenn die Durchsuchung nichts bringt? Socella wird den Schmuck nicht bei sich versteckt haben.«

»Das vermute ich auch, aber ich muss das offiziell ausschließen. Aber dann finden wir ebenso offiziell die Pistole und können Socella so richtig einheizen. Wir holen die Jungs aus Gambetta dazu, die alle von seinem Einbruchsplan gehört haben. Und wir rollen den alten Fall des Monsieur Leclerc wieder auf.«

»*D'accord.* Das wird ihm den Rest geben.«

»Gibt es sonst etwas Neues?«, fragte Valjean.

»Heute Abend kommt Toscarelli zurück. Dann will er uns etwas zu diesem geplanten Bouleplatz sagen. Und zu der Frau, die er auf Simone Durands Grundstück gesehen hat.« Geräuschvoll biss er ein Stück vom seinem Croissant ab.

Valjean nickte und trank einen Schluck von dem heißen, starken Kaffee. Kurz berichtete er über seinen Besuch bei Madame Vernay. Ballard lauschte andächtig und kaute dazu.

Als Valjean seine Vermutung äußerte, dass Roussel in der Nacht noch einmal zu Madame Durands Villa zurückgefahren sein könnte, unterbrach ihn Ballard.

»Das glaube ich eher nicht. Vorhin ist noch etwas reingekommen.«

Ballard stieß sich von der Tischplatte ab und rollte zu seinem Computer.

»Das Handy von Monsieur Roussel wurde in der Nacht des Mordes um 23.05 Uhr zuletzt benutzt, in Castellane. Es ist also sehr wahrscheinlich, dass er tatsächlich zu Hause war. Aber ... das Handy von Madame Roussel war ungefähr eine Stunde vor dem Mord noch in Betrieb, um 22.20 Uhr. Und jetzt hör zu: in der Nähe eines Funkmastes im Westen von Nizza.«

Triumphierend sah er Valjean an.

»*Merde!* Da hat sie uns aber was vorgespielt.«

Für Roussel wäre es in der Tat ziemlich knapp geworden, in jener Nacht noch nach Nizza zu fahren. Aber seine Frau war hier gewesen, und er würde sich als Erstes darum kümmern herauszufinden, warum.

Ein Klopfen an der Tür riss die beiden Kommissare aus ihrem Gespräch. Ohne ein »Entrez« abzuwarten, betrat eine ältere Dame den Raum. Ihr Gesicht war leicht gerötet, ihre Augen funkelten hinter einer modischen viereckigen Brille.

»*Bonjour*«, sagte sie leise, »ein Monsieur Ballard hat mich hierhergebeten?«

Ballard erhob sich sofort von seinem Stuhl und reichte der Dame die Hand.

Ballard räusperte sich.

»Georges, darf ich dir vorstellen: Dr. Montrande vom Phoenix Parc floral hier in Nizza. Sie haben dort eine enorm große Orchideensammlung, und Madame Montrande ist eine Expertin auf diesem Gebiet. Ich habe ihr die Fotos von den Orchideen gezeigt, die im Salon von Madame Durand stehen.«

»Ah, ich verstehe. Das ist wirklich sehr freundlich von Ihnen, dass Sie sich Zeit für uns nehmen.«

Valjean begrüßte Dr. Montrande ebenfalls und bot ihr dann einen Stuhl an.

»Nun, ich bin keine Polizistin und kann Ihnen nur meine Gedanken wiedergeben, die ich mir zu dem Material gemacht habe, das ich von Ihnen erhalten habe«, sagte Dr. Montrande an die beiden Kommissare gewandt, nachdem sie Platz genommen hatte.

Sie legte den Ausdruck auf den Tisch, auf dem die Orchideen von Madame Durand zu sehen waren.

»Es ist so … Wenn Sie hier einmal genauer hinsehen möchten. Die Orchideen auf diesem Foto sind sehr sorgsam angeordnet …«

»Wie Gemälde an einer Wand?«, murmelte Valjean leise.

»Ja, so könnte man es vielleicht ausdrücken. Es stehen sich immer zwei Orchideen von der gleichen Sorte und in der gleichen Farbe gegenüber. Eine rechts, eine links auf der Fensterbank.«

Valjean betrachtete das Foto und stellte fest, dass sie recht hatte. Warum war ihm das nicht schon eher aufgefallen?

»Und wenn man dies weiß, fällt sofort auf, dass …«

Ballard und Valjean beugten sich über das Foto, während Madame Montrande auf eine der Orchideen wies, »… eine Pflanze fehlt. Von dieser Art hier ist nur eine Pflanze vorhanden.«

»Stimmt«, sagte Valjean sofort.

»So ist es.«

Dr. Montrande zog ein weiteres Foto hervor, offenbar eine Kopie aus einem Magazin. Zu sehen war eine rötlich-helle Orchidee mit filigranen, weit ausgestreckten Blütenblättern, die Valjean ein wenig an ein Segelflugzeug erinnerte.

»Und es handelt sich dabei tatsächlich um eine Paphiopedilum rothschildianum. Sie kommt in Malaysia vor. Und nur eine von dieser Art steht auf der Fensterbank. Es ist eine der seltensten Orchideen der Welt. Sehr wertvoll in dieser Größe und diesem hervorragenden Zustand. Es bedarf einiges Geschick und Wissen, sie so zu pflegen.«

Valjean musterte das Foto und lehnte sich in den Bürostuhl zurück.

Ballard sah Dr. Montrande an.

»Was genau heißt wertvoll in diesem Fall?«

»Eine solche Pflanze kostet so zwischen vier- und sechstausend Euro. Auf dem Schwarzmarkt werden noch höhere Preise gezahlt, vor allem für Exemplare, die in Malaysia illegal der Wildnis entnommen werden.«

Sie nickte fachmännisch und strich mit dem Zeigefinger so vorsichtig über das Bild, als wäre die Blüte echt.

Ballard pfiff leise.

»Das ist eine Menge Geld für so ein Blümchen.«

Dr. Montrande blickte auf. »Sie verstehen nicht, Monsieur Ballard. In den Kreisen der eingefleischten Sammler geht es nicht nur um das Geld. Es gibt viele in diesen Kreisen, die eine solch schöne Pflanze gerne besitzen würden, es geht um Prestige, um das Ansehen. Sie ist ein wenig verrückt, diese Welt der Orchideensammler.«

»Mmh, da mögen Sie wohl recht haben, Madame«, sagte Valjean, denn es war sofort ein Bild in seinem Kopf entstanden. »Ich denke, Sie haben uns da sehr geholfen.«

»Es war mir ein Vergnügen. Wir stehen ja nicht allzu oft im öffentlichen Interesse, wir Orchideenexperten«, sie lächelte.

»Ich darf das hier behalten?«, frage er und nahm das Foto der Blüte an sich.

»Natürlich«, sagte Dr. Montrande, »ich hoffe, es hilft Ihnen weiter.«

»Das wird es sicherlich, Madame«, sagte Valjean.

Während Dr. Montrande von Ballard an der Tür zum Büro verabschiedet wurde, meldete sich Valjeans Handy. Hugo Martin fragte ihn, ob er um 19.00 Uhr am Kommissariat sein solle, damit sie sich gemeinsam auf den Weg zum Angelplatz machen könnten.

»Ja, ich freue mich schon sehr darauf. Ich habe meine komplette Ausrüstung hier, und eine Dose Mais habe ich tatsächlich auch noch gefunden«, antwortete Valjean, und die Vorfreude stellte sich augenblicklich ein.

Kaum hatte er das gesagt, klopfte es erneut an der Tür ihres

Büros. Valjean stand sofort auf und öffnete dem Besucher. Vor ihm stand ein auffallend dünner junger Mann, der den schmalen Mund zu einem etwas hilflos wirkenden Lächeln verzog.

»Kann ich Ihnen helfen?«, fragte Valjean.

»Hm, ja, ich suche Kommissar Valjean«, sagte der Mann. »Ich bin Aristide Donadieu und soll mich bei ihm melden.«

»Sie haben ihn gefunden.«

Valjean ließ ihn hinein und sah, dass Ballard bei der Erwähnung des Namens ihres Besuchers sofort aufgeblickt hatte.

»Danke, dass Sie hergekommen sind«, sagte Valjean, als der junge Mann Platz genommen hatte. »Wie Sie sich vielleicht denken können, geht um einen gewissen Jacques Socella aus Carros. Wir nehmen an, dass Sie ihn kennen.«

Sofort senkte der Mann den Kopf. Damit er nicht auf die Idee kam, völlig zu verstummen, lächelte Valjean beruhigend und setzte sich auf die Kante des Schreibtisches.

»Keine Angst. Wir wissen, was Monsieur Socella geplant hatte. Er wollte Sie zu einem Einbruch überreden, nicht wahr? Wir wissen inzwischen auch, dass Sie das abgelehnt haben, aber es wäre gut, wenn Sie uns ein wenig mehr darüber erzählen. Es geht uns nicht um diesen geplanten Einbruch, wir ermitteln in einem Mordfall, und Sie könnten uns da sehr helfen.«

Aristide Donadieu hob den Kopf und starrte Valjean an.

»Ein Mord? Damit habe ich nichts zu tun.«

»Sie stehen auch nicht unter Verdacht, keine Sorge. Uns geht es vielmehr darum, herauszufinden, wo Jacques Socella diesen Einbruch geplant hatte? Er hat Ihnen doch sicher gesagt, wo Sie gebraucht werden.«

»Ja, das hat er. Er wollte es nicht selber machen. Aber ich bin doch nicht blöd und halte meinen Kopf für ihn hin.«

Mit einem Mal klopfte Valjeans Herz heftiger.

»Und wo sollte das Ganze stattfinden?«, bohrte er nach.

»In einem Dorf ganz in der Nähe, hat er gesagt. Genaueres weiß ich nicht.«

»Ganz sicher? Nicht in Nizza?«

»Na, wenn ich es Ihnen doch sage. Sein eigenes Auto wäre da zu bekannt, und er auch, hat er gesagt. Er wäre dort aufgefallen.«

Valjean sah zu seinem Kollegen hinüber und bemerkte seinen zufriedenen Gesichtsausdruck, während er die Aussage im Computer notierte.

»Sieh mal einer an«, murmelte er und wandte sich wieder dem Zeugen zu. »Wissen Sie, wann der Einbruch stattfinden sollte?«

»Nein, in ein paar Tagen, hat er damals gesagt.«

Valjean reichte Aristide die Hand.

»Vielen Dank, Monsieur Donadieu, das war es schon. Mehr wollten wir gar nicht wissen. Mein Kollege wird gleich das Protokoll fertig machen, dann können Sie unterschreiben. Sie haben uns wirklich sehr geholfen.«

Er hörte, wie Aristide aufatmete.

Dann nickte er Ballard zu, der nur stumm den Daumen hob. Ein Dorf in der Nähe, in dem man ihn und seinen Wagen kannte! Valjean wollte einen Besen fressen, wenn damit nicht Carros gemeint war. Nachdem Donadieu die Papiere unterzeichnet und den Raum verlassen hatte, hob er den Hörer ab und wählte eine Nummer. Nach kurzer Zeit legte er wieder auf. Er drehte sich zu seinem Kollegen um.

»Bei der Staatsanwaltschaft ist niemand mehr zu erreichen, das werde ich morgen als Erstes erledigen.«

Kurz dachte er an seine Aufgabe, die es noch im Zusammenhang mit einer wertvollen Orchidee zu erledigen galt.

Aber da bestand keine Fluchtgefahr, da war er sich sicher. Das konnte getrost bis morgen warten.

»Und dann brauchen wir sofort eine Streife zur Überwachung von Socellas Haus, damit er uns nicht entwischt, sollte er von Aristides Aussage erfahren oder wegen anderer Dinge misstrauisch werden«, sagte er schließlich an Ballard gewandt. Der griff sofort zum Telefon.

»Und jetzt sieh zu, dass du loskommst«, sagte er zu seinem Kollegen, nachdem er das Telefonat beendet hatte. »Deine Angeltasche da drüben ist ja schon ganz ungeduldig. Ein Wagen ist zu Socellas Haus unterwegs. Genieß deinen Angelausflug und vergiss nicht, der größte Fisch geht an mich.«

*

»Es gibt einfach nichts Schöneres als das Glucksen des Wassers, das Glitzern der Sonne oder des Mondes auf der Oberfläche des Sees. Und wenn dann der Zander am Köder knabbert, immer und immer wieder die Pose zuckt, und wenn er dann doch endlich zubeißt …«

Valjean saß auf dem Beifahrersitz, während Martin den Wagen über die Autobahn steuerte und zustimmend nickte, während Valjean ihm von seinen früheren Angelerlebnissen berichtete. »Ich freue mich wirklich sehr, dass Sie mich mitnehmen.«

»Nun ja, ich war Ihnen etwas schuldig. Es war nicht schlau von mir, auf eigene Faust bei Roussel aufzutauchen. Ich bin ein alter Narr, wissen Sie.«

»Schon gut.« Valjean winkte ab. »Ich kann dieses Gefühl verstehen. Die Rätsel, die unerklärten Dinge im Leben, es ist wie ein Sog, das kenne ich gut. Bei mir war das schon als Kind so. Wenn andere längst aufgegeben hatten, wurde es für mich erst spannend. Ich habe meinen Geschwistern Löcher in den Bauch gefragt.«

»Ja, das kann ich mir vorstellen«, sagte Martin.

»Warum guckte Mademoiselle Giselle, das war meine Lehrerin, immer so traurig? Solche Dinge habe ich mich zum Beispiel gefragt«, fuhr Valjean fort. »Und dann sind mir Dinge aufgefallen, die andere gar nicht interessiert haben. Mademoiselle Giselle sah nämlich nur dann glücklich aus, wenn ihr Nachbar sie anlächelte. Und dann einige Zeit später sah ich sie Arm in Arm. Und da hatte ich den Grund für ihre Traurigkeit, denn ich wusste, dass der Nachbar verheiratet war.«

»Mmh, ja, ist das nicht ganz ähnlich wie bei den Frauen im Dorf? Sie wollen einfach nur wissen, was um sie herum vor sich geht«, sagte Martin, nachdem Valjean geendet hatte.

»Vielleicht. Aber es ist auch so etwas wie eine Herausforderung. Wie ein Puzzle, eine mathematische Aufgabe.«

Die Straße zog sich inzwischen durch die leicht hügelige Macchia nördlich des Esterel-Gebirges.

»Das ist die Autobahn nach Cannes, nicht wahr?«, sagte Valjean, der die Strecke wiedererkannte.

»Ja, aber wir verlassen sie gleich.«

Nach einer Weile fuhr Martin von der La Provencale ab und zahlte an der Mautstation. Bald darauf tauchte aus den Weiten des idyllischen Buschlandes ein See auf, den er auf einer Brücke überquerte. Das Wasser war tiefgrün und lud förmlich dazu ein, die Rute auszupacken.

»*Mon Dieu!*« Valjean betrachtete das stille, von kleinen Wäldchen umrandete Gewässer, auf dem sich kein Boot und kein Segel zeigte. Erst nach einigen Kilometern und einer weiteren Brücke tauchten hier und dort Imbissbuden und Hinweisschilder zu den Stränden auf.

»Der Lac de Saint Cassien. Sehr beliebt. Aber die ein oder andere unentdeckte Stelle gibt es noch …«

Martin fuhr in der Nähe einer abgelegenen Halbinsel auf einen kleinen Pfad, auf dem er den Wagen abstellte. Als Valjean die Tür öffnete, drang der typische Geruch des provenzalischen Waldes in seine Nase, es roch nach Harz, Kiefernnadeln und Rosmarin. Mit der Angeltasche in der Hand folgte er Monsieur Martin ans Wasser. Auf einem felsigen Uferstreifen konnte er einen schmalen Schilfgürtel erkennen, vor ihm war das Wasser dunkel und anscheinend bodenlos. In der Nähe floss ein Rinnsal in den See. Also gab es hier genügend Sauerstoff, Versteckmöglichkeiten und Beute für die räuberisch lebenden Fische. Ob es ihm gelingen würde, auch eine Forelle zu ergattern? Immerhin stand hier kein Schild, das das Zurücksetzen der gefangenen Fische vorschrieb, wie es an vielen anderen Gewässern der Fall war.

Als er sich umblickte, sah er, dass sich Monsieur Martin auf eine Holzbank gesetzt hatte. In aller Ruhe begann er seine Angel auszupacken. Valjean setzte sich neben ihn und öffnete seine Angeltasche. Glücklich blickte er auf den Inhalt, der schon viel zu lange nicht mehr in Gebrauch gewesen war. Dann machte er sich daran, die richtige Auswahl zu treffen: eine gute Schnur, die richtige Pose, das zur Pose passende Bleigewicht, ein guter Köder. Er prüfte die Wind- und Strömungsrichtung, denn alles hatte Einfluss auf Erfolg oder Misserfolg.

Eine halbe Stunde verging, bis Valjean alles zu seiner Zufriedenheit zusammengestellt hatte. Hugo Martin saß bereits seit einiger Zeit auf der Bank am Rande des Sees. Vorsichtig, um ihn nicht zu stören, warf er die Angel aus und legte die Rute auf den Ständer. Dann setzte er sich neben Martin. Die rote Pose wippte im Takt der leichten Wellen. Er streckte die Beine aus und sah gemeinsam mit Martin auf das Wasser hinaus. Zwei Kajakfahrer glitten in der Ferne vorbei, mit gleichmäßigen Schlägen. Wie anders war dieser Ort als die Seen seiner Kindheit. So würzig duftete es hier, so warm war es an diesem See, der eingebettet in die hügelige Mittelmeerlandschaft lag. Er dachte an die Seen und Teiche seiner Kindheit zurück, wie dort morgens der Nebel aus dem flachen Land in die Luft aufgestiegen war und die Sonne sich ihren Weg durch den kühlen Dunst gebahnt hatte. Er dachte an die stille, herbe Landschaft, an die Getreidefelder und die blühenden Hecken, die die Wiesen säumten. Ein kurzer Stich durchzuckte ihn. War das etwa Heimweh? Eines Tages würde Nizza seine neue Heimat sein, das wusste er, aber ein kleines bisschen Heimweh würde ihn wohl immer begleiten.

Plötzlich zuckte die Pose. Sofort setzte er sich auf und fixierte sie. Dann wieder! Ein Fisch zupfte an den Maiskörnern, die am Haken steckten.

»Haben Sie das auch gesehen?«, fragte er Martin.

»Ein vorsichtiger Bursche«, antwortete der.

»Vielleicht nicht vorsichtig genug.«

Valjean stand auf und nahm ganz behutsam die Rute in die Hand, schloss den Bügel der Rolle und drehte die Kurbel, um etwas Schnur einzuholen. Gespannt behielt er die Pose im Auge, atmete ganz ruhig, als könnte der Fisch ihn hören. Im selben Moment verschwand die Pose komplett unter Wasser. Valjean riss die Angel hoch, schlug an, um den Haken in das Maul des Fisches zu setzen. Der Zug wurde stärker und eine Weile kämpfte er mit dem Fisch.

»Immer schön vorsichtig!«, sagte Martin, der jetzt auch aufgestanden war und das Schauspiel verfolgte. Meter um Meter zog Valjean den Fisch näher heran, und schließlich sah er, dass es tatsächlich eine stattliche Forelle war.

»Den Käscher, schnell!«, rief er aufgeregt und stellte die Bremse so ein, dass die Schnur nicht reißen würde, wenn der Fisch sich wieder entfernte. Doch die Forelle war bereits ermüdet. Martin reichte ihm den Käscher an, und schon bald hatte er Valjeans Beute ins Netz bugsiert. Er hob den zappelnden Fisch hoch und legte ihn dann auf den Boden.

»Ein schöner Fang«, sagte er.

»Schade nur, dass ich ihn meinem Kollegen versprochen habe«, antwortete Valjean und grinste. »Aber wer weiß, ob wir nicht noch einmal Glück haben heute.«

Kapitel 8

Am nächsten Morgen war Valjean schon recht früh vom Richter zurückgekommen, der bereit gewesen war, einen Durchsuchungsbeschluss auszustellen, nachdem er die Aussage von Aristide Donadieu zur Kenntnis genommen hatte.

Der Tag begann so gut, wie der letzte zu Ende gegangen war. Hugo Martin hatte schließlich auch noch einen Fisch gefangen, und sie hatten ihn später bei Martin auf dem Grill gebraten und einen guten Rotwein dazu getrunken. Er war seinem Nachbarn immer noch dankbar für diesen Abend.

Jetzt saß er gemeinsam mit Ballard und einem weiteren Kollegen in einem der Dienstwagen. Sie waren auf dem Weg zu Socellas Haus, vor dem die beiden Beamten auf sie warteten, die das Haus überwachten. Sie würden sie vor Ort unterstützen.

Als Valjean vor Socellas Tür stand, klopfte er energisch an. Zu seiner Verwunderung wurde die Tür sofort geöffnet. Eine ältere Frau blickte ihn an.

»Kommissar Valjean von der Polizei Nizza«, sagte er, woraufhin die Frau mit großen Augen auf die Polizeifahrzeuge vor der Tür schaute. »Ich habe einen Durchsuchungsbefehl für die Wohnung und den Schuppen von Monsieur Socella.«

Er hielt das Dokument hoch, doch die Frau runzelte nur die Stirn.

»Was hat er denn angerichtet? Ich … Leider weiß ich nicht, wann er zurückkommt.«

»Monsieur Socella ist nicht zu Hause? Wer sind Sie?«, fragte er.

»Ich bin seine Tante. Ich sehe hier hin und wieder nach dem Rechten. Er hat mich angerufen und gemeint, dass er schon früh unterwegs ist. Immer auf der Suche nach etwas Wertvollem, der Junge. Aber ich habe ja einen Schlüssel.«

Valjean winkte Ballard und die Polizisten ins Haus.

»Socella ist ausgeflogen, wie konnte das passieren?«, stellte er die Männer zur Rede, die genauso überrascht wirkten wie er selber.

»Keine Ahnung, wir haben die ganze Nacht hier gesessen. Er muss durch den Garten geflüchtet sein …«

Socellas Tante schaute vom einen zum anderen.

»Was hat er nur wieder angestellt, der Junge?«, sagte sie und schüttelte den Kopf.

Valjean forderte sie auf, zu warten, bis die Polizei ihre Arbeit erledigt hätte.

»Schon gut«, richtete er sich dann wieder an die Polizisten, denen man ihre Betroffenheit immer noch ansah, »der ist offensichtlich mit allen Wassern gewaschen. Aber wir finden ihn schon. Lasst uns das Haus gründlich auf den Kopf stellen.«

Dann wendete er sich an Ballard.

»Patrice, du nimmst dir den Schuppen draußen vor. Schau mal, was du da so findest.«

Gemeinsam mit den beiden Polizisten begann Valjean das Haus auf den Kopf zu stellen, bis Ballard zurückkam und ihn zu sich rief. Zufrieden hielt er eine Pistole hoch, die bereits in einer Plastiktüte steckte.

»Sehr gut. Jetzt haben wir ihn, Patrice«, meinte Valjean, packte noch einen Stapel Dokumente ein, während einer der Polizisten die Kabel vom Computer trennte und das Gerät mitnahm.

Sie verabschiedeten sich von Socellas Tante, die sich in die Küche gesetzt hatte und immer noch ungläubig auf ihre Hände starrte.

Valjean wies die Kollegen an, das Haus weiterhin zu überwachen.

»Verhaftet Socella, sobald er auftaucht oder im Haus zu sehen ist. Ich gebe eine Fahndung nach ihm raus.« Und an Ballard gewandt fügte er hinzu: »Und ich werde in der Zwischenzeit Madame Garonde und ihren Orchideen einen Besuch abstatten.«

*

Valjean fand die Hausherrin im Garten, wo sie verblühte Fliederdolden abschnitt und in einen Eimer warf. Sie zog die Gartenhandschuhe aus, als sie den Kommissar sah.

»Monsieur Valjean, gibt es etwas Neues?«

»Nun, Madame Garonde, noch nicht«, sagte er. »Es sind Ihre Orchideen, die mich umtreiben. Sie sind einfach sagenhaft schön. Wäre es wohl zu viel verlangt, wenn Sie mich ein wenig beraten könnten? Ich möchte einer Freundin sehr gerne eine schöne Orchidee schenken, und da dachte ich, ich greife auf Ihre Expertise zurück.«

»Aber gerne doch, *monsieur le commissaire*.« Madame Garondes Wangen glühten bereits wieder vor Stolz, und sie ging in Richtung Haus voran. Am Fenster zog sie die Jalousie ein wenig hoch, sodass etwas mehr Licht in den Salon fiel und sich eine Reihe bunter Schnäbel, Flügelchen und Schühchen offenbarte.

»Ihre Freundin muss vor allem vorsichtig sein mit grellem Licht, verstehen Sie?«

»Gewiss.«

»Viele ziehen die exotischen, ausländischen Exemplare vor. Ich mag allerdings besonders die Sorten, die in Europa vorkommen und die sie hier vor sich sehen.«

Sie lenkte seinen Blick auf eine hellgrüne Pflanze, deren Blüten sich miteinander zu verschlingen schienen.

»Das zum Beispiel ist eine Azoren-Waldhyazinthe. Die habe ich ersteigert.«

Valjean bedachte die Pflanze mit einem interessierten Blick.

»Sie ist wahrhaft prächtig. Es soll da ja außerordentlich kostbare Exemplare geben ...«

»Oh ja, so ist es, da kann es gut und gerne mal in die Tausende gehen.«

»Oh«, Valjean machte ein überraschtes Gesicht, »das übersteigt dann allerdings meine Möglichkeiten als Polizist.«

Madame Garonde lachte auf.

»Keine Sorge, die wären für Ihre Freundin auch viel zu schwierig zu pflegen. Aber wenn Sie möchten, zeige ich Ihnen gerne einige der kostbareren Arten, für die ich ein eigenes kleines Zimmer eingerichtet und entsprechend klimatisiert habe.«

»Oh, das wäre natürlich reizend von Ihnen.«

Also folgte er Madame Garonde in einen Anbau, der einem Wintergarten glich und in dem in kunstvoller Weise unzählige Orchideen auf Ständern arrangiert waren, von der Decke hingen oder in große, kostbar wirkende Glasgefäße gepflanzt waren.

»Oh, Madame, das ist wirklich ... wissen Sie, wahrscheinlich sollte ich Ihnen das hier gar nicht zeigen. Aber meine Kollegen haben die Orchideen von Madame Durand fotografiert, den Tatort, Sie verstehen ...«

»Oh ja?« Madame Garonde erbleichte ein wenig.

»Und diese Orchidee hier«, er zog die Fotografie aus der Jeanstasche und zeigte sie ihr, »so etwas habe ich noch nie gesehen, sie ist wirklich ausgesprochen schön.«

»Oh …, ja natürlich … eine Rothschildianum«, sie verstummte.

»Sie können sich nicht vielleicht vorstellen, Madame Garonde, wer Madame Durand diese kostbare Pflanze geneidet haben könnte? Sie ist nämlich verschwunden – am Tag ihres Todes …«

Inzwischen war sämtliche Farbe aus Madame Garondes Wangen gewichen.

»Ja, wissen Sie, Madame. Wenn ich ganz ehrlich bin …, das mit der Freundin war ein kleiner unschuldiger Vorwand. Vielmehr wollte ich Sie fragen, ob Madame Durand Sie nicht um Hilfe bei der Pflege der Pflanze gebeten hat, als Fachfrau und als Nachbarin.« Valjean zwinkerte ihr zu. »Sie verstehen, was ich meine …«

»Monsieur Valjean«, Madame Garondes Stimme war nur noch ein Krächzen, »glauben Sie etwa, ich hätte die Pflanze hier bei mir?«

»Haben Sie?«, gab Valjean zurück.

»Ich …«

»Nun gut, Sie haben sicher nichts dagegen einzuwenden, dass ich mir Ihre Pflanzen einmal genauer anschaue, oder?«

Valjean brauchte nicht lange, bis er die Orchidee mit den auffallend schwarzen Blüten entdeckt hatte.

»Eine Rothschildianum, richtig? Sie sehen, ich lerne dazu.«

Madame Garonde hatte sich auf ein Biedermeiersofa fallen lassen, das den Raum schmückte. Sie faltete die Hände im Schoß und senkte den Kopf.

»Ich glaube, Sie sind mir eine Erklärung schuldig«, sagte Valjean.

Madame Garonde nickte, sie wirkte völlig verstört. Valjean schwieg und sah sie an.

»Ich habe sie nicht ermordet!«, platzte es plötzlich aus Madame Garonde heraus. »Glauben Sie das bitte nicht. Sie war schon tot, als ich kam.«

Er nickte nur kurz und schwieg weiter.

»Ich kam am Morgen von Adèle zurück. Wissen Sie, sie hat ja schon früh offen und ich erledige alles gern zeitig. Ich sah, wie Hugo auf Simones Haus zuging. Das war ja nichts Besonderes, er schaute öfter bei ihr vorbei. Also habe ich erst einmal die Einkäufe in meine Küche gebracht. Doch dann sah ich durch das Küchenfenster. Und auf einmal lief Hugo los, den Weg zur Haustür entlang. Und dann sah ich Simone dort auf dem Boden liegen, in einer völlig unnormalen Haltung. Ich sah, wie Hugo kurz aufschrie, sich hinkniete und nach einiger Zeit zum Handy griff. Er sah verwirrt und erschüttert aus. Ich dachte, Simone sei gestürzt und Hugo würde einen Arzt rufen. Also bin ich raus und durch die Lücke in meiner Hecke hinübergegangen.«

»Nicht über die Straße.«

»Nein, so ging es schneller. Wissen Sie, letztes Jahr stand dort eine Buchsbaumhecke, aber die ist uns eingegangen, wegen des Buchsbaumzünslers.«

»Sprechen Sie weiter.«

»Ich sah Simone, und dass da viel Blut war. Ich habe sofort gewusst, sie ist tot, es war entsetzlich. Hugo konnte mich nicht sehen, er wartete an der Hausecke auf den Notarzt oder die Polizei. Ich war völlig verwirrt. Bin wieder zurück in meine Küche, was sollte ich denn auch tun? Aber dann habe ich Simones Fenster betrachtet, mit all den Orchideen … sie standen dort und …«

»Und dann sind Sie noch einmal hinübergegangen?«

»Sie hatte zwei dieser wunderbaren Schönheiten«, ein verzückter Ausdruck spiegelte sich in Madame Garondes Gesicht. »Was würde es schon bedeuten, wenn ich eine von ihnen zu mir nehmen würde, wenn ich sie retten würde? Nicht jeder ist dazu befähigt, mit einem solch kostbaren Geschöpf umzugehen.«

»Wenn Sie es sagen ...«

»Sie hat ihre Rothschildianum dort stehen lassen, die Jalousien waren nicht geschlossen worden, sie wären eingegangen dort in der prallen Sonne, direkt im Licht. Ohne mich hätten sie nicht weiterleben können ... Wenigstens diese eine wollte ich retten, diese kostbare Schönheit ...«

»Dann haben Sie also mit der Blume Simones Haus verlassen und sind zurückgegangen.«

Sie senkte den Kopf.

»So war es. Ich weiß, es war nicht richtig, aber ... diese Orchidee, sie ...«

»Madame Garonde, Ihre Nachbarin lag tot vor ihrem Haus!«

»Ich bin ja froh, dass Sie gekommen sind. Ich habe es sehr bereut, als die Blume hier stand. Ich wollte es Ihnen wirklich sagen, aber wie würde das denn aussehen?«

»Es sieht so aus, dass Sie eine Orchidee aus dem Haus Ihrer Nachbarin entwendet haben, während sie dort draußen leblos auf dem Weg lag, Madame Garonde.«

Valjean blickte auf die Frau herab, die dort in sich zusammengesunken saß, wie ein kleines Kind, das man beim Klauen von Süßigkeiten erwischt hatte, und er seufzte.

*

»Madame Roussel, schön, Sie hier zu sehen. Welch ein Zufall!«, sagte Valjean.

Die Ehefrau des Bauunternehmers saß an einem Tisch an der Uferpromenade in Nizza. Sie wandte sich der Frau zu, die mit ihr am Tisch saß.

»Warte kurz auf mich«, sagte sie, dann schüttelte sie Valjean die Hand, stand auf und folgte ihm ein Stück die Promenade hinunter.

Valjean war aus dem Kommissariat hierhergekommen, um sich ein wenig die Beine zu vertreten und zu Mittag zu essen. Dann hatte er Madame Roussel gesehen und die Chance sofort ergriffen, sie nach ihrem Alibi für die Mordnacht zu befragen.

»Wir haben Sie telefonisch nicht erreichen können, Madame Roussel. Dürfte ich Ihnen vielleicht hier ein paar Fragen stellen? Es dauert auch nicht lange.«

Auf dem Kommissariat hatte er Ballard von seinem Gespräch mit der Orchideendiebin erzählt. Er hatte ihm gesagt, dass er ihrer Geschichte Glauben schenke. Anschließend hatte er mit Hugo Martin gesprochen, der bestätigen konnte, sie in ihrem Haus gesehen zu haben. Und Madame Garonde hatte mit ihrer Aussage indirekt bezeugt, dass Simone Durand tatsächlich bereits tot gewesen war, als Hugo Martin sie gefunden hatte. Beide konnten also kaum den Mord begangen haben. Und so zog sich die Schlinge immer fester um Socella zusammen. Und der wurde gesucht, da konnte Valjean im Moment nur abwarten.

Da war es wirklich eine glückliche Fügung, dass er Madame Roussel hier traf, die im Moment auf seiner Liste der Tatverdächtigen ebenfalls ganz oben stand, da sie sich offenbar zur Tatzeit in der Nähe von Carros aufgehalten hatte.

»Sie sehen ja, dass ich eine Verabredung mit einer guten

Freundin habe, die ich nicht zu lange warten lassen möchte.«
Sie schaute zu dem Tisch hinüber, wo ihre Freundin auf das Handy schaute.

Madame Roussel wirkte ein wenig blass.

»Worum geht es denn?«

Sie strich sich das lange Haar aus der Stirn und steckte es mit ihrer Sonnenbrille fest.

»Es gibt da eine kleine Irritation bezüglich Ihres Alibis.« Valjean schaute ihr direkt in die Augen, und Madame Roussel erwiderte seinen Blick.

»Sie haben angegeben, zu Hause gewesen zu sein. Allerdings wurde Ihr Handy gegen 22.00 Uhr im Westen von Nizza geortet. Können Sie uns das erklären?«

»Natürlich. Ich habe das Handy an einen Freund verliehen, seines war in den Pool gefallen.«

Sie sah ihn ruhig an.

»An einen Freund, der in Nizza wohnt.«

»Richtig. Er hat es mir einen Tag später zurückgegeben.«

Valjean rieb sich das Kinn. »Lange Fahrt wegen eines Handys, oder?«

Sie zuckte mit den Schultern.

»Können Sie mir den Namen und die Adresse dieses Freundes geben.«

Hastig fuhr ihre Zunge über die Lippen. Sie senkte den Kopf. »Das alles hier bleibt aber unter uns, oder?«

Valjean war sofort klar, dass sie ein kleines amouröses Geheimnis schützen wollte.

»Das weiß ich noch nicht, Madame. Kommt drauf an. Wissen Sie, diese Geschichte mit dem Handy nehme ich Ihnen nicht ab. Sie waren bei Ihrem Freund, habe ich recht?«

»Sie denken, ich hätte Simone erschlagen, aus Eifersucht. Mitnichten, Kommissar. Mitnichten.«

»Dann ist es doch gut. Erzählen Sie.«

Madame Roussel starrte einige Sekunden aufs Meer hinaus. Dann begann sie mit leiser Stimme zu sprechen.

»Es ist nichts Besonderes, Monsieur. Dieser Freund ist klug, sehr sympathisch, aber ich liebe ihn nicht. Es ist nur so, dass …, dass meine biologische Uhr tickt. Ich wollte immer Kinder mit meinem Mann. Aber es hat nie geklappt. Er hat sich geweigert, sich untersuchen zu lassen, denn er hielt es nicht für wichtig. Er hat gut reden, wissen Sie.«

Valjean nickte.

»Er hat sein Geschäft, seine Mitarbeiter und mich. Aber ich möchte mehr. Ich habe drei jüngere Geschwister und viele Nichten und Neffen. Kinder gehören für mich zum Leben, nicht der Luxus, den mein Mann mir bietet.«

Valjean nickte. »Das kann ich gut verstehen.«

»Ich habe diesen Freund auf einer Vernissage kennengelernt«, fuhr Madame Roussel fort: »Ihm ist klar, dass er nur als biologischer Vater dienen soll. Trotzdem hat er sich vor acht Wochen mit mir eingelassen. Und ich hoffe, dass ich bald schwanger werde.«

»Und an dem besagten Tag waren Sie bei ihm?«

»Es waren meine fruchtbaren Tage … Ich war nur ungefähr drei Stunden bei ihm. Um 23.00 Uhr bin ich zurückgefahren.«

»Und Ihr Mann? War er zu Hause, als Sie zurückkamen?«

»Der Wagen stand da, seine Schuhe und alles. Ich ging daher davon aus, dass er zu Hause war, als ich kam. Auch wenn er nicht vor dem Fernseher saß, wie ich Ihnen damals sagte.« Sie lächelte bedauernd. »Er hat mich wohl nicht gehört und das ist auch gut so. Ich hatte ihm gesagt, dass ich mich mit meiner Freundin hier treffen würde.« Sie wies mit dem Kinn auf die Dame am Tisch, die sie von Weitem beobachtete.

»Aber Ihr Mann gab an, dass Sie zu Hause waren.«

»Um mich zu schützen. Wir sprachen nach Ihrem Besuch noch über Simones Tod. Es war ein wenig seltsam für mich. Ich war mir eigentlich sicher, dass mein Mann um Mitternacht zu Hause war. Aber ich hätte es nicht beschwören können. Mein Mann ist kein Mörder. Er hätte das niemals getan. Ich glaube ihm.«

»Können Sie mir den Namen und die Anschrift Ihres Freundes geben?«

Sie nahm einen Stift aus ihrer Tasche und schrieb die gewünschten Angaben auf einen der Bierdeckel, die hier auf den Tischen lagen. Dann reichte sie ihn Valjean, der sich bedankte.

Diese Geschichte ist so seltsam, dass sie kaum erfunden sein kann, dachte er. Er war sich jetzt schon so gut wie sicher, dass Monsieur Satrowicz, wie der Name auf dem Bierdeckel lautete, sie bestätigen würde.

»Sie möchten Ihren Mann also ... nun, sagen wir mal, glauben lassen, dass das Kind von ihm ist.«

»Ja. Nicht auszudenken, wenn er von Pierre wüsste. Ich habe mir alles genau überlegt. Pierre ähnelt Lucas sehr. Er ist nur jünger.«

Sie zwinkerte ihm zu.

»Verzeihen Sie mir die Frage, Madame, aber ... lieben Sie Ihren Mann?«

Sie lächelte sanft.

»Ich weiß, was Sie denken. Lucas ist manchmal unbeherrscht, er ist ein durchsetzungsstarker Geschäftsmann, aber wir kennen uns schon seit zwanzig Jahren, seit meiner Jugend. Er trägt mich auf Händen, auch wenn er ab und zu den Macho herauskehrt und seine kleinen Affären hat, verstehen Sie?«

»Durchaus. Wenn ich Sie jetzt frage, ob die Affäre mit Simone Ihnen ein Dorn im Auge war …«

»Dann würde ich antworten, dass es mich schon ein wenig gestört hat. Gerade jetzt hätte ich mir gewünscht, dass er sich mehr um mich kümmert. Aber ich kann ihm ja schlecht von meinem Plan erzählen. Daher beschwere ich mich nicht. Es hat immer die eine oder andere Frau gegeben. Ich kannte Simone, sie war wirklich nett. Ich hoffe einfach, dass er ein wenig häuslicher wird, wenn das Kind erst einmal da ist.«

Sie lächelte ihm zu.

»Ich war lange zufrieden damit, so zu leben, aber der Kinderwunsch ist immer dringender geworden. Immer war er da, immer öfter quälte ich mich damit. Pierre sieht das alles ganz gelassen. Er weiß, dass wir uns bald nicht mehr wiedersehen. Also, in dem Fall, dass ich wirklich …«

Sie brach ab und errötete, was sie verletzlich erscheinen ließ.

»Nun ja, ich hoffe jedenfalls, dass Ihre Wünsche in Erfüllung gehen«, schloss Valjean. »Wenn noch etwas ist, melde ich mich bei Ihnen.«

Ihre blauen Augen funkelten.

»Ich hoffe auf Ihre Diskretion«, betonte sie noch einmal.

»Im Rahmen meiner Möglichkeiten, Madame.«

Mit einem leisen Seufzen wandte sie sich ab und ging zurück zu ihrer Freundin.

*

Auf seinem morgendlichen Spaziergang traf Martin auf Veronique, die gerade bei Simone die Matte vor der Haustür ausklopfte. Er winkte und ging zu ihr. Vielleicht war das Bild ja vom Rahmen zurückgekommen. Doch auf seine Frage schüttelte sie den Kopf.

»Nein, da ist gar nichts gekommen.«

»Ich hatte es fast befürchtet.«

Es war ja auch nur so eine Idee gewesen.

»Vero, Simone hat das Bild ja kürzlich verkauft. Hat sie mal darüber gesprochen?«

Veronique schüttelte den Kopf.

»Nein, über diese Sachen hat sie nicht mit mir gesprochen. Vielleicht hat sie ja das Gekritzel auf der Rückseite gestört und es deswegen verkauft.«

»Was für ein Gekritzel?«

»Na ja, da hinten auf der Leinwand. Dicke Bleistiftstriche waren da drauf. Ich habe es gesehen, als die Rückwand sich gelöst hatte. Zuerst habe ich es nicht erkannt, aber dann habe ich genauer hingeschaut und gesehen, dass es ein Mädchen war, das Gesicht von einem Mädchen, aber es war kaum zu erkennen. Ein ziemliches Gekritzel eben. Ich habe es sofort Madame gezeigt, weil ich das Bild ja beschädigt hatte und …«

Martin dachte nach. Es musste sich um eine gebrauchte Leinwand handeln! Es war nicht so selten, dass Künstler, die nicht so viel Geld hatten, wie vielleicht auch Didiers Vater damals, auf Leinwände zurückgriffen, die bereits gebraucht waren. Aber das hätte Simone sicher nicht gestört – eher neugierig gemacht, dachte er dann plötzlich.

»Wie hat Simone darauf reagiert?«, fragte er Vero.

»Sie hat es sofort heruntergenommen und danach nicht wieder aufgehängt.«

Ein wenig verwirrt trat Martin den Rückweg an. Bei jedem Schritt zogen Gedanken durch seinen Kopf: dicke Bleistiftstriche, nein, da hatte jemand mit Kohle gezeichnet. Ein

Mädchengesicht. Vielleicht hatte Didiers Vater hier selber eine Vorzeichnung für eines seiner Bilder gemacht und die Idee dann verworfen. Er schüttelte den Kopf.

Als er seine Haustür aufschloss, durchzuckte ihn eine Idee. Diese Skizze musste Simone einfach neugierig gemacht haben.

Sie hätte es genau wissen wollen. So wie er jetzt.

Was, wenn dieses seltsame Gekritzel auf der Rückseite, wie Vero es nannte, das Werk eines berühmten Malers war? Vielleicht war dieses Bild wirklich wertvoll. Nicht der junge Mann auf der Vorderseite, sondern das Mädchen auf der Rückseite.

Hatte Simone genau das herausgefunden? Hatte sie den wahren Wert des Bildes erfahren? War es das, was sie ihm hatte mitteilen wollen?

Ohne lange nachzudenken, wählte er die Nummer von Didier. In seinem Kopf rumorte es.

Sein Freund nahm sofort ab.

»*Salut* Didier«, sagte er.

»Ah, Hugo. Neuigkeiten vom Gemälde?«, fragte Didier sofort.

»Nein, noch nicht wirklich. Aber es ist eine neue Frage aufgetaucht. Weißt du, ob dein Vater vielleicht Studien auf dieser Leinwand angefertigt hat? Und diese dann später bemalt hat?«

»Hm, was für Studien?«

»Kohleskizzen zum Beispiel.«

»Nein, dafür hatte er große Blätter. Das war nicht seine Art.«

In Martins Schläfe begann es zu pochen.

»Was war das überhaupt für eine Leinwand? Woher hatte dein Vater sie?«

»Hm.«

Didier schwieg eine Weile. Im Hintergrund konnte Martin das Plappern eines Kindes hören. Sicher Didiers Enkelin, die auf Besuch war.

»Hm, es war ein ziemlich altes Exemplar, daran erinnere ich mich«, sagte der Maler dann. »Mein Vater hat Anfang der Sechzigerjahre einen ganzen Stoß alter Leinwände aufgekauft, irgendwo hier in Nizza. Die Künstler hier waren ja alle irgendwie miteinander bekannt, vielleicht hat er sie von einem Kollegen übernommen.«

»Wie alt?«

»Puh, schwer zu sagen. Ich denke sie hatten damals schon ein paar Jahre auf dem Buckel. An den Rändern nicht mehr sehr schön.«

»Aber sie waren nicht übermalt, also ich meine, waren sie damals schon wiederverwendet?«

»Keine Ahnung, ob hier und da schon etwas drauf war. Papa hat sie aber alle in brauchbare Leinwände verwandelt, gesäubert, grundiert und alles. Manchmal hat er mir als Kind gezeigt, wie das geht. Manchmal durfte ich auch dabei helfen. *Alors*, warum ist das so wichtig? Habe ich was übersehen?«

»Ich weiß es nicht, deshalb frage ich dich ja. Es scheint so, dass die Rückseite dieses Gemäldes mit dem jungen Mann bemalt war.«

»Wirklich. Das ist interessant. Und wie kann ich dir bei der Sache helfen?«

»Ich habe da eine Idee«, sagte Martin und strich sich durch den Bart. »Ich glaube, du könntest mir wirklich helfen.«

Martin beendete das Gespräch, nachdem Didier versprochen hatte, ihm seine Bitte zu erfüllen. Das würde wirklich interessant werden.

Er seufzte. Da hatte er vielleicht einen verlorenen Schatz in den Händen gehalten und ihn für siebenhundert Euro verkauft. Und dann hatte Simone das Bild an Roussel verkauft. Und jetzt war ihm auch völlig klar, warum dieses Bild niemals den Besitzer gewechselt hatte. Simone musste kurz vor der Übergabe erfahren haben, dass das Bild viel wertvoller war, als sie je zu denken gewagt hatte. Sie war bestimmt vom Kauf zurückgetreten und hatte so ihr eigenes Todesurteil gefällt. Dieses Mal griff Hugo Martin sofort zum Hörer.

*

»Patrice, könntest du dich um diesen Pierre Satrowicz kümmern?« Valjean reichte seinem Kollegen das Protokoll des Gesprächs mit Madame Roussel herüber, das er gerade fertiggestellt hatte. »Fühl ihm ordentlich auf den Zahn. Nicht, dass die beiden zusammen ein Komplott gegen Simone geschmiedet haben.«

»Ah, eine neue Spur.«

Ballard nahm neugierig das Blatt entgegen.

Das Klingeln des Handys riss Valjean aus der Unterhaltung. Es war Hugo Martin.

»Sie müssen überprüfen, ob Simone Kontakt zu einem Kunstexperten aufgenommen hat!«

Er klang ganz aufgeregt.

»Monsieur Martin, beruhigen Sie sich doch. Was ist denn geschehen?«, fragte Valjean verblüfft und hörte zu, was sein Nachbar zu sagen hatte.

Das kann doch nicht wahr sein!, dachte er, nachdem das Telefonat beendet war. Wie hatte er das in Erfahrung gebracht? Valjean erzählte auch Ballard von der Kohlezeichnung auf der Rückseite des Gemäldes. Dieser sah ihn ebenso erstaunt an, wie er gerade eben noch geschaut haben mochte.

»Du meinst, es wäre möglich, dass dieses Ölgemälde weitaus wertvoller war als gedacht?«

»Ja, das glaubt Monsieur Martin zumindest. Und er könnte sich auch vorstellen, dass er damit hinter Madame Durands Geheimnis gekommen ist, das sie ihm und ihrer Freundin Madame Vernay gegenüber erwähnt hat.«

»Das ist kaum zu glauben«, sagte Ballard.

»Allerdings. Monsieur Martin denkt, dass Madame Durand darüber mit einem Kunstexperten gesprochen haben könnte.«

Ein wertvolles Gemälde, ein zwielichtiger Trödelhändler, der einen Einbruch plante. Spielte vielleicht auch Roussel als Käufer des Bildes hier eine Rolle? Und wieso hatte Madame Durand sterben müssen? War sie einfach nur zur falschen Zeit am falschen Ort gewesen, oder steckte mehr dahinter? Und schließlich war da noch die Gestalt hinter dem Haus, die die Wildkamera eingefangen hatte. Sie kamen der Sache allmählich näher, aber es waren ganz offensichtlich auch längst noch nicht alle Fragen geklärt.

»Hast du die Fahndung nach Socella rausgegeben?«

»Natürlich«, antwortete Ballard. »Sein Handy war zuletzt an einem Mobilfunkmast in Villars-sur-Var eingeloggt, also im Hinterland, wo wir kaum Polizeikräfte haben. Das war heute Vormittag. Keine Ahnung, wo der Typ jetzt ist. Er ist auf jeden Fall sehr vorsichtig.«

Ballard ließ inzwischen seinen Finger über die Liste mit den Telefonverbindungen von Madame Durand gleiten.

»Aber natürlich, ja …«, stieß er plötzlich hervor, und sein Finger blieb an einem Namen in der Liste hängen. »Natürlich hat sie mit einem Kunstexperten gesprochen. Ich habe mir dabei nichts weiter gedacht, schließlich ist das ja völlig normal für jemanden, der so wertvolle Kunst besitzt wie sie.«

»Niemand macht dir einen Vorwurf, Patrice«, sagte Valjean, nachdem Ballard herausgefunden hatte, dass es sich bei dem Kunstexperten um einen Charles Ricout handelte, der in Saint-Jean-Cap-Ferrat wohnte. Ballard hatte seine Frau angerufen, die ihm mitteilte, dass er seit vier Tagen in den USA unterwegs und nicht immer erreichbar war.

»Aber sie hat mir eine Handynummer gegeben«, sagte er dann, während er bereits zum Telefon griff, um Monsieur Ricout anzurufen.

Als der Kunstexperte sich tatsächlich meldete, stellte Ballard das Telefon laut, sodass Valjean mithören konnte.

»Sie sind also inzwischen im Bilde über Simone Durands Tod, Monsieur Ricout?«

»Ja«, antwortete Ricout, »schlimm, was da geschehen ist. Ich hatte mich auch längst melden wollen, aber die Zeit ist mir davongelaufen. Kann ich Ihnen denn irgendwie behilflich sein?«

»Bitte sagen Sie mir doch, warum Madame Durand überhaupt Kontakt zu Ihnen aufgenommen hat.«

»Es ging um ein Gemälde, sie hatte auf dessen Rückseite eine Zeichnung entdeckt, und sie wollte mehr zu ihrer Herkunft wissen und ihren Fund schätzen lassen. Simone hat mich immer mal wieder kontaktiert, wenn es um fachliche Expertisen ging.«

Valjean und Ballard blickten sich an.

»Wann genau war das?«

»Das muss ungefähr eine Woche vor der Tragödie gewesen sein. Sie wollte mir das Gemälde nach Hause senden, damit ich es dort in Ruhe untersuchen kann«, fuhr Monsieur Ricout fort.

»Kennen Sie die Vorderseite? Um welches Gemälde handelt es sich?«

Angespannt lauschte er.

»Sechzigerjahre, ein junger Mann mit dunklem Haar vor Meer und Oleanderbusch, so hat Madame Durand es mir beschrieben. Aber damit konnte ich nichts anfangen. Auch nicht mit dem Namen des Malers. Aber das muss ja nichts heißen. Die Wege von Leinwänden sind oft unergründlich.«

»Gut. Und Sie haben das Gemälde jetzt bei sich zu Hause?«

»Hm, das ist ja das Problem …«

Valjean horchte auf.

»Wieso?«

»Madame Durand hat es nicht geschickt. Ich habe meine Frau vorhin noch gefragt. Es ist kein Paket gekommen, nichts hinterlegt. Madame Durand wird es sicher als Eilzustellung und mit Versicherung aufgegeben haben. Aber nichts, keine Spur.«

»Mmh, das ist natürlich sonderbar.«

Ballard schaute zu Valjean hinüber und zuckte die Achseln.

»Und diese Skizze? Hat sie Ihnen die auch beschrieben?«

»Ja, es soll sich um die Skizze eines Mädchenkopfes handeln, sagte sie.«

»Könnte diese Skizze von künstlerischem Interesse sein?«, fragte Ballard.

»Madame Durand hatte bereits eine Meinung dazu vorliegen, aber sie hat mir nichts darüber gesagt. Sie wollte mich nicht beeinflussen. Doch ich bin natürlich davon ausgegangen, dass sie einen guten Grund hatte, mir das Bild zu schicken.«

»Und Sie wissen nicht, wer der andere Experte ist?«

»Leider nein.«

»Monsieur Ricout, ich danke Ihnen. Diese Informationen waren wirklich wichtig für uns. *Merci!*«

»*De rien.* Wenn noch etwas sein sollte, melden Sie sich gerne.«

»Das ist unglaublich«, sagte Ballard, nachdem er aufgelegt hatte. »Simone hat es herausgefunden. Und vielleicht liegt hier das Motiv für den Mord. Ich denke, wir können davon ausgehen, dass diese Zeichnung sehr wertvoll ist. Das erklärt natürlich auch, warum Roussel das Bild lieber heute als morgen wieder in seinen Besitz bringen möchte.«

»Wenn Jacques Socella eingebrochen sein sollte, ist es bei ihm«, sagte Valjean. »Ich versteh nur nicht, wie er von dem Wert des Bildes hätte wissen sollen ...«

»Warte mal ..., wäre es nicht möglich, dass ... Könnte nicht Roussel ihn angeheuert haben?« Ballard tippte sich an die Nase, sodass er wieder wie ein Schuljunge wirkte, der über einer Rechenaufgabe grübelte. »Zeitlich würde das jedenfalls passen.«

»Ein Auftragsdiebstahl ..., hm ... gut möglich«, pflichtete Valjean ihm bei.

Ballard grinste über das ganze Gesicht.

»Georges, der Gedanke gefällt mir. So könnte es tatsächlich gewesen sein. Wenn Socella nur auftauchen würde!«

»Lass uns Druck bei der Fahndung machen. Und vielleicht finden wir jemanden, der bezeugen kann, dass die beiden sich kennen und Kontakt gehabt haben.«

»Und wir sollten auch Roussel überwachen lassen«, fügte Ballard hinzu.

*

Unter der gestreiften Markise des Verkaufsstands stand die Luft. Die Mittagssonne schien kräftig, und die Wärme wurde von der Wand der Chapelle de la Miséricorde auf dem Cours Saleya reflektiert. Amelie wischte sich mit dem Unterarm über die Stirn. Dann verpackte sie drei Stück von ihrem reifen, duftenden Kräuterkäse und überreichte die Papiertüte dem Käufer. Es war heute nicht viel los auf dem täglichen Blumenmarkt in Nizza, doch Amelie hatte ihre Stammkunden, obwohl sie nur dreimal in der Woche nach Nizza kam. Und sie freute sich jedes Mal, wenn sie ein bekanntes Gesicht sah. Es bestätigte sie darin, dass Qualität wichtig war und es den Kunden nicht immer nur um den Preis ging. Sie atmete tief ein, die Luft war geschwängert von den Gerüchen, die vom Gewürzstand nebenan herüberzogen. Zudem war der Socca-Imbiss nicht weit.

Ihr Verkaufswagen stand am Durchgang zu den Blumenständen, und so konnte sie ihr Auge weiden an den unzähligen Formen und Farben der Sträuße und Topfblumen, die in Eimern und auf Gestellen präsentiert wurden. Die Häuserfronten schimmerten in allen Schattierungen von Ocker und Rot. Und als die Kanone auf dem Schlossberg um zwölf Uhr gezündet wurde, ermahnte sie sich, noch frische Kartoffeln, Lauch und Tomaten von ihrem bevorzugten Händler mitzunehmen. Vero wollte an diesem Abend Kartoffelgratin zubereiten. Gleich würden die Stände wieder abgebaut werden und die Männer vom Bauamt mit ihren Wasserschläuchen den Platz von Essensresten, Blumenstängeln und anderem Müll befreien.

Als der Kundenstrom etwas abebbte, setzte sie sich auf einen Hocker und betrachtete die Touristen, die neugierig über den Blumenmarkt flanierten. Eine Gruppe versammelte sich vor Amelies Stand. Die Frauen lächelten freundlich, drehten ihr dann den Rücken zu, um sich von einem Fremden, den sie angesprochen hatten, fotografieren zu lassen. Als sich der Schwarm aus Hüten und Sonnenbrillen unter schnellem Geplauder aufgelöst hatte, sah Amelie ein bekanntes Gesicht. Sie musste einen Moment überlegen, aber dann fiel ihr ein, dass es Robert Durand war, Simones Bruder. Er hielt einen gefüllten Stoffbeutel in der Hand, aus dem das Grün von Möhren herausragte. Er steuerte direkt auf sie zu.

»*Bonjour*, Sie sind Madame Chabrol, nicht wahr?«

»Ja, das ist richtig. Und Sie sind Simones Bruder, habe ich recht?«

»Ja, so ist es. Alle im Dorf schätzen Ihren hervorragenden Käse, und da dachte ich, es wird höchste Zeit, dass ich ihn auch einmal anschaue.«

»Oh ja, Sie können gerne etwas probieren. Zu Möhren passt gut eine etwas kräftigere Sorte.« Sie wies auf einen eher gelblichen Käse.

»Ja gerne«, sagte Robert Durand und Amelie reichte ihm etwas Käse auf einem Stückchen von Veros köstlichem Brot über die Theke.

»Oh, der ist wirklich sehr gut. Sie können mir davon gerne ein Stück einpacken.«

»Das mache ich gerne … Und, Monsieur Durand, es tut mir sehr leid, was mit Ihrer Schwester geschehen ist«, sagte Amelie ein wenig verlegen. »Es muss schrecklich für Sie sein.«

»Ja, so ist es, es will mir einfach nicht in den Kopf, was an diesem Abend dort vorgefallen ist.« Er seufzte. »Sie kannten meine Schwester recht gut, nicht wahr?«

»Ja, natürlich. Sie war eine starke Persönlichkeit. Es war eine gute Nachbarschaft, und sie fehlt mir auch. Und Veronique natürlich, sie ist sehr froh, dass sie weiter für Sie arbeiten kann.«

»Oh, da ist die Freude ganz auf meiner Seite.« Er lächelte.
»Ja, eine starke Persönlichkeit, das war meine Schwester, und sie hat viel erreicht im Leben.« Er senkte den Kopf. »Würden Sie vielleicht auch zu ihrer Beerdigung kommen wollen, sie ist am kommenden Dienstag. Ich bin sehr froh, dass ich sie jetzt beisetzen darf.«

»Aber natürlich werde ich kommen. Ich denke, das ganze Dorf wird dort sein.«

Robert Durand lächelte und nahm den eingepackten Käse entgegen.

»Was wird aus ihrem Haus werden, wenn es nicht unhöflich ist, danach zu fragen?«, sagte Amelie.

»Nun, ich werde es verkaufen und bin dabei, alles dafür vorzubereiten, dort aufzuräumen. Es sind sicherlich noch einige Erinnerungen an die Familie dort im Haus. Und die Polizei meint, es fehlen auch noch einige Dinge aus ihrem Besitz? Ihr Schmuck und ein Bild.«

»Ja, das mit dem Bild habe ich gehört, von Vero, sie wurde auch danach gefragt.«

Er blickte auf.

»Wirklich? Und, konnte sie etwas dazu sagen? Es ist tatsächlich mehr als rätselhaft, dass ausgerechnet dieses Bild fehlt.«

»Nein, sie weiß leider nichts darüber.«

»Sind Sie ganz sicher?«

»Ja, sie fühlte sich sogar ein wenig zu Unrecht verdächtigt. Sie ist da sehr empfindlich, wissen Sie.«

»Ja natürlich. Aber wenn ihr noch etwas dazu einfallen sollte, denken Sie bitte an mich.«

»Natürlich, das machen wir. *Au revoir!*«

Amelie bediente noch zwei Kundinnen, die geduldig gewartet hatten. Dieses verdammte Gemälde, dachte sie. Wieso wollten alle von Vero etwas darüber wissen? Es würde ihre Freundin noch wahnsinnig machen. Es war wirklich höchste Zeit, dass wieder Ruhe in Carros einkehrte.

*

Martin schreckte aus seinem kurzen Mittagsschlaf hoch. Der Kies in der Einfahrt knirschte. Er rappelte sich vom Sofa auf und sah hinaus. Sofort erkannte er Valjeans Wagen, und er öffnete ihm die Tür.

Mit einer Tasse Kaffee setzten sie sich auf die Holzbank im Garten. Das Wetter war strahlend schön, die üppigen Blüten der Pfingstrosen leuchteten in einem satten Rosa, und ab und zu war das Gackern der Hühner zu hören.

»Diese Geschichte mit dem Bild ist wirklich zu verrückt«, sagte Valjean und trank von seinem Kaffee.

»Ja, und es ist purer Zufall, dass ich es von Vero erfahren habe. Die Gute hatte keine Ahnung, wovon sie da überhaupt sprach.«

»Wo genau haben Sie das Bild eigentlich her?«, fragte Valjean.

Martin erzählte ihm von Didier, der Künstlerfamilie, aus der er stammte, und den vielen Leinwänden, die in Didiers Keller standen. Dann schwieg er einen Moment.

»Es ist kaum zu glauben. Aber es würde so vieles erklären. Denken Sie, Simone hat jemandem davon erzählt?«

»Also ich habe nichts davon gewusst, und ihre Freundin Rosalie ja offensichtlich auch nicht.« Martin strich sich langsam über den Bart. »Aber vielleicht hat sie es Roussel erzählt …, das wäre doch möglich. Es muss Simone einfach umgehauen haben, als sie herausfand, dass es sich vielleicht um ein unglaublich wertvolles Bild handelte, das sie da ergattert hatte. Und das ich ihr für siebenhundert Euro überlassen habe. Ich darf gar nicht darüber nachdenken, es ist einfach verrückt.«

»Wissen Sie vielleicht, ob Roussel diesen Socella kennt?«, sagte Valjean plötzlich.

»Roussel und Socella ... nein ..., ich weiß nicht, die waren doch nicht vom selben Schlag. Warum fragen Sie?«, wollte Martin wissen.

Valjean wiegte den Kopf.

»Roussel und Socella?« Martin dachte nach. »Ah, ich verstehe. Roussel hat vom Wert des Bildes erfahren und will es umso mehr in seinen Besitz bringen. Aber Simone verweigert es ihm, jetzt, da sie weiß, was es wert ist und welche Bedeutung es hat. Mmh, ja, das könnte passen. Roussel beauftragt Socella, es ihm zu beschaffen.«

»Ja, an so etwas in der Art hatte ich auch gedacht ...«

»Was glauben Sie, welcher berühmte Maler die Studie auf der Rückseite gezeichnet hat?«, murmelte Valjean mit einem Mal.

»Darüber zerbreche ich mir natürlich auch schon die ganze Zeit den Kopf. Und wissen Sie was? Ich glaube, es ist ein Matisse.«

»Ein Matisse? Und wie kommen Sie darauf?«

»Ich habe ein wenig eins und eins zusammengezählt. Didier hat mir gesagt, dass sein Vater in engem Kontakt mit der Künstlerszene hier in Nizza stand. Und Matisse gehörte zu dieser Welt der Künstler. Er hat hier gelebt, ist 1954 in Cimiez gestorben. Das Musée Matisse, das dort zu seinen Ehren errichtet wurde, ist wirklich sehenswert.«

»Ja, ich weiß, ich werde es ganz sicher noch besuchen, wenn dies alles hier abgeschlossen ist«, sagte Valjean. »Aber was vermuten Sie, wie die Skizze zu Didier gelangt ist?«

»Nun, ich nehme an, die Leinwand stammt aus dem Nachlass von Matisse. Vielleicht wurden die leeren Leinwände einfach an andere Künstler weitergegeben, vielleicht ist sie auf Umwegen zu Didiers Vater gelangt. Sie war hinten mit einer Pappe versehen, wie ich Ihnen ja bereits sagte. Vielleicht war sie schon zur Weiterverwendung vorbereitet worden. Ich weiß es nicht, es muss ein verrückter Zufall sein. Und Didiers Vater hat sie so genommen, wie sie war und bemalt.«

»Wir wissen inzwischen, dass Simone Durand bereits ein Gutachten vorliegen hatte. Wir werden den Gutachter finden. Ich bin gespannt, was er dazu zu sagen hat.«

»Die Zeit würde jedenfalls stimmen, Matisse hat in den Fünfzigerjahren die ein oder andere Skizze von Mädchengesichtern gemacht.«

»Denkbar wäre es. Wir werden sehen. Doch ich meine, es steht inzwischen außer Frage, dass es sich um einen sehr wertvollen Fund handelt.«

»Ja, es ist wirklich erstaunlich. Es lässt mich einfach nicht mehr los. Und wissen Sie was, Kommissar? Ich habe da eine Idee. Vielmehr …, es ist sogar schon mehr als eine Idee …«

»Sie möchten was?«, sagte Valjean, nachdem Martin ihm seinen Plan ausführlich erläutert hatte.

»Nur mit der Ruhe. Ich werde ja nichts weiter tun, als Roussel in Simones Haus einzuladen. Das Einzige, worum ich Sie bitte, ist, dann auch dort zu sein und mich ein wenig zu unterstützen.«

Valjean schwieg. Martin war bewusst, dass sein Vorschlag ungewöhnlich war, aber er hoffte sehr, den Kommissar dennoch dafür gewinnen zu können.

»Sie und Ihre Ideen!«, sagte Valjean schließlich. Das ist einfach …«

»Genial wäre der angemessene Ausdruck.« Martin hatte beschlossen, alles auf eine Karte zu setzen.

»Nun gut, einen Versuch ist es wert«, lenkte Valjean schließlich ein. »Bin gespannt, ob Sie ihn überzeugen können...«

»Das dürfte kaum ein Problem sein. Er wird sich sofort in sein Auto setzen. Die pure Gier wird ihn antreiben.«

»Wir werden sehen. Geben Sie mir rechtzeitig Bescheid, wenn sie sich treffen wollen.«

*

Valjean trat aus dem kleinen Dorfladen, wo er sich für den Abend mit einer Flasche Wein und ein wenig Käse eingedeckt hatte. Auf der Dorfstraße hupten mehrere Autos, und als er sich dem Geräusch zuwandte, sah er Pauls Traktor, der über die Straße schlich. Das Auto direkt hinter ihm konnte nicht überholen, da eine Reihe von auswärtigen Fahrzeugen in die Gegenrichtung unterwegs waren. Also wurde gehupt.

Plötzlich kam Valjean ein Gedanke. Er stellte sich an den Straßenrand und winkte Paul zu, der seinen Zeichen folgte und mit dem Traktor auf den Parkplatz vor Madame Merciers Laden einbog. Die Bremsen des Traktors quietschten bedrohlich, als er anhielt.

»Was gibt es denn, Kommissar?«, fragte Paul von seinem Sitz herab.

»Sie kennen doch sicher Jacques Socella«, kam Valjean direkt zur Sache.

»Na klar«, sagte Paul und zog ein mürrisches Gesicht. »Ein komischer Kerl.«

»Und Sie kennen ja auch Monsieur Roussel, wie ich inzwischen weiß.«

»Ja, natürlich. Er ist ja hin und wieder im Dorf.«

»Könnte es sein, dass Socella und Roussel sich hier mal über den Weg gelaufen sind? Kennen sich die beiden?«

Paul stellte endlich den Motor ab. Ein Öltropfen löste sich vom Motorblock und fiel auf den Asphalt.

»Hm, gute Frage. Lassen Sie mich mal überlegen.«

Er zog die Stirn kraus und versank in Schweigen. Valjean wartete geduldig, beobachtete, wie ein zweiter Tropfen sich zum ersten gesellte. Plötzlich hellte sich Pauls Gesicht auf.

»Ja, jetzt, wo Sie fragen. Ich habe die beiden mal zusammen gesehen. Zu Ostern, als es hier ein Frühlingsfest gab. Da haben sie gemeinsam im Bierzelt gestanden.«

»Sind Sie sicher?«

»Ja, klar, im Bierzelt bin ich zu Hause, verstehen Sie?«, sagte Paul und lachte. »Die beiden haben dagestanden und lange geredet und viel gelacht, als wären sie die dicksten Freunde.«

In diesem Augenblick klingelte Valjeans Handy.

»Danke Paul, aber ich muss da rangehen.«

»Kein Problem, ich mach mich wieder auf den Weg.«

»Ja, gute Fahrt. Und, Paul … der Motor verliert Öl … du solltest das mal kontrollieren lassen …«

»Alles klar, wird gemacht«, sagte Paul, hob seine Hand zum Gruß und fuhr an. Valjean blickte dem Traktor hinterher und schüttelte kurz den Kopf, während er den Anruf annahm. Es war Ballard.

»Gut, dass ich dich erreiche«, sagte sein Kollege etwas atemlos. »Eine Streife in Entrevaux hat Socellas Wagen gesehen, aber dann verloren. Er ist unterwegs, Richtung Westen, wohin auch immer.«

Entrevaux? War Socella etwa auf dem Weg nach Castellane? Wollte er etwa zu Roussel? Valjeans Gedanken rasten.

Hatte Socella das gestohlene Bild versteckt, solange die Situation zu heiß war, und wollte er es ihm jetzt übergeben und sich dann absetzen?

»*Merde!*«, sagte er und startete den Wagen.

»Was ist los?«, fragte Ballard.

»Ich habe gerade von Paul erfahren, dass Roussel und Socella sich kennen! Gib mir das Kennzeichen von Socellas Wagen. Ich fahre zu Roussel! Ruf die Kollegen vor Ort an! Sie sollen ihn festnehmen, wenn er dort eintrifft! Und lass sein Handy orten! Sofort!«

*

»Ja, er war hier und ist seit fünfzehn Minuten weg. Worum geht es denn?«, fragte Monsieur Roussel.

Treffer! Socella hatte Roussel besucht. Valjeans Herz klopfte schneller. Sie standen vor seinem Haus in Castellane. Der Unternehmer verwehrte ihm mit seiner imposanten Gestalt den Zutritt zum Haus.

»Warum war er bei Ihnen?«, fragte Valjean.

Roussel entfernte einen Fussel von seinem blendend weißen Hemd. »Er wollte mich als Kunden gewinnen, sagte, er sei zufällig in der Gegend. Ich habe ihn direkt abgewiesen. Es kommen fast täglich Händler wie er zu mir, nur selten seriöse.«

Er würde sich später darum kümmern müssen, herauszufinden, ob das der Wahrheit entsprach. Aber er wagte einen Vorstoß.

»Ich hätte eher vermutet, er wollte Ihnen Simones Bild bringen, ganz wie bestellt. Das Gemälde, welches Sie gekauft haben und das dann ja leider nicht mehr aufzufinden war.«

»Sie meinen, er hat es aus Simones Haus gestohlen? Das ist ja unglaublich.«

»Nun, das wissen wir noch nicht sicher. Das würde ich Herrn Socella gerne selber fragen.«

»Dann ist er vielleicht nicht nur ein Dieb, sondern auch ein Mörder«, sagte Roussel, und seine Stimme drohte zu kippen. »Kann das tatsächlich sein? *Zut*, habe ich etwa gerade mit Simones Mörder geredet?«

»Wohin ist er gefahren?«, fragte Valjean, ohne auf ihn einzugehen.

»Ich weiß es nicht.«

»Wir melden uns noch bei Ihnen«, sagte er. Roussel hatte jetzt ein Motiv, und sie würden ganz sicher nicht lockerlassen.

»Ich bitte darum … Ich möchte auch wissen, was dort vorgefallen ist.« Roussel wandte sich ab und ging zurück ins Haus.

Valjeans Handy vibrierte.

»Patrice, schieß los!«

»Also, dein Monsieur Socella wurde vor zehn Minuten von einer Streife in Rougon in einem Café gesehen. Das ist nur zwanzig Kilometer von Castellane entfernt. Richtung Canyon.«

»Gut, ich fahre sofort weiter. Die Kollegen sollen an ihm dranbleiben.«

»*Bon.*«

Sofort lief Valjean zu seinem Auto und setzte sich hinter das Steuer. Mit ein wenig Glück würde er Socella beim Mittagessen überraschen können. Also verließ er Castellane in Richtung Westen, fuhr, so schnell es Straße und Verkehr zuließen, an mehreren Campingplätzen und Kanu-Verleihstationen vorbei. Sein Navi führte ihn zu den Koordinaten, die Ballard übermittelt hatte.

Noch waren die Hänge hier sanft und bewaldet. Manchmal sah er den schmalen Verdon neben sich aufblitzen. Bäume huschten vorbei, grüne Wiesen und kleine Bauernhöfe. Dann wurde die Straße immer schmaler und die Berggipfel höher. Bald kamen die ersten Hinweisschilder nach Rougon in Sicht. Als er sich dem Ort näherte, meldete sich erneut Ballard.

»Socella hat den Ort verlassen, er ist wieder unterwegs, weiterhin Richtung Canyon. Die Kollegen folgen ihm. Ich schicke dir ihren Standpunkt, dann kannst du übernehmen.«

Mit höchstmöglicher Geschwindigkeit näherte sich Valjean den Koordinaten, die Ballard durchgab. Da sah er bereits in der Entfernung den alten Renault von Jacques Socella. Er bewegte sich vor ihm in der vorgeschriebenen Geschwindigkeit. Valjean gab Ballard durch, dass er Kontakt mit der gesuchten Person habe. Dann sah er, wie das Fahrzeug hinter Socella an den Straßenrand fuhr. Die Kollegen im Wagen gaben ihm ein kurzes Zeichen, als er an ihnen vorbeifuhr. An einer gut einsehbaren Stelle setzte sich Valjean neben Socella und bedeutete ihm rechts ranzufahren.

»Verdammt!«, rief Valjean und schlug auf sein Lenkrad, als Socella plötzlich die Geschwindigkeit erhöhte. Offensichtlich machte er keine Anstalten, sich Valjean zu stellen.

»*Zut!*«, fluchte er erneut.

Ihm blieb nichts anderes übrig, als dem Mann zu folgen. Eine Flucht auf diesem Weg, zwischen den Felsen, war völlig aussichtslos, Socella machte allen nur das Leben schwer.

Doch dann bog der Renault von der Straße ab und folgte einem touristischen Schild, das Valjean auf die Schnelle nicht lesen konnte. An einer Engstelle musste er zwei Autos, die aus der Gegenrichtung kamen, passieren lassen, sodass er Socella aus den Augen verlor.

*

Bernard Marchal, der Heizungsmonteur, war wirklich ein Dickkopf, dachte Hugo Martin, als er auf einem seiner Spaziergänge den Mann vor Valjeans Haus antraf, wo er eine Zigarette rauchte. Er mochte Bernard und kannte ihn gut. Wenn es irgendetwas bei ihm zu tun gab, was er nicht selber reparieren konnte, war Bernard immer sofort zur Stelle. Er verstand sein Handwerk, gar keine Frage, aber er konnte auch unglaublich dickköpfig sein, vor allem wenn es um die Zugezogenen ging, und dann war es nicht leicht, mit ihm klarzukommen.

»*Bonjour*, Bernard!«, rief Martin gut gelaunt.

»*Bonjour*, Hugo!« Der stattliche, gut aussehende Mann blickte ihn an und hob eine Hand zum Gruß. Kein Wunder, dass die Frauen im Dorf gerne mit ihm zusammen waren.

»Was macht die Heizung von Douglar?«, fragte Martin.

Der Handwerker winkte ab. »Oh, das wird …«

»Aber der Kommissar meint, er könne immer noch nicht warm duschen.« Martin sah ihn fragend an.

»Ja, natürlich. Da bin ich dran. Er macht ständig Druck, aber es dauert halt so lange, wie es dauert. Überhaupt, kommt aus dem Norden zu uns und meint er weiß, wie die Dinge hier laufen. Er geht uns allen hier gewaltig auf die Nerven mit seinen ewigen Fragen.«

»Wem geht er auf die Nerven?«

Bernard Marchal zog genüsslich an seiner Zigarette und blies dann langsam den Rauch aus. »Der armen Amelie, und Vero auch. Er hat die beiden ganz schön auf dem Kieker, hört man.«

»Von wem?«, hakte Martin sofort nach.

»Die Desantrange hat so was gesagt. Er hat sie auch befragt, vor aller Augen. Und Paul hat er einfach auf der Straße angehalten und ihn von seinem Traktor gezerrt. Wer weiß, wer da der Nächste ist.«

Martin musste grinsen. Bernard Marchal hatte einen Hang zur Leichtgläubigkeit.

»Und Amelie hat er auch so hart rangenommen?« Amüsiert schaute er den Handwerker an.

»Das soll mal einer wagen«, sagte der Mann grimmig.

Martin lachte.

»Aber meine Mutter sagt, Vero sei ganz durcheinander. Und wer weiß, wie der arme Paul sich jetzt fühlt. Der soll mir mal kommen mit seinen Fragen, dieser Valjean.«

Nachlässig warf Bernard ein Ventilstück in einen Kasten. »Ich tu für den nicht mehr als nötig. Die anderen Jungs hier auch nicht. Soll er sich doch nach Nizza verziehen.«

»Nun mal langsam. Du arbeitest ja nicht für Valjean, sondern für Douglar. Der alte Douglar mochte dich sehr, das weiß ich doch.«

»Ja, schon«, sagte Bernard. »Aber der hat jetzt ja auch nichts mehr von der Heizung, oder?«

»Nein, der nicht.« Martin grinste.

»Weißt du, die Amelie dort, das ist eine tolle Frau, wenn die Heizung für sie wäre, dann würde sie jetzt schon lange warm duschen.« Bernards Gesicht nahm einen verträumten Ausdruck an. Sehnsüchtig blickte er zu Amelies Hof hinüber.

Oje, dachte Martin, wenn der verliebte Bernard nur hier war, um einen Blick auf Amelie zu erhaschen, würde Valjean noch lange kein warmes Wasser haben.

»Na dann, viel Glück.« Er klopfte Bernard auf die Schulter und verabschiedete sich. »Ich geh jetzt jedenfalls mal zu ihr rüber.«

Gleich darauf stand er vor Amelies Haustür und klopfte. Er spürte, wie Bernards Blicke ihn verfolgten. Erst hörte er das Bellen des Hundes und dann Schritte. Amelie öffnete ihm.

»Na? Wie geht es dir, meine Liebe?«

»Hugo, komm rein. Ich mach uns Kaffee.«

Nur wenige Minuten später saßen sie entspannt in der Küche. Amelie trug ihre Latzhose und hatte das widerspenstige Haar zu einem Zopf gebunden. Es gefiel Martin bei Amelie. Sie hatte viel zu tun, und doch war ihre Gastfreundschaft ehrlich. Sie würde es ihm sagen, wenn sie keine Zeit hätte. Sicher war Bernard nicht der Einzige, der ein Auge auf sie geworfen hatte.

»Valjean hat dich und Vero also in die Mangel genommen?«

»Ach, ist das schon im Dorf rum?« Amelie lachte laut, doch dann wurde sie ernst. »Na ja, sagen wir mal, es ist natürlich schon unangenehm, wenn man im Besitz von einem Paar verdächtiger Gummistiefel ist.«

Mit Erstaunen hörte Martin sich die Geschichte von der Wildkamera an.

»Aber natürlich haben wir nichts damit zu tun. Es ist nur alles sehr sonderbar.«

»Ja, das weiß ich doch. Jeder hätte die Stiefel nehmen können. Ich selbst habe sie oft vor der Tür gesehen. Aber du hast recht, das ist natürlich ziemlich sonderbar.«

»Tja, sie haben deswegen einen Ortstermin angesetzt. Wir treffen uns vor Simones Haus. Sein Kollege, Inspektor Ballard, hat mich angerufen.« Sie seufzte erneut. »Ich weiß nicht, was die alle von uns wollen.«

»Mach dir nicht zu viele Gedanken. Wenn das vorbei ist, seid ihr aus dem Schneider, du und Vero, glaub mir.«

Martin hörte, wie Bernard Marchal draußen den altersschwachen Bulli startete und davonfuhr.

»Weißt du, dass Bernard nur drüben bei Valjean rumsteht, weil er einen Blick auf dich erhaschen will?«

Amelie blickte ihn mit großen Augen an.

»Was? Ist das dein Ernst?«

»Ja, er hat es mir vorhin gesagt, so von Mann zu Mann.«

Ein breites Lachen zeichnete sich auf Amelies Gesicht ab.

»Oje, der Arme.«

»Wen meinst du? Bernard oder Valjean?«

Amelie zog eine Augenbraue hoch, so als müsse sie über diese Frage erst nachdenken.

»Mmh ... ich weiß nicht ...«, sagte sie, um dann breit zu grinsen. »Ich glaube, ich meine beide!«

Martin lachte. In aller Ruhe tranken sie ihren Kaffee aus, und er konnte an Amelies Gesicht ablesen, dass sich ihre Laune schon gebessert hatte. Und auch ihn erfüllten die Ruhe und Gemütlichkeit hier, das Ticken der Uhr und Carlos leises Schnarchen, mit Wohlbehagen.

*

Valjean befand sich inzwischen auf der Panoramastraße in der Verdonschlucht und hatte den Wagen von Socella schon bald wieder vor sich entdeckt. Lieber hätte er die berühmte Schlucht als Tourist besucht und sich Zeit dafür genommen. Stattdessen fuhr er in dieser verlassenen und zerklüfteten Gegend hinter einem Kleinkriminellen her, nur weil der es nicht für nötig erachtete, ihm Rede und Antwort zu stehen.

Immer öfter ging sein Blick zu den hohen Felsen auf der anderen Seite, zu dem Abgrund, der sich nur wenige Meter vor ihm auftat. Der dreißig Kilometer lange Canyon zog sich wie eine klaffende Wunde durch das Bergland. In der Ferne schwebten Punkte in der Luft. Geier, die hier heimisch waren! Ihm schauderte, als er daran dachte, dass ein Fahrfehler hier der letzte Fehler seines Lebens sein könnte. Die lächerlich niedrigen Leitplanken aus Holz wirkten nicht sehr vertrauenerweckend. Auf der anderen Seite des Canyons, direkt gegenüber, parkten Fahrzeuge in winzigen Ausbuchtungen, die Touristen standen direkt am Abgrund und genossen schaudernd den Blick in die dunkle Tiefe. Plötzlich schreckte er aus seinen Betrachtungen auf und warf einen Blick nach vorne. Socella hatte auf einem längeren geraden Stück, das vor ihnen lag, völlig unerwartet das Tempo erhöht, wahrscheinlich hatte er bemerkt, dass Valjean wieder hinter ihm fuhr.

Er sah, dass die Straße sich in einigem Abstand in engen Serpentinen einen kleinen Hügel hinaufschlängelte. Und Socella hielt mit viel zu hoher Geschwindigkeit darauf zu. Valjean blieb jedoch nichts anderes übrig, als die Geschwindigkeit ebenfalls zu erhöhen, nur mit Mühe steuerte er den schlingernden Wagen durch die Kurven. Kurz sah er, wie der Mann vor ihm in einem halsbrecherischen Manöver einen Rennradfahrer überholte, der sich den Hügel hinaufquälte. Als auch Valjean den Radfahrer überholte, kam ihm ein Peugeot entgegen, dessen Fahrer verärgert die Lichthupe betätigte. Er drehte das Lenkrad ein wenig zu schnell zurück und streifte beinahe die Felswand neben ihm, als er die nächste steile Kehre nahm. Ihm blieb keine Zeit, auf das Hindernis auf der Fahrbahn zu reagieren, das plötzlich vor ihm lag, als er aus der Kurve herausfuhr. Hektisch riss er das Lenkrad nach rechts, schrappte an dem Felsen vorbei, es knirschte in der Karosserie. Mit einem harten Ruck stieß das Auto vor einen dicken Felsbrocken, und der Airbag knallte. Valjean war wie betäubt, als er sich nach einiger Zeit aus dem weißen Luftsack herausgeschält hatte. In seinen Ohren klingelte es. Er atmete tief ein, blickte sich um. Er stand inmitten einer wilden Ziegenherde, braune Leiber, zottige Bärte, Hörner überall.

Valjean rieb sich die Augen. Und dann sah er das tote Tier, das vor seinem Auto auf der Straße lag, Blut lief aus seinem Maul und in einem dunklen Rinnsal die Straße herab. Erst jetzt wurde ihm klar, dass der entgegenkommende Fahrer des Peugeots ihn hatte warnen wollen. Er hatte verdammtes Glück gehabt! Kurz sah er den Ziegen hinterher, die sich eilig aus dem Staub machten und bald verschwunden waren, als wäre alles nur ein Spuk gewesen. Das ist dann also das Ende der Verfolgungsjagd, dachte Valjean, und bemerkte im selben Moment eine Rauchwolke, die ein Stück weiter am Abhang aufstieg. Mit steifen Bewegungen lief er die zehn Meter bis zum Straßenrand. Der Rennradfahrer rollte langsam von hinten heran. Sein Mund öffnete sich, als er sich Valjeans Auto näherte.

»Was ist passiert?«, fragte er sofort.

»Ich … ich …« Valjean wies auf den Abhang. Auch Socella hatte Glück gehabt. Sein Auto war von einem Felsen wenige Meter unterhalb der Straße aufgehalten worden, die Windschutzscheibe war zersplittert. Aus dem Motorraum stieg Rauch in die Luft. Socella war anscheinend auch in die Herde gefahren und hatte das Lenkrad herumgerissen. Der Radler sah ihn immer noch verwundert an. Da erst merkte Valjean, dass ihm Blut über die Schläfe lief. Er wischte es weg. Dann wurde ihm schwarz vor Augen.

*

Als Amelie nach dem abendlichen Melken über den Hof ging, um sich nach dem langen Tag zu duschen, sah sie, dass ein unbekanntes Auto vor Valjeans Haus hielt. Zwei fremde Männer stiegen aus, einer von ihnen öffnete die hintere Tür, reichte Valjean die Hand, der sich mühsam von der Rückbank erhob. Er redete mit den Unbekannten und sah ihnen hinterher, als sie wieder davonfuhren. Dann ging ihr Nachbar langsam und mit vorsichtigen Schritten zur Haustür.

Nach dem Duschen zog sie eine bequeme Jeans und ein buntes T-Shirt an. In der Küche sah sie immer wieder zu Valjeans Haus hinüber. Nichts rührte sich. Kurzerhand setzte sie Wasser auf. Als es kochte, brühte sie einen Tee auf, den sie selbst aus den Kräutern in ihrem Garten zusammenstellte. Sie nahm zwei Tassen mit und verließ das Haus.

Als Valjean die Tür öffnete, sah er sie mit großen Augen an. Sein Haar war noch feucht, sicher hatte auch er geduscht. Auf seiner Stirn prangte ein großes weißes Pflaster.

»Georges, hallo. Möchten Sie einen Tee? Ganz frisch aufgesetzt, er ist wirklich gut.« Sie hob die Hände, in denen sie Thermoskanne und Tassen hielt. »Ich wollte nicht neugierig sein, aber ich habe gesehen, wie Sie vorhin gebracht wurden. Und da dachte ich, ich schaue kurz nach Ihnen.«

Kurze Zeit später saß sie auf der Terrasse in einem bequemen Gartenstuhl und sah zu, wie Valjean eine Schale mit Keksen auf den Tisch stellte.

»Was ist denn nur geschehen?«, fragte sie schließlich.

Er trank ein paar Schlucke vom Tee, der inzwischen ein wenig abgekühlt war, und setzte sich auf eine breite Sonnenliege. Dann starrte er zwischen seinen Händen hindurch auf die Bodenfliesen und schwieg.

»Sie müssen mir nichts erzählen, wenn Sie nicht möchten.« Eine Weile verbrachten sie in Stille. Die Sonne hüllte die östlichen Berge in einen rötlichen Schleier, die Dämmerung würde bald einsetzen, an den Hängen der Berge leuchteten die ersten Straßenlampen auf.

Valjean hatte sich in der Liege zurückgelegt. Auch er blickte auf die Berge hinaus, und Amelie sah, wie sich allmählich seine Augen schlossen. Er schien sehr müde zu sein. Sein Atem wurde tiefer, und allmählich hob und senkte sich seine Brust regelmäßig. Leise sammelte Amelie die Tassen ein, um ihn alleine zu lassen.

»Geh nicht«, sagte Valjean plötzlich leise und streckte eine Hand aus. Sie stellte die Tassen zurück auf den Tisch und ergriff seine Hand.

»Es ist schön, dass du gekommen bist.«

Zu ihrer eigenen Verwunderung zögerte sie keinen Moment und setzte sich neben ihn auf die Liege.

Es fühlte sich ganz selbstverständlich an.

»Darf ich du sagen, Amelie?« Er blickte ihr direkt in die Augen.

»Ja, es ist wirklich höchste Zeit, dass wir uns duzen.« Sie lachte leise.

Wieder schwiegen sie, und dieses Schweigen war so natürlich und angenehm wie zuvor. Sie folgte seinem Blick und sah erste Sterne am dunkelblauen Himmel. Dann hörte sie zu, wie er von der Verfolgung berichtete, von dem Unfall, der toten Ziege und von seiner Wut auf Socella. Vor ihrem geistigen Auge sah sie, wie der Radfahrer und Georges den Abhang hinunterstiegen, wo Socella in seinem Wagen hing, bewusstlos. Sie sah, wie die Polizei die Ziege barg, Fotos machte, wie die Feuerwehr den Mann aus seinem Auto befreite und den Renault mit einer Winde auf die Straße zog. Wie Valjean wieder zu Bewusstsein gekommen war und all dies beobachtete, während er an der Unfallstelle im Krankenwagen saß, wo seine Wunde versorgt wurde.

»Wie geht es Socella?«, fragte sie, nachdem er zu Ende gesprochen hatte.

»Er liegt im Krankenhaus, in Nizza, er ist nicht ansprechbar, aber außer Lebensgefahr.«

»Ich bin froh, dass dir nicht mehr passiert ist«, sagte sie und drückte seine Hand, dann strich sie ihm sanft eine Strähne aus dem Gesicht.

»Meinst du, du kannst ein wenig schlafen?«

»Ja, ich denke, schon.« Er sah sie an und lächelte. Wärme breitete sich in Amelies Körper aus, und sie strich erneut über sein Haar. Er wandte seinen Blick nicht von ihren Augen ab. Inzwischen war es dunkel geworden, und am Hang gegenüber glitzerten unendlich viele Lichter. Die Luft war mild und würzig, und die Zikaden sangen ihr Abendlied.

»Dann schlaf jetzt ein wenig«, sagte Amelie leise und stand auf.

*

»Hallo, Georges, geht es dir heute besser?«, fragte sein Kollege, als er ihn am Abend des nächsten Tages abholte. Valjean hatte den Tag im Bett verbracht und viel geschlafen. Doch jetzt fühlte er sich in der Lage, bei der Gegenüberstellung, die Ballard bei Simones Haus arrangiert hatte, dabei zu sein.

Ballard stand auf der Terrasse und war völlig in den Anblick des Tals versunken. »*Mon Dieu*, das ist grandios!«, sagte er. »Du willst also wirklich mitkommen?«

Mitfühlend betrachtete er seinen Kollegen.

»Ja, ganz sicher, mach dir keine Sorgen.«

Ballard grinste.

»Das freut mich«, sagte er, um Valjean anschließend auf den neuesten Stand zu bringen. »Toscarelli ist also inzwischen eingetroffen. Er konnte uns bestätigen, dass er Madame Garonde erlaubt hat, das Stückchen Land neben seinem Haus für den Bouleplatz zu nutzen. Und er hat sich bereit erklärt, uns bei der Identifizierung der Person zu unterstützen, die er in der Mordnacht hinter dem Haus gesehen hat.

Wir müssen, wie du ja weißt, bei der Schuhgröße davon ausgehen, dass es sich um eine Frau handelt. Und natürlich wissen wir nicht, inwieweit die Person in das Geschehen in der Villa Durand verwickelt ist. Aber sie könnte natürlich in jedem Fall eine wichtige Zeugin sein.«

Valjean nickte.

»Also werden Amelie Chabrol und Madame Lefebre dort sein. Hast du Madame Roussel auch dazugebeten?«

»Nein, ich habe inzwischen ihr Alibi überprüft und das von ihrem Freund. Pierre Satrowicz war offenbar den ganzen Abend zu Hause und Madame Roussel bei ihm. Nachbarn können das bestätigen, sie haben dort geklopft, um sich etwas zu leihen, und haben die beiden in der Wohnung von Satrowicz gesehen. Sein Wagen war auch die ganze Zeit in der Tiefgarage. Den Nachbarn ist auch der Mercedes von Madame Roussel aufgefallen.«

»Gut, ich verstehe.«

»Madame Garonde und Madame Desantrange haben sich auch bereit erklärt, dabei zu sein, um einen besseren Vergleich zu gewährleisten.«

Die vier Frauen hatten sich bereits vor der Villa von Madame Durand versammelt. Ein Polizist hielt ein Paar Gummistiefel sowie einen dunklen Kapuzenpullover bereit. Alle vier Frauen trugen dunkle Kleidung, ganz so wie man es ihnen aufgetragen hatte. Sie alle schwiegen.

Kurz darauf klingelte Ballard an Monsieur Toscarellis Haus. Der Hausherr hatte glatte schwarze Haare und einen ebensolchen Schnurrbart. Er hieß sie willkommen und ging mit ihnen durch sein modern eingerichtetes Haus und hinauf zu seinem Schlafzimmer.

»Sie, Monsieur Toscarelli, sind also in der Tatnacht in guter Stimmung von Ihren Freunden nach Hause gebracht worden?«, rekapitulierte Ballard.

Toscarelli nickte. »Ja, das war schon nach Mitternacht. Madame Garonde hat mir noch etwas zugerufen, aber das habe ich nicht verstanden. Als ich hier oben war, habe ich das Fenster geöffnet, um etwas zu lüften.«

»Ein Nachbar hat gesehen, dass im Haus von Madame Durand seit dem Abend Licht brannte. Können Sie das bestätigen?«

»Ja, im Salon, glaube ich. Die Haustür kann ich von hier aus nicht sehen. Und dann sah ich diese Person, aber nur von hinten. Sie war in der Nähe der Haustür und ging dann über den Rasen Richtung Wiese, bis sie ganz verschwunden war.«

Ballard sprach in sein Handy. »Wir können jetzt mit Nummer eins beginnen, bitte. Sie sollen alle an der Haustür losgehen und sich über den Garten entfernen.«

Über Toscarellis Schulter hinweg konnte Valjean sehen, wie eine schemenhafte Gestalt von der Hausecke über Simones Rasen ging. Der Bewegungsmelder reagierte, ein schwaches Licht erhellte jedoch nur den Rücken der Frau.

»Sie war langsamer, viel behutsamer, wirkte ein wenig verwirrt.«

Toscarelli starrte weiter hinaus.

»Bitte noch einmal, etwas langsamer«, wiederholte Ballard ins Handy.

»Hatte die Person etwas in der Hand?«

Der Hausherr zuckte mit den Schultern. »Ja, das könnte gut sein, aber sicher bin ich mir auch da nicht.«

So ging es eine Weile weiter, bis alle Frauen zwei Mal über den Rasen gegangen waren.

Monsieur Toscarelli schien sich intensiv zu konzentrieren.

»Nun?«, fragte Ballard schließlich. »Was sagen Sie? Haben Sie jemanden wiedererkannt?«

Der Italiener hob die Hände, wirkte enttäuscht. »Also ganz ehrlich? Nein. Ich habe niemanden wiedererkannt. Es tut mir leid, wenn das alles hier umsonst war. Aber es ist die Wahrheit.«

Toscarelli straffte die Schultern und nickte selbstbewusst.

»Das ist kein Problem, Monsieur Toscarelli. Es war einen Versuch wert.«

»So viel dazu«, murmelte Ballard, als sie wieder vor dem Haus standen. Er war sichtlich enttäuscht.

»Jetzt liegt unsere ganze Hoffnung auf der Aussage von Socella. Hoffen wir mal, dass er bald vernehmungsfähig ist.«

Kapitel 9

»Oh, hallo Georges, wieder im Dienst?«, begrüßte Ballard ihn, als Valjean die Tür zum Büro öffnete und sich an seinen Schreibtisch setzte. Sein Schädel brummte immer noch ein wenig, aber er wollte lieber wieder arbeiten, als sich den ganzen Tag über die Handwerker zu ärgern.

Nachdem er gestern lange geschlafen hatte, war er heute Morgen so früh wach gewesen, dass er sich mit einem Kaffee auf die Terrasse gesetzt hatte, um den orange glühenden Himmel über dem Tal zu betrachten. Es war wie so oft ein großartiges Schauspiel gewesen. Auf dem Tisch standen immer noch die beiden Tassen und die Thermoskanne, in der Amelie ihm den Tee gebracht hatte. Also war er kurz zu ihr hinübergegangen, um sie zurückzubringen.

Die Tür stand offen, und er war gleich in die Küche gegangen, in der eine heimelige Unordnung herrschte. Er stellte die Thermoskanne auf die Anrichte. Im Flur rief er nach Amelie. Aber im Haus war es still, nur das Gebälk knackte. Auch Madame Lefebre war offensichtlich nicht dort.

Und so war er in den Ziegenstall gegangen, wo er Amelie vermutete. Nur wenig Licht fiel dort durch die kleinen Fenster. Es roch nach Heu und Kraftfutter, und Amelie war gerade dabei, den Stall zu misten. Eine Weile betrachtete er sie, wie sie dort in Latzhose und Gummistiefeln arbeitete und sich dabei ab und zu die Strähnen aus dem Gesicht strich. Plötzlich sah sie auf und schenkte ihm ein bezauberndes Lächeln.

»*Bonjour*, Amelie.«

Sie lehnte sich auf die Mistgabel.

»Hallo, Georges, so früh schon unterwegs? Hast du gut geschlafen?«

»Wie ein Stein.« Er spürte, wie sich ein Lächeln über sein ganzes Gesicht ausbreitete. »Gestern ging es mir noch nicht so gut, aber heute bin ich wieder voller Tatendrang.«

»Dann kannst du mir ja helfen.«

»Ich wollte eigentlich nur kurz Bescheid sagen, dass ich die Thermoskanne in die Küche gestellt habe.« Er wies auf das Haus und schwieg einen Moment. »Was gibt es denn zu tun?«, fragte er dann.

»Du könntest mir einen Ballen Stroh rüberbringen.« Sie deutete auf eine Holztür.

Valjean sah die Tür, und er sah Carlos, der direkt davorlag. Einen Moment lang zögerte er, als er den Türgriff umfasste. Aber zu seiner Verwunderung stand Carlos sofort auf, als er die Tür einen Spaltbreit öffnete, und legte sich ein Stück weiter wieder auf den Boden. Offenbar war es für ihn inzwischen ganz selbstverständlich, dass er Amelie half. Er ging in die Kammer und griff nach einem Ballen Stroh. Er war viel schwerer, als er erwartet hatte. Umständlich trug er ihn zu Amelie hinüber.

»Ich könnte mich fast daran gewöhnen, dass mir jemand hilft«, sagte sie lächelnd, als er den Ballen vor ihr ablegte.

Amelie schnitt mit einem alten Messer die dünnen Stricke durch, die das Stroh zusammenhielten. Durch das offene Fenster hörte er die Ziegen meckern. Amelie verteilte das saubere Stroh in der Box, und ein wunderbarer Geruch breitete sich im Stall aus. Kleine Stückchen Stroh rieselten auf Amelies dunkle Haare hinab und blieben dort hängen. Sonnenstrahlen explodierten in den staubigen Stallfenstern.

Die Zeit blieb stehen in einem ewigen Sommer voller Farben ...

»Wie bist du hergekommen?«, riss Ballard ihn aus seinen Träumereien.

»Ich habe mir einen Leihwagen besorgt, nicht so schön wie meiner, aber die Versicherung zahlt. Gibt es hier etwas Neues?«

»Tja, das mit den Frauen und den Gummistiefeln war ja wohl eher ein Flop, schade. Roussel verhält sich auch unauffällig.« Er knüllte ein Stück Papier zusammen und warf es verärgert in den Papierkorb, der fast überquoll. »Er hockt zu Hause, fährt zur Arbeit, nichts Auffälliges. Aber ...« Ballards Gesicht hellte sich auf.

»Wir haben in Socellas Auto einen Schlüsselbund gefunden. Mit einem Schlüssel zu einem Schließfach. Die Jungs sind schon seit zwei Stunden unterwegs, um die Bahnhöfe und Containerlager abzuklappern.«

»Das hört sich spannend an. Mal sehen, was sie dort finden.«

»Und er hatte noch ein zweites Handy im Auto, mit dem er tatsächlich ein paarmal mit Roussel telefoniert hat. Was sagst du dazu?«

»Das ist doch mal was. Er hat also die Finger mit drin«, sagte Valjean.

»Ja, das stützt ganz sicher die Auftrags-Theorie.« Ballard grinste. »Du wirst sehen, das bekommen wir aus ihm raus, jetzt wo wir die Pistole als Druckmittel haben.«

»Was ist übrigens damit?«, fragte Valjean.

»Ich warte noch auf die Ergebnisse.«

»Und wie geht es Socella?«

»Ist wieder ansprechbar. Allerdings wird er heute Vormittag noch mal operiert. Danach ist erst mal wieder warten angesagt. Und mach dir keine Sorgen, es kommt niemand an ihn heran. Das Zimmer wird bewacht.«

Es klopfte an der Tür, und gleich darauf betrat ein junger Polizeibeamter das Büro. Sein glattrasiertes Gesicht war vor Eifer gerötet, und er legte behutsam und stolz eine Beweistüte auf den Tisch. Dann stand er dort, wippte auf den Zehenspitzen und sagte kein Wort. Ballard rollte auf seinem Stuhl näher und betrachtete mit offenem Mund den Inhalt.

Valjean hielt die Luft an. »Das Schließfach?«

Der Polizist räuspert sich. »Jawohl. Das haben wir am Bahnhof Saint-Sauveur im Norden von Nizza gefunden, zwei, drei Stationen vor Carros.«

Im Schein des hellen Tages glänzten eine Perlenkette, eine schwere Goldkette, vier Ohrringe mit kleinen Diamanten, drei Armreifen und ein rotes Portemonnaie aus Leder.

*

Der Range Rover von Monsieur Roussel rollte langsam vor Simones Grundstück aus. Martin hörte das Schlagen der Tür, dann die Türglocke. Sein Herz klopfte heftig. Er hatte recht behalten, es war ganz einfach gewesen, den Bauunternehmer zu Simones Villa zu locken. Und Valjean war wie versprochen ebenfalls anwesend. Das Spiel konnte beginnen, und es blieb zu hoffen, dass die Wahrheit siegen würde.

Als es an der Tür klingelte, öffnete Martin dem Bauunternehmer. Nach einer kurzen Begrüßung trat er ein.

»Ich habe Ihnen ja gesagt, ich wollte mich melden, sobald ich etwas erfahre«, sagte Martin und ließ Roussel vor sich her gehen, auf das Sofa zu.

»Aber wo war es denn nun?«, sagte Roussel sofort.

»Im Schuppen eines Händlers versteckt«, antwortete Martin, ohne zu zögern.

Im selben Moment trat auch Valjean näher, worauf Roussel sich überrascht umsah.

»Ach, *monsieur le commissaire.* Sie auch hier?«

Valjean stieg eine Stufe von der Küche in den Salon hinunter.

»Ja, ich wollte Martins Meinung zu dem Gemälde hören.«

Auf einen Wink von ihm zog Martin ein Stück Stoff von einem nicht allzu großen Bild, das auf dem Wohnzimmertisch lag. Roussel ging gleich darauf zu, doch Valjean hielt ihn mit einer Handbewegung zurück.

»Monsieur Martin? Das ist doch das verschwundene Gemälde, oder?«

Martin nahm den Rahmen vorsichtig zur Hand. Das Bild zeigte einen dunkelhaarigen, kecken jungen Mann vor Meer und Oleander. Mit einer Lupe in der Hand inspizierte er die Signatur und die Leinwand.

»Ja, das habe ich Simone verkauft. Das ist korrekt.«

Didier hatte sich alle Mühe gegeben. Auf die Schnelle ein solches Gemälde auf der Grundlage eines Handyfotos anzufertigen, war nicht einfach. Hier und da war die Ausführung etwas unpräzise und beim Hintergrund hatte er sich nicht viel Mühe gegeben, doch im Grunde kam es ja auch nicht auf die Vorderseite an.

Mit einem Lächeln wollte er das Bild an Roussel übergeben. Dieser streckte bereits erwartungsvoll die Hände aus, als Martin innehielt.

»Ach, warten Sie, ich sehe gerade, das Bild ist auf der Rückseite beschmiert worden. Das sollte kein allzu großes Problem sein, das kann ich sofort entfernen.«

Verwirrt sah Roussel zu, wie Martin das Gemälde wieder

auf den Tisch legte. Er griff nach einem Lappen und einer Sprühflasche, als Roussel aufschrie.

»Nein, machen Sie sich keine Mühe! Ich mach das schon. Später!«

Er riss ihm das Gemälde aus der Hand.

»Aber ich bitte Sie, Monsieur Roussel. Das ist doch keine Mühe.«

Martin griff nach dem Bild, doch Roussel hielt es eisern umklammert. »Nein, ich verlange das Bild in exakt dem Zustand, in dem ich es gekauft habe!«

Martin zuckte mit den Schultern und überließ das Bild dem Bauunternehmer, dem die Erleichterung ins Gesicht geschrieben stand. Es bestand kein Zweifel mehr, Roussel hatte ganz offensichtlich von der Skizze gewusst. Und das würde sich gleich noch deutlicher zeigen.

Roussel drehte mit bebenden Händen das Bild um. Als er auf die dunklen Striche starrte, öffnete sich sein Mund. Verwirrt blickte er Martin und Valjean an, einen nach dem anderen. Seine Miene sprach Bände.

»Meine Herren, was soll das? Das ... das ist nicht das ... Bild.«

Valjean spielte seine Überraschung gut. »Wie meinen Sie das? Monsieur Martin hat es doch gerade zweifelsfrei identifiziert.«

»Aber diese ... diese Striche hier sollten nicht da sein.« Roussel schüttelte den Kopf.

»Das wären sie auch längst nicht mehr, hätten Sie Monsieur Martin seine Arbeit machen lassen. Ich weiß wirklich nicht, was Sie wollen.«

Roussel starrte wieder auf die Rückseite, auf der kein kunstvoll skizzierter Mädchenkopf zu sehen war, sondern eine Reihe lustiger Strichmännchen, wie von einem Kind gemalt.

»Nun, meine Herren, ich denke, wir können die Scharade beenden.«

Valjean wandte sich Martin zu und sagte: »Ihr Freund sollte unter die Fälscher gehen.«

»Ja, er hat ganze Arbeit geleistet. Und seine Enkelin auch«, gab er zurück und nahm Roussel das Bild, das er gestern von Didier erhalten hatte, wieder aus den Händen.

Roussel schien allen Widerstand aufzugeben und ließ sich in das Sofa fallen. Er war blass geworden, auf seiner Stirn glänzte der Schweiß.

Martin schaute zu, wie sich Valjean in aller Ruhe Roussel gegenüber in einen Sessel setzte. Er konnte eine gewisse Genugtuung nicht verhehlen, während er beobachtete, wie der Kommissar einfach nur ruhig dasaß und Roussel in die Augen schaute.

»Ja. Ich wusste es«, sagte der Bauunternehmer unvermittelt.

»Und Sie waren bei ihr, am Nachmittag ihres Todes. Gab es Streit um das Bild?«

Roussel nickte. »Ja. Ich hatte den Vertrag schon fertig. Ich hätte ihr einen guten Preis gemacht.«

»Aber Madame Durand wollte nicht unterzeichnen.«

»Sie wollte das Bild erst schätzen lassen. Sie sagte, es sei weg, schon auf dem Weg zu einem Experten.«

Martin und Valjean wechselten einen Blick.

»Wie erfuhren Sie von ihrem Tod?«

»Durch Martin und Sie. Ich war wirklich erschüttert, völlig überrumpelt von der Nachricht.«

»Dann war die Unterschrift von Simone also gefälscht. Sie hat den Kaufvertrag nie unterzeichnet.«

»Nein, hat sie nicht.«

»Erzählen Sie weiter«, forderte Valjean ihn auf.

»Ich habe die Unterschrift erst gefälscht, als Sie da waren. Ich hatte plötzlich Angst, dass die Polizei den Wert des Bildes erkennt und dass mein Interesse daran ein Motiv ergibt. Ich hatte noch ein altes Dokument von Simone und habe die Unterschrift gefälscht.«

»Alle Achtung«, sagte Valjean.

»Ich bin einfach in Panik geraten. Nach der Nachricht von ihrem Tod ahnte ich sofort, dass es um das Bild ging. Das ist mir erst eingefallen, als ich mit Ihnen gesprochen habe.«

Plötzlich hob Roussel den Kopf. »Das Bild ist also immer noch verschwunden!?«

»Darüber kann ich nichts sagen. Sie sind in der Nacht zurückgekommen, um das Bild zu suchen, nicht wahr? Sie hatten gehofft, dass sie es noch nicht verschickt hatte. Simone hat Ihnen geöffnet, dann gerieten Sie beide erneut in Streit.« Valjean beugte sich vor. »So war es doch, oder?«

Roussel schüttelte den Kopf und strich sich müde über die Augen. »Nein, so war es nicht. Ich war am Nachmittag da. Und ja, ich war wirklich wütend, weil das Bild nicht mehr an seinem Platz hing. Aber ich dachte mir, wenn es zurück ist, könnte ich einen neuen Versuch bei ihr wagen.«

»Das glaube ich nicht«, unterbrach ihn Valjean. »Sie wollten die Skizze, koste es, was es wolle.«

»Nein! Aber es kam mir undankbar vor.«

Valjean sah Martin fragend an, doch er verstand auch nicht, was der Bauunternehmer damit meinte.

»Wieso war Simone Ihnen gegenüber undankbar?«

Roussel warf sich ein wenig in die Brust. »Ich war es doch, der die Bedeutung der Skizze überhaupt erst erkannt hat. Simone hatte die Abdeckung entfernt und mir die Zeichnung gezeigt. Sie hatte keine Ahnung. Aber ich hatte sofort dieses Gefühl. Wir sind hier in Nizza, und Matisse … er hat hier gelebt. Also habe ich mit Simones Erlaubnis das Bild mitgenommen und es einem Experten im Musée Matisse gezeigt. Er hat es sich eingehend angeschaut und drei Tage später hat er meine Vermutung bestätigt. Das Exposé habe ich zu Hause.«

»Die erste Meinung«, stieß Valjean verblüfft aus und sah Martin an. Er dachte das Gleiche: Roussel hatte durch seine Expertise überhaupt erst alles in Gang gesetzt.

»Und dann lief alles schief. Ich hätte ihr das Gemälde sofort abkaufen und mitnehmen sollen. Es erst mit ins Museum zu nehmen, war ein Fehler. Aber vielleicht habe ich auch nicht recht geglaubt, dass es so wertvoll sein würde. Und dann hat sie es sich einfach anders überlegt. Sie wollte es selbst überprüfen lassen, wollte erfahren, wie viel die Skizze wert sein könnte.«

Valjean setzte sich auf die Sofalehne und verschränkte die Arme vor der Brust. »Und Sie wollten das verhindern? Wollten Sie sie zwingen, den Kaufvertrag zu unterschreiben? Sind Sie deshalb nachts wiedergekommen?«

Roussel schloss die Augen und ließ die Vermutungen über sich ergehen. Martin hielt die Luft an.

Valjean stellte sich hinter das freistehende Sofa und beugte sich zu Roussel herab.

»Oder liege ich eher richtig mit der Vermutung, dass Sie Monsieur Jaques Socella beauftragt haben, das Gemälde zu stehlen. Wie viel haben Sie ihm versprochen?«

Roussel drehte sich abrupt zu dem Kommissar um. »Ich kenne den Mann ja gar nicht.«

Valjean seufzte.

»Er ist zu Ihnen nach Castellane gefahren, Sie haben selbst gesagt, dass Sie mit ihm gesprochen haben.«

»Er hat dort Kundenkontakte abgeklappert und es auch bei mir versucht, ich habe ihn sofort abgewiesen.«

»Das haben Sie zumindest behauptet …«

»Was soll das heißen?«

»Wir wissen, dass Sie ihn kennen. Sie haben sich eine ganze Weile auf dem Frühlingsfest mit ihm im Bierzelt amüsiert.«

»Ich bin jedes Jahr dort, um Geschäftskontakte zu pflegen. Ich treffe dort viele Leute …«

»Nun, Monsieur Socella wird bald wieder vernehmungsfähig sein und uns sicher etwas anderes erzählen«, unterbrach Valjean ihn bei seinen Verteidigungsversuchen.

Roussel drehte sich um, den Blick starr geradeaus gerichtet.

»Sicher möchte er beim Staatsanwalt einen guten Eindruck machen, wir haben ihn nämlich mit einer viel größeren Sache in der Hand. Er wird uns die Wahrheit ganz sicher erzählen.«

»Wie bitte?« Roussel wurde blass und schluckte. Nach einer Weile fügte er widerstrebend hinzu: »Ja, vielleicht habe ich mal mit ihm über das Bild gesprochen.«

»Wo?«

»Auf einem Trödelmarkt in Vence, ungefähr zwei Tage nach der Entdeckung. Ich bin gerne und oft auf Trödelmärkten.«

»Und da haben Sie wieder zufällig ausgerechnet Monsieur Socella getroffen.«

»Also … nun ja … Sie haben ja recht, ich habe Monsieur Socella ein-, zweimal beauftragt, einige meiner nicht ganz so wertvollen Kunstgegenstände dort für mich zu verkaufen. Ich weiß auch nicht, warum ich ihm von dem Bild erzählt habe. Und es war nicht schlau von mir, wie mir jetzt gerade klar wird. Natürlich …, jetzt, wo Sie es sagen …, er muss bei Simone eingebrochen sein. Wie konnte ich nur so dumm sein. Das Ganze muss völlig aus dem Ruder gelaufen sein.«

Martin räusperte sich und sah Valjean an.

»Sie wollen uns erzählen, dass Socella dieses Ding ganz alleine durchgezogen hat?«

»So muss es doch gewesen sein! Ich weiß es doch nicht!«

»Sie haben Socella mit dem Diebstahl beauftragt.«

»Niemals!«

*

Als Amelie über den Hof in die Melkkammer gehen wollte, bemerkte sie, dass Veronique am Gatter der Wiese stand. Sie hatte die Arme auf die Holzbohlen gelegt und wirkte noch schmaler und blasser als gewöhnlich. Amelie ging zu ihr und stellte sich neben sie. Gemeinsam beobachteten sie die Ziegen beim Grasen.

Eine der braunen Ziegen lahmte ein wenig, sie würde sich das beim Melken doch einmal ansehen. Ein hellblauer Schmetterling tanzte vor ihren Nasen, und Vero zuckte unwillkürlich zurück.

»Was ist los, Vero«, fragte Amelie, »du bist ja gar nicht mehr du selbst.«

»Nichts«, Vero presste die Lippen zusammen. »Das alles nimmt mich einfach mit. Irgendwo läuft ein Mörder herum, bei uns im Dorf.«

»Georges wird ihn schon finden.«

»Ja, es ist nur …«

»Was?«

»Ach es ist nichts, ich bin einfach nur eine dumme alte Frau, die nicht zur Ruhe kommt.«

»Ich bin ganz sicher, dass sich alles bald aufklären wird.«

»Du warst bei ihm, oder?« Vero lächelte ihre Freundin an.

»Na ja, der arme Kerl war völlig fertig.«

»Du hast ihn getröstet. Verstehe.«

Vero wandte sich wieder der Wiese zu.

»Nein, verstehst du nicht. Ich habe ihm Tee gebracht und zugehört.«

Vero lächelte sie wieder an, der Themenwechsel schien sie aufzumuntern.

»Soll ich dir beim Melken helfen?«, fragte sie dann und wies auf die Ziegen, deren innere Uhr sie allmählich zum Gatter trieb, von wo aus es zum Melkstand ging.

»Gern.« Amelie entriegelte das Tor und rief die Nachzügler mit einem *Allezallez* herbei. Vero passte auf, dass die jungen Zicklein nicht auf die Straße sprangen, sondern in ihren Bereich im Stall gingen. Amelie prüfte noch einmal, ob die Boxen wirklich alle sauber waren. Sie musste daran denken, wie Georges am Morgen einfach zu ihr gekommen war und ihr geholfen hatte. Ihre wurde ganz warm ums Herz bei der Erinnerung daran.

Als sie in die Melkkammer trat, stand Vero schon am Futtertrog und füllte Kraftfutter ein. Amelie öffnete die Schiebetür, und die ersten fünf Ziegen stiegen unter metallischem Geklapper über die Rampe in den Melkstand. Die Ziegen steckten gierig die Hälse durch das Gerüst, um an die duftenden Leckerbissen zu gelangen. Vero stand bereit, um sie zu melken. Sie waren ein eingespieltes Team und die Ziegen bald gemolken. Schließlich standen die Tiere satt und erleichtert in den Boxen. Vero half Amelie noch, die braune Ziege festzuhalten, damit sie sich ihre Hufe ansehen konnte. Geschickt schnitt sie der Ziege die Klauen zurück und schickte sie dann zu den anderen.

»Danke, Vero.« Amelie erhob sich vom Boden.

»*De rien.*« Veros Stimme klang müde, und ein Blick in ihre Augen verriet ihr, dass Vero immer noch nicht die Alte war.

»Hör zu, meine Liebe. Ich werde noch einmal mit Georges sprechen und ihn fragen, wie die Dinge stehen. Und du lächelst jetzt ein wenig. *D'accord?*«

Vero nickte und lächelte tatsächlich. »*D'accord.*«

Doch als ihre Freundin zurück ins Haus ging, war Amelie sicher: Etwas stimmte nicht mit ihr.

*

Direkt nachdem Roussel die Villa verlassen hatte, griff Valjean zum Handy, rief Ballard an und berichtete ihm vom Erfolg von Monsieur Martins verrücktem Schachzug.

»Wir brauchen dringend die Aussage von Socella«, sagte sein Kollege, nachdem Valjean geendet hatte.

»So ist es. Gibt es inzwischen etwas Neues von den Technikern?«, fragte Valjean.

Er hörte das Geraschel von Papier. »Ja, ich hätte dich gleich sofort angerufen. Halt dich fest. Die Kugel, die das Mordopfer Leclerc getötet hat, stammt aus Socellas Pistole. Der Test kam vorhin rein. Das Ergebnis ist eindeutig.«

»Wunderbar, Patrice. Das wird er uns erklären müssen. Hast du die alte Akte schon angefordert?«

»Ja, natürlich.«

Als Valjean das Gespräch beendete hatte, hörte er einen leisen Schrei. Er drehte sich um und sah zu seinem Erstaunen Madame Lefebre im Raum stehen. Sie hielt einen Putzeimer in der Hand, aus dem ein Lappen herausschaute. Ihre Augen waren weit geöffnet.

»Veronique, wir haben gar nicht daran gedacht, dass du hier putzen willst«, sagte Martin schnell.

Valjean fiel auf, dass sie das Gemälde anstarrte.

»Aber ... aber ... das ist doch das Bild!«

»Ja, wie Sie sehen«, sagte er und nahm es zur Hand. »Sieht fast so aus.«

»Aber nur fast«, sagte Martin und zwinkerte ihr zu.

»Ist es wieder da?« Sie stellte den Eimer zur Seite und trat näher.

»Es ist nur eine Kopie.«

»Ach!« Verblüfft schüttelte sie den Kopf. Es schien, als könnte sie den Blick nicht von dem Bild abwenden. Dann riss sie sich zusammen und sagte: »Nun …, dann will ich mal anfangen …, oder störe ich Sie gerade?«

»Nein, wir wollten sowieso gehen.«

»Sie putzt wirklich oft hier, oder? Ist das nicht merkwürdig?«, fragte Valjean den Antiquitätenhändler, als sie vor der Tür standen.

»Meinen Sie?« Martin rieb sich den Bart. »Ist mir nicht aufgefallen.«

»Nun ja, wie auch immer …«, sagte Valjean. Dann sah er Martin an und fragte: »Lust auf ein Glas Wein?«

»Das war ein verdammt schlauer Zug von Ihnen«, sagte Valjean. Sie saßen nebeneinander auf der Terrasse und betrachteten die Berge. Martins Blick wurde von den Bewegungen einer Eidechse abgelenkt, die widerstrebend die kühler werdende Mauer der Terrasse verließ. Die Sonne stand tief am Horizont, und Valjean hatte eine hervorragende Flasche Rotwein für sie beide geöffnet. Martin lehnte sich auf seinem Gartenstuhl zurück und betrachtete die im Dunst liegenden Berge.

»Darf ich Ihnen nach diesem Tag das Du anbieten?«, fragte er in die Stille hinein.

»Ja gerne«, sagte Valjean, und Martin sah, wie er dabei lächelte.

»Das freut mich sehr, Georges. Es war wirklich ein aufregender Tag heute.«

Er betrachtete die wilden Blumen, die am Rande des Grundstücks standen, Margariten und bunte Wicken, die Amelies Ziegen noch nicht gefressen hatten.

»Ich denke immer noch darüber nach«, sagte er dann, »wie verrückt es ist, dass mir diese Skizze auf der Leinwand nicht aufgefallen ist, auch wenn sie durch die Pappe auf der Rückseite verdeckt war. Aber wer erwartet schon so etwas. Ich habe noch einmal mit Didier gesprochen, der sich auch noch nicht ganz davon erholt hat, dass das all die Jahre verborgen geblieben ist. Er meint, es könne durchaus stimmen, dass die Leinwand über andere Künstler aus dem Nachlass von Matisse zu ihm gekommen ist. Dass sein Vater Leinwände von anderen Künstlern gekauft oder getauscht hat, steht für ihn jedenfalls außer Frage. Er kann es gar nicht fassen, was für einen Schatz er da weggegeben hat, und möchte gar nicht genau wissen, wie viel die Skizze wert ist.«

Valjean musste lachen.

»Das kann ich mir vorstellen. Tja, vielleicht wird es ein Rätsel bleiben, welchen Weg die Skizze genommen hat. Mindestens ein so großes Rätsel wie die Frage, warum die Handwerker mich immer noch im Stich lassen.«

»Die lieben Handwerker …«, sagte Martin amüsiert. Es war ihm nicht entgangen, dass das ganze Dorf sich das Maul darüber zerriss, wie Valjean mit den Damen aus dem Dorf umsprang. Regelrecht verängstigt habe er sie, so war zu hören gewesen. Arbeitsverweigerung war einfach ihre Art, das Misstrauen gegenüber dem Kommissar aus der Stadt auf mehr oder weniger subtile Art kundzutun. »Du musst noch viel lernen, Georges. Hier in den Dörfern ticken die Uhren etwas anders als in der Stadt.«

Inzwischen war es Abend, und im Tal war Stille eingekehrt. Die kühle Luft duftete nach Kräutern und Nadelhölzern. Martin wurde plötzlich bewusst, dass er dieses Dorf mit jeder Faser seines Körpers liebte. Er sah die schmalen, holperigen Gassen vor sich, die windschiefen Bruchsteinfassaden mit den bunt gestrichenen Fensterläden, er dachte an den verwunschenen mittelalterlichen Burghügel und den atemberaubenden Ausblick von dort auf das weit entfernte Meer. Und seine Streifzüge durch die Obstwiesen an den Ufern des schäumenden Var entlang, sah die älteren Herrschaften auf dem schattigen Bouleplatz, wo sie ihre silbrigen, vom Spiel abgewetzten Kugeln in den Fingern drehten, bis sie endlich das Gefühl hatten, dass sie die Hand zur rechten Zeit verließen. Er hörte förmlich das dumpfe Knirschen, das Klacken, wenn die Kugeln im Kies landeten und aneinanderstießen. Ob dieser junge Kerl hier neben ihm überhaupt Boule spielte?

»Wie sieht es bei dir aus? Wirst du hier wohnen bleiben?«, fragte er und stellte das leere Glas auf den gefliesten Boden. »Obwohl die verdammten Handwerker nicht kommen?«

Kapitel 10

Bei einer laufenden Ermittlung gab es kein Wochenende. Jedenfalls nicht für Valjeans Gedanken. Während sich andere Menschen, gewisse Heizungsbauer, Anstreicher und Dachdecker zum Beispiel, mit ihren Familien im Garten oder am Meer vergnügten, grübelte er über das weitere Vorgehen nach. Socellas Vernehmung war für heute geplant, doch laut des behandelnden Arztes nicht vor dem Nachmittag. Die Stunden würden sich hinziehen, und ihm grauste davor, untätig zu sein. Also entschloss er sich, bereits früher nach Nizza zu fahren, um an diesem schönen Tag endlich einmal den Schlossberg zu erkunden.

Auf dem Weg zu seinem Auto sah er Amelie über den Hof gehen. Sie trug eine Jeans und ein etwas verblichenes hellblaues T-Shirt. Ihre Haare waren zu einem lockeren Knoten zusammengebunden, und Strähnen umwehten ihr hübsches Gesicht.

»Guten Morgen, Georges«, rief sie herüber, sobald sie ihn bemerkte. Ein strahlendes Lächeln breitete sich auf ihrem Gesicht aus. »Hast du etwas vor?«

»Ich wollte nach Nizza fahren«, sagte er, und noch bevor er darüber nachdenken konnte, fügte er hinzu: »Möchtest du nicht mitkommen? Sicher kennst du dort einige schöne Ecken, die du mir zeigen könntest.«

»Ich soll die Reiseführerin spielen?«, fragte sie ein wenig spöttisch.

»Nein, natürlich nicht … ich dachte nur …«, sagte er und fragte sich plötzlich, wie er auf die Idee gekommen war, dass sie hier einfach so alles stehen und liegen lassen würde. Er drückte auf die Fernbedienung des Leihwagens.

»Ich kann verstehen, wenn du anderes zu tun hast.«

»Ja, du hast recht, ich habe noch so einiges zu tun. Aber … ich würde gerne einen Ausflug mit dir machen. Gib mir einfach ein paar Minuten …«

»Natürlich. Ich warte.«

Valjean konnte sein Glück kaum fassen.

Nur zehn Minuten später kam Amelie wieder aus dem Haus, in einem geblümten Sommerkleid und Schnürsandaletten, in denen sie bezaubernd aussah.

Sie fuhren den Hügel hinab und erreichten bald das Dorf.

»Ist Veronique nicht da?«, fragte Valjean.

»Sie ist bei ihrem Sohn und den Enkeln. Ich habe sie hingebracht.«

»Ihr beide seid wirklich ein großartiges Team.«

»Ja, wir sind gute Freunde geworden in all der Zeit und arbeiten gut zusammen. Das alles hier nimmt sie so mit. Mehr als ich je gedacht hätte. Weißt du, ich mache mir ein wenig Sorgen um sie.«

»Mmh, ja. Sie hat so lange für Madame Durand gearbeitet, es muss ein furchtbarer Schock für sie gewesen sein. Sie wird sich schon davon erholen.«

Amelie nickte.

»Wir machen so vieles gemeinsam auf dem Hof, ich wüsste gar nicht, was ich ohne sie machen sollte. Abends kümmern wir uns bei einer Tasse Tee gemeinsam um die Wäsche und reden über den Tag. Das sind wunderbare Momente für mich, weißt du.«

»Ja, sie ist eine starke und liebenswerte Frau.«

»Aber im Moment zieht sie sich völlig zurück. Ich sitze jetzt da und falte alleine die Wäsche. Sie hat mich immer auf den Wochenmarkt begleitet und mir dort geholfen, und jetzt stehe ich alleine an meinem Wagen.«

»Gib ihr ein wenig Zeit«, sagte Valjean, und um Amelie ein wenig aufzumuntern, fügte er hinzu: »Vielleicht kann ich dich ja auf den Wochenmarkt begleiten.«

Amelie lachte.

»Das ist eine schöne Idee. Da triffst du all die Leute aus dem Dorf wieder. Madame Desantrange kommt manchmal vorbei und auch die Garonde und letztens ist sogar Robert Durand an meinen Stand gewesen. Ein sympathischer Mann.«

»Robert Durand? Worüber habt ihr gesprochen?«

»Der Polizist in dir kommt aber auch nie zur Ruhe, oder?«

»Entschuldige, du hast recht. Das ist nicht der Moment …«

»Er hat gefragt, ob ich zur Beerdigung seiner Schwester komme. Ich habe ihn nach dem Haus gefragt, und er hat mir erzählt, dass der Schmuck und dieses Bild nicht gefunden wurden. Er wollte wissen, ob ich vielleicht wüsste, was es Neues zu dem Bild gäbe. Er dachte wahrscheinlich, dass ich doch jetzt direkt neben der Polizei wohne.«

Wieder erklang ihr fröhliches Lachen.

»Ja, ich kann mir vorstellen, dass er die Sachen gerne wiederhätte. Die Dinge, die verloren sind, erinnern einen oft genauso intensiv an die geliebte Person wie alles andere.«

So unterhielten sie sich noch eine Weile weiter, über die Dorfbewohner, über Adèle mit ihrem Dorfladen und den ewigen Klatsch und Tratsch, über Tante Sophie und ihre Liebe zum alten Douglar, argwöhnisch beobachtet von den Dorfbewohnern. Sie sprachen über Paul und sein verrücktes Leben auf dem Traktor. Amelies Lachen ließ Valjeans Herz aufgehen. Sie war wirklich eine wunderbare Frau.

Der Verkehr auf der Promenade des Anglais war ruhig, nur wenige Fahrzeuge waren auf ihrem Weg am Meer entlang. Links erhoben sich Appartement- und Hotelbauten, aus denen stolz und schön das Hotel Negresco hervorstach, rechts das glitzernde Wasser und die sonnige Promenade, die von Joggern, Spaziergängern und Radfahrern bevölkert war. Sie passierten das Hardrock-Café, den Jardin Albert 1er mit den hochaufragenden Palmen und dem wunderschönen Kinderkarussell, hinter dem die Einkaufszone und die Altstadt lagen. Dann erreichte er den Hafen, wo die ersten Masten der Segelboote in Sicht kamen, die hohen Decks der Motorjachten und der Leuchtturm weiter draußen im Meer. Ohne Schwierigkeiten fand er einen Parkplatz. Sie stiegen aus und schlenderten am Kai entlang, von dem aus die Fähren nach Korsika ablegten. Valjean konnte kaum glauben, welch riesige Jachten hier lagen.

»Ach, das ist doch gar nichts«, sagte Amelie. »Das ist nur ein kleiner Hafen. Was meinst du, was in Monaco los ist. Hier liegt nur eine einzige wirklich teure Jacht. Die dahinten.«

Sie wies auf ein anthrazitfarbenes Schiff mit Hubschrauberdeck und Pool.

»Oh mein Gott, das ist wirklich verrückt!« Valjean kam aus dem Staunen gar nicht mehr heraus, und Amelie kicherte belustigt.

Er genoss es, mit ihr zusammen zu sein. Sie war klug und schön und voller Energie. Und er liebte es, wie ihr hübsches Kleid sanft um ihre gebräunten Beine schwang, wenn sie neben ihm herging.

»Bereit für den Aufstieg?«, fragte sie, als sich vor ihnen die steile Treppe zum baumbestandenen Schlossberg erhob.

»Natürlich.«

Schatten empfing sie und eine wunderbar milde Luft, die sich langsam erwärmte. Der Tag machte seinem Namen alle Ehre, denn die Sonne schien fast ungehindert vom blauen Himmel. Die von Mauern gesäumten Aufstiege wanden sich in Serpentinen den Berg hinauf, gesäumt von üppigen Kakteen, von Schirmpinien und Laubbäumen. Die Dächer von Nizza rückten näher und bald blieben sie an einem Aussichtspunkt stehen, der ihnen die bunte Schönheit des Hafens und der östlichen Stadt in voller Pracht zu Füßen legte. Valjean stützte sich auf einer Balustrade ab und genoss den Ausblick. Das Meer lag vor ihnen, eine schmale Mole führte zum Leuchtturm, und die Boote im Hafenbecken wirkten winzig klein. Und ganz in der Ferne endete der Blick an der Spitze des Cap de Nice.

»Ich bin immer wieder überrascht von den Farben hier an der Küste«, sagte Valjean und kniff die Augen zusammen, um vielleicht einen Blick auf Korsika zu erhaschen. Doch die Insel lag im Dunst. »Dieses Blau, das Grün, überall Ocker, einfach unglaublich. Kein Wunder, dass es hier im Süden immer mehr Maler gegeben hat als anderswo.«

»Du bist sicher andere Farben gewohnt. Eher ein trübes Grau, ein fahles Braun und ein blasses Grün.«

Er lachte.

»Ja, im Norden ist es oft grau. Die Farben leuchten nicht so. Aber auch das ist interessant. Und es wird wettgemacht durch die Weite der Landschaft. Das Auge hat keinen Halt, es sieht, bis es nichts mehr sieht. Die Ebenen und das Meer, sie gleichen sich. Alles hat seinen eigenen Reiz.«

»Du fühlst dich wohl hier?«, fragte Amelie.

»Ja, immer mehr. Auch wenn es mit den Menschen in Carros noch nicht so läuft.«

Er wurde verlegen, als sie ihn mit einem überraschten Ausdruck ansah.

»Oh, das war mir gar nicht so klar«, murmelte sie und fügte ein leises »Schade« hinzu. Ihr Bedauern rührte ihn.

»Nun ja, wenn es dir hier in Nizza besser gefällt ...« Sie senkte den Kopf.

»Aber es gibt dort im kleinen Carros natürlich auch die ein oder andere, die sehr reizend zu mir ist ...«, er blickte ihr direkt in die Augen und musste lächeln, als er sah, dass sie ein wenig errötete.

Dann wandte Amelie sich ab und ging weiter.

»Sollen wir ein Eis essen?«, fragte sie unvermittelt.

Mit dem Eis in der Hand gingen sie schweigend zur westlichen Seite des Berges, wo es ebenso schön, wenn nicht sogar noch schöner war. Die verschachtelten roten Dächer der Altstadt verrieten dem Beobachter den Verlauf der engen Gassen, und der helle Kiesstrand zog sich endlos unter ihnen hin. Ein Flugzeug hob in der Ferne wie schwere Hornissen vom Boden ab, und der Schall hallte von den Hängen wider. Am künstlichen Wasserfall im Park setzten sie sich auf eine Bank und aßen ihr Eis auf. Der feine Sprühregen kühlte sie und Valjean fühlte sich so wohl wie schon lange nicht mehr. Vorsichtig legte er seine Hand auf die von Amelie. Sie rührte sich nicht, blickte weiter hinauf in den Himmel. Dann ganz allmählich drehte sie sich zu ihm um. Und als wäre es das Selbstverständlichste der Welt, küsste sie ihn sanft auf den Mund. Er legte seine Hand in ihren Nacken und zog sie enger an sich. Und während er ihren Kuss erwiderte, blitzten Bilder von Arras in seinem Bewusstsein auf. Aber dann, in Amelies sanfter Umarmung, nahm die Gewissheit von ihm Besitz, dass Arras immer mehr in die Ferne rücken würde, und die leuchtenden Farben der Côte d'Azur die Bilder der Vergangenheit überschrieben.

*

Das Display im Armaturenbrett zeigte 15.00 Uhr, als Valjean vor dem Krankenhaus Saint George im Norden der Stadt in eine gerade frei gewordene Parklücke fuhr.
»Macht es dir wirklich nichts aus zu warten?«, fragte er Amelie.
»Nein, geh ruhig. Schnapp dir den Kerl.«
Die Stunden mit ihr waren wie im Flug vergangen. Sie waren noch in die Altstadt hinabgestiegen und hatten in einem der zahlreichen Restaurants eine Kleinigkeit gegessen und sich wunderbar unterhalten. Er hatte ihr von seiner alten Heimat erzählt, von seiner Kindheit dort und seinem Großvater, den er so sehr geliebt hatte. Und schließlich hatte er auch über seine schwierige Beziehung zu Julie gesprochen und davon, wie sie zu Ende gegangen war. Amelie hatte ihm still und verständnisvoll zugehört.
Nur widerwillig riss er seine Gedanken von diesen schönen Bildern los und ging zum wachhabenden Beamten, der vor der Tür von Socellas Zimmer stand. Sofort hatte er die Bilder des zerstörten Wagens und der toten Ziege wieder vor Augen. Welch ein Widerspruch zum Sonnenglanz in Amelies Augen. Er atmete tief ein und ging weiter.
Der Beamte erhob sich vom Stuhl.
»Es war nichts los. Alles ruhig«, berichtete er knapp.
»*Bon*«, gab Valjean zurück und trat entschlossen ins Zimmer. Socella lag tief versunken in den Kissen des einzigen belegten Betts in diesem ganz gewöhnlichen Krankhauszimmer. Müde blickte er ihn aus tief liegenden Augen an. Durch die

Nase erhielt er Sauerstoff, ein Infusionsständer stand neben dem Bett und über einen Monitor liefen grüne Linien, die seine Vitalwerte anzeigten.

»Wie geht es Ihnen, Monsieur Socella?«, fragte Valjean.

Der Mann im Bett räusperte sich, dann versuchte er, sich aufzusetzen, doch Valjean hob die Hand.

»Bleiben Sie einfach liegen. Ich möchte Ihnen nur ein paar Fragen stellen.«

Er legte sein Handy auf den Nachttisch und schaltete die Aufnahmefunktion ein. Dann nannte er Ort, Uhrzeit und die Namen der anwesenden Personen, um sich anschließend auf einen der Besucherstühle zu setzen.

»Monsieur Roussel hat zugegeben, dass Sie beide auf einem Trödelmarkt in Vence über die Skizze gesprochen haben, die sich auf der Rückseite des Gemäldes aus Madame Durands Salon befindet. Ist das korrekt?«

»Ja, das stimmt.« Socellas Stimme war rau.

Gut so, dachte Valjean, offensichtlich hatte er beschlossen, reinen Tisch zu machen.

»Seit wann kennen Sie Monsieur Roussel?«

Socella dachte kurz nach, bevor er antwortete.

»Das muss auf diesem Frühlingsfest gewesen sein. Wir sind da ins Geschäft gekommen. Also, ich meine …, ich habe einige seiner Sachen auf den Trödelmärkten für ihn verkauft. Er war immer sehr großzügig mit den Provisionen.«

»Und dann haben Sie ihm vorgeschlagen, das Gemälde aus Madame Durands Villa zu stehlen?«

Socella zuckte mit den Schultern, und Valjean zeigte auf sein Handy auf dem Nachttisch. Der Mann leckte sich über die Lippen, dann sagte er: »Das war rein hypothetisch, nur dummes Gerede, man wird ja noch ein wenig herumspinnen dürfen.«

»Ich weiß, dass es mehr war als das. Geben Sie sich ein bisschen Mühe, Socella. Wir haben nicht nur den Schmuck von Madame Durand in Ihrem Schließfach gefunden, sondern auch die Pistole, die Sie in Ihrem Schuppen aufbewahrt haben. Sie hat eine Rolle in einem Mord gespielt, wie Sie wahrscheinlich wissen. Es sieht also gar nicht so gut aus für Sie.«

Socella begann heftig zu atmen, und auf dem Monitor neben seinem Bett konnte Valjean sehen, wie sein Puls stieg.

»Ich muss davon ausgehen, dass der Einbruch aus dem Ruder gelaufen ist und Sie Madame Durand in der Folge erschlagen haben.«

Socella richtete sich ganz plötzlich im Bett auf, sein Gesicht war aschfahl geworden, der Monitor begann zu piepen.

»Das war ich nicht … Ich habe niemanden ermordet. Das ist doch Wahnsinn. Diese Waffe … ich habe sie von einem ehemaligen Kumpel. Ich sollte sie bei mir verstecken. Und dann ist der Typ nie wieder aufgetaucht. Ich kann Ihnen alles erklären.«

»Sie kennen den Namen und den damaligen Wohnort dieses Mannes?«

Socella nickte schwach und sank ins Bett zurück.

»Wenn das so ist … Dann wird sich ja vielleicht alles aufklären und Sie kommen wegen Unterschlagung eines Beweismittels davon. Benutzen Sie Ihren Kopf, Monsieur Socella. Das ist Ihre Chance, uns zu helfen. Es ist nur eine Frage der Zeit, bis wir alles über Madame Durands Tod wissen.«

Socellas Hände glitten auf der weißen Bettdecke umher, er schien zu überlegen. Schließlich seufzte er schwer.

»Ich habe Madame Durand nichts angetan.«

»Aber Sie waren dort. Sie haben versucht, im Lollo Rosso einen Komplizen zu finden, das wissen wir.«

Socellas Brust hob und senkte sich.

»Ja, es ging um dieses verfluchte Bild. Ich sollte es für Roussel da rausholen. Er hatte mir einen Anteil angeboten, das war eine Menge Geld …«

»Sie waren in dieser Nacht in Simones Haus, haben das Bild von der Wand genommen. Aber dann ist Simone aufgetaucht und hat versucht, Sie zu stellen, und Sie haben sie kaltblütig erschlagen.«

»Nein, *monsieur le commissaire*, das habe ich nicht getan! So ein Mensch bin ich nicht. Ich war dort, ja, ich gebe es zu, ich war in ihrem Haus. Aber ich bin kein Mörder.«

Socella zitterte vor Erregung.

»Die Jungs wollten bei der Sache nicht mitmachen, aber ich hatte von Roussel den Code für die Alarmanlage und einen Schlüssel bekommen. Also wollte ich es alleine durchziehen. Das war einfach zu verlockend und fast kein Risiko. Sie sollte nicht zu Hause sein, Roussel hatte es mir zugesagt. Er sagte, sie habe einen Kundentermin an diesem Tag, sie sollte nicht dort sein!«

Valjean verdrehte die Augen. Diebstahl, Erpressung, Waffenbesitz, und dann Totschlag – Socella schreckte offenbar vor nichts zurück.

»Aber dann war sie doch da. Sie lag dort vor dem Haus. Sie war längst tot, als ich dort ankam. Ich war vollkommen unter Schock. Ich habe die Frau dort liegen sehen, im Negligé, im Mondlicht. Ich bin zu ihr, habe sofort gesehen, dass sie tot war. Und die Tür stand einfach auf. Und ja, ich wollte dieses Bild unbedingt haben, es war wirklich viel Geld … Ich weiß, ich hätte nie … Also bin ich hineingegangen, es war so einfach.« Er hustete, nahm das Glas Wasser vom Tisch und trank.

»Und dann haben Sie das Bild einfach von der Wand genommen?« Vielsagend blickte er Socella an.

»Ja, das wollte ich. Aber es war nicht dort. Da hing ein anderes Bild. Ich hatte ein Foto von Roussel bekommen, ich hatte es auf dem Handy. Das Bild war nicht da, nirgends.«

»Sie behaupten also, dass Simone Durand schon tot war, als Sie eintrafen. Kommen Sie, Socella. Das ist doch Unsinn. Der Richter wird es anerkennen, wenn Sie mit uns zusammenarbeiten.«

»Ich habe die Handtasche an mich genommen und den Schmuck, das gebe ich zu, aber das Bild war nicht dort. Und dann hörte ich ein Auto, dann lautes Geschimpfe von nebenan. Ich hab ein bisschen gewartet, bis alles ruhig war. Aber ich habe Madame Durand nicht getötet, das schwöre ich!«

»Wie kommt es nur, dass ich Ihnen das alles nicht glaube?«, fragte Valjean mit einem spöttischen Unterton.

»Aber dann war da diese Gestalt«, sagte Socella plötzlich. »Jemand ist über das Grundstück gelaufen. Ich dachte sofort, das muss der Mörder sein. Also habe ich die Beine in die Hand genommen und bin aus dem Haus abgehauen, als sie weg war.«

Valjean horchte auf. »Eine Gestalt? Auf dem Grundstück von Madame Durand? Wie hat sie ausgesehen?«

»Keine Ahnung. Normal. Eher dünn. Könnte eine Frau gewesen sein ...«

»Und sie ist über die Wiese gegangen?«

Socella nickte.

Valjean sah ihn schweigend an, bis der Mann die Augen schloss. Dann erhob er sich und öffnete das Fenster, um frische Luft in den stickigen Raum zu lassen. Toscarelli hatte die Gestalt im selben Moment gesehen, als Socella im Haus gewesen war, er hatte dieselbe unbekannte Person über den Rasen gehen sehen.

»Und dann sind Sie zu Roussel gefahren und haben ihn nach dem Bild gefragt?«

»Ja, so war es, aber er sagte, er wisse auch nicht, wo es ist. Ich war fuchsteufelswild. Bin fest davon ausgegangen, dass er es hatte und mich um mein Geld betrügen wollte. Ich dachte, dass er vielleicht sogar die arme Frau auf dem Gewissen hatte und mich in eine Falle locken wollte, damit es so aussah, als wäre ich es gewesen. Er hat mich bedroht und gesagt, er würde die Polizei rufen, wenn ich nicht verschwinde. So ein Typ ist das nämlich, dieser Roussel.«

Socella schloss völlig erschöpft die Augen. Eine Krankenschwester betrat den Raum und betrachtete den Monitor neben seinem Bett, worauf sie Valjean einen auffordernden Blick zuwarf. Also stand er auf und wandte sich zur Tür.

»Gut, das soll für heute reichen. Mein Kollege wird morgen hier sein und Sie zu der Sache mit Ihrem Kumpel und der Pistole befragen.«

Socella blickte ihn aus müden Augen an.

»Ich bin kein Mörder, das können Sie mir glauben«, sagte er noch einmal und sank dann in die Kissen.

»Wir werden sehen. Bis dahin erholen Sie sich gut, es kommt noch einiges auf Sie zu«, meinte Valjean und öffnete die Tür.

*

»Und?«, fragte Amelie, die es sich draußen auf einer Bank mit einem Kaffee aus dem Automaten gemütlich gemacht hatte. Er freute sich, sie zu sehen.

»Ja, ich denke, ich bin jetzt etwas schlauer.«

»Das ist gut. Ich muss immer noch so oft an die arme Simone denken. Wer ihr das nur antun konnte.«

»Ja, wir werden sehen. Du bist bestimmt müde.«

»Du siehst aber auch nicht mehr so ganz taufrisch aus«, gab sie ein wenig schnippisch zurück und strich ihm eine Locke aus der Stirn, ganz unvermittelt. Sanft küsste er sie zur Antwort auf den Mund.

Auf der Rückfahrt schwiegen sie die meiste Zeit. Es war ein angenehmes Schweigen, das Valjean genoss. Die letzten Tage hatten an seinen Kräften gezehrt.

Bald bog er nach Carros ab, fuhr den Hügel hinauf und sah, dass in der Einfahrt vor seinem Haus ein dunkler BMW parkte.

»Oh, das ist Monsieur Douglar«, sagte Amelie sofort, als sie den Wagen sah. »Dann will ich mal nicht länger stören.«

Als Valjean seinen Wagen an der Wiese parkte, hatte Amelie sich bereits abgeschnallt und wollte aussteigen. Er hielt sie zurück, und sie vergrub ihren Kopf an seiner Schulter. Er küsste sie auf ihr duftendes Haar.

»Vielen Dank, dass du mich begleitet hast, es war ein wundervoller Tag«, sagte Valjean.

»Du meinst, ich kann mich als Reiseführerin bewerben?«

»Auf jeden Fall.« Er nahm ihre Hände in seine und blickte ihr tief in die Augen. Sie erwiderte seinen Blick, dann machte sie sich los.

»*Au revoir*. Und grüß deinen Vermieter von mir.«

Er schaute ihr noch einen Moment lang hinterher, wie sie sich allmählich ihrem Haus näherte.

»Monsieur Douglar, schön Sie zu sehen«, sagte Valjean. Sein Vermieter hatte sich bereits auf der Terrasse niedergelassen und genoss ganz offensichtlich die Aussicht.

»Ah, da sind Sie ja. *Bonjour!*«, sagte er und strich sich dabei über seinen grauen Schnurrbart.

»Ich hoffe, Sie warten noch nicht allzu lange. Hätte ich gewusst, dass Sie kommen ...« Valjean setzte sich zu ihm an den Tisch. »Darf ich Ihnen etwas anbieten?«

»Nein, aber ich dachte, wir könnten zusammen nach Le Broc fahren. Ich würde Sie gern zu einer *merenda* einladen, wie man hier sagt. Zu einem kleinen Imbiss.«

Valjean sah auf die Uhr. Eigentlich war er viel zu müde, aber sein Chef klang so begeistert, dass er nicht wagte, sein Angebot auszuschlagen.

»Nun gut ...«

»Kommen Sie«, sagte Douglar sofort und schob ihn sanft vor sich her.

Gemeinsam stiegen sie in Douglars BMW. Und nur wenige Minuten später parkte er unter der Pergola des kleinen Restaurants am Rand von Le Broc, in dem auch Daniel, Socellas Nachbar, arbeitete.

Im Inneren erwartete sie ein eher rustikales Ambiente, ein Kellner bereitete ihnen einen Tisch vor. Als sie sich gesetzt hatten, kam Daniel selbst in weißer Schürze an ihren Tisch.

»Ich habe Sie gerade hereinkommen sehen, Monsieur Douglar.« Dann wandte er sich an Valjean. »Hallo, *Monsieur le commissaire*, ich freue mich Sie wiederzusehen. Was darf ich für Sie beide zaubern?« Er beugte sich zu ihnen vor. »Hier gibt es die feinste Ratatouille von ganz Nizza und Umgebung.«

»Dann werden wir Ihrer Empfehlung wohl folgen, was meinen Sie, Valjean«, sagte Douglar und hob gleichzeitig zwei Finger in Richtung Kellner.

Daniel nickte zufrieden. »Kommt sofort!«

Der Kellner stellte zwei Gläser Rotwein vor ihnen auf den Tisch, und Douglar prostete Valjean zu.

»Auf Sie und Ihre neue Heimat.«

»*Merci*«, sagte Valjean und nippte an dem schweren Bordeaux. *Mon Dieu*, was für ein Wein, dachte er.

»Mein Lieber, ich hoffe, Sie haben sich weiter eingelebt«, eröffnete Douglar das Gespräch.

»Natürlich. Die Stadt ist wunderschön. Ich habe mich gut eingefunden, die Kollegen sind nett, das passt wirklich alles.«

»*Santé!*« Sie prosteten sich erneut zu, und Valjean nahm kleine Schlucke von dem trockenen Wein und ließ ihn genüsslich durch die Kehle laufen.

»Und das Dorf, fühlen Sie sich in Carros wohl?«

Valjean erinnerte sich an die Blicke von Madame Garonde und Madame Desantrange, an Socella, an die Handwerker.

»Nun ja, es ist gar nicht so einfach, wenn man vor Ort ermitteln muss. Sie verstehen?«

Douglar klopfte ihm auf die Schulter. »Sie machen das schon.« Sie plauderten eine Weile angeregt, und Valjean stellte erfreut fest, dass Douglar ganz anders war als sein Chef in Arras, er war jovial, aufgeschlossen und dennoch verbindlich. Sein ehemaliger Vorgesetzter in Arras dagegen hatte eigentlich immer schlechte Laune gehabt, wobei man nie wusste, ob er mehr unter dem feuchten Wetter oder unter seinem Magengeschwür litt. Ja, er war wirklich froh, hier zu sein.

Daniel stellte persönlich zwei Teller mit der besten Ratatouille der Umgebung vor ihnen auf den Tisch.

Valjean beugte sich darüber und roch den Duft von Auberginen, Zwiebeln und Kräutern. Auch sein Chef griff zur Stoffserviette.

Dazu reichte Daniel ein Körbchen gefüllt mit Fougasse, den kleinen provenzalischen Broten in Blatt- oder Herzform. Sein Chef bestellte noch Wein für sie beide, diesmal einen hellen Anjou.

Die Tomaten und Auberginen waren butterweich und

einfach köstlich. Das weiche Fougasse passte hervorragend zum Gericht. Für einen Moment schloss Valjean die Augen, genoss den Anjou. Das Lokal füllte sich, und bald summten die leisen Gespräche um sie herum, und Douglar hob einen Finger, um einen Marc zu ordern.

»Vielen Dank, Monsieur Douglar, das war wirklich eine gute Idee«, sagte Valjean und wischte sich zum Abschluss des Mahls über die Lippen.

»Sie sollen ja das ganze Dorf in Aufruhr versetzt haben mit Ihren Verhörmethoden auf offener Straße, hört man von Madame Garonde?« Douglar zwinkerte ihm zu.

»Nun ja, sie ist ja auch ein harter Brocken.«

Douglars Schnurrbartspitzen zitterten, als er über Valjeans Bemerkung lachte.

»*Mon dieu*, kein Wunder, dass die Handwerker Sie da meiden.«

Valjean seufzte.

»Und Sie können da nichts machen? Ein gutes Wort einlegen?«

»*Pas du tout*, mein Lieber. Ich bezahle nur die Rechnungen. Sie machen das schon.«

Kapitel 11

Der frische Morgen hatte jede Erschöpfung fortgefegt. Zufrieden verließ Valjean das Haus und reckte sich. Die Luft war ungewöhnlich klar, und die Alpenspitzen leuchteten hell in der Ferne. Er nahm das als gutes Zeichen, obwohl die Handwerker auch heute Morgen wieder nicht erschienen waren. Zumindest etwas, worauf man sich bei ihnen verlassen konnte, dachte er und musste schmunzeln.

Seine gute Laune rührte auch daher, dass er sich auf dem Weg zu Amelie befand, mit der er gestern solch einen schönen Tag verbracht hatte. Wer hätte gedacht, dass das Glück in seinem neuen Leben so nahe gelegen hatte.

In der Küche traf er Madame Lefebre an.

»*Bonjour*, Veronique. Darf ich Sie so nennen?«

Sie drehte sich um und erblasste ein wenig. »*Bonjour*. Natürlich, jeder hier nennt mich so. Amelie ist im Stall, wenn Sie sie suchen.«

Ihre Verlegenheit amüsierte ihn ein wenig.

»Kommen Sie morgen wieder zu mir? Meine Küche könnte eine ordnende Hand gebrauchen.«

Veros Wangen wurden von einer leichten Röte überzogen.

»Ja, selbstverständlich. Darum kümmere ich mich doch gerne.«

»*Bon*, das freut mich.«

»Also dann sehe ich Sie morgen«, sagte Veronique und ging zur Tür. Valjean folgte ihr aus der Küche hinaus, um zu

Amelie in den Stall zu gehen. Als er gerade aus der Haustür treten wollte, schoss ein Gedanke durch seinen Kopf. So als hätte er gerade etwas gesehen, was wichtig war. Er drehte sich um und blickte noch einmal in den Flur. Und da sah er, wie Veronique in die auffallend roten Gummistiefel schlüpfte, die Amelie bei ihrer ersten Begegnung im Stall getragen hatte. Er erinnerte sich noch genau, sie darauf angesprochen zu haben. *Sind die neu?*, hatte er gefragt. Und Amelie hatte ihm darauf geantwortet: *Nein, sie sind ein Vierteljahr alt, und es sind nicht die Stiefel auf dem Foto.*

Er konnte förmlich spüren, wie in seinem Kopf ein Zahnrad ins andere griff. Und Amelie hatte gesagt, *sie sind ihr viel zu klein*, als er sie gefragt hatte, ob ihre Freundin diese Stiefel auch trug. Und jetzt sah er vor sich, wie Veronique ganz selbstverständlich in die Gummistiefel schlüpfte, die er schon an Amelies Füßen gesehen hatte. Sie waren ihr nicht zu klein.

»Weiß Amelie davon?«, fragte er Veronique, als er wieder neben ihr stand. Er ging davon aus, dass Amelie ihre Freundin damals einfach hatte schützen wollen. Veronique blickte ihn aus weit geöffneten Augen an.

»Ich weiß nicht, was Sie meinen, Monsieur Valjean.«

»Tragen Sie öfter Amelies Gummistiefel?«

»Nun ja ..., ich ...«

»Sie waren auf Simones Grundstück, in der Nacht ihres Todes. In Amelies Gummistiefeln. Auch wenn Monsieur Toscarelli Sie nicht identifizieren konnte. Sie waren dort, stimmt es?«

Veronique machte ein paar Schritte in die Küche und ließ sich auf einen Stuhl fallen. Sie stützte die Arme auf ihre Beine und ließ den Kopf in die Hände sinken.

»Amelie wollte Sie schützen, aber es liegt einfach auf der

Hand. Sie benutzen ganz selbstverständlich Amelies Gummistiefel, und das haben Sie auch in dieser Nacht getan ...«

»Ja, ich war dort«, unterbrach sie ihn fast trotzig. Sie blickte zu ihm auf.

»Warum haben Sie das die ganze Zeit verschwiegen, Vero? Das belastet Sie, wie Sie sich sicher denken können.«

»Sie haben ja recht, es ist wirklich besser, wenn ich Ihnen endlich alles erzähle. Ich halte das alles sowieso kaum mehr aus.« Sie stieß einen langen Seufzer aus, was ihm zeigte, dass sie dieses drückende Geheimnis schon länger mit sich herumtrug. Er setzte sich ihr gegenüber auf einen Stuhl und faltete die Hände auf der Tischplatte.

»Und ich nehme an, Sie haben auch das Gemälde.« Er hatte nicht vergessen, wie sehr sie sich erschrocken hatte, als sie die Kopie des Bildes zu Gesicht bekommen hatte.

Vero nickte.

Er hatte die Lösung des Rätsels die ganze Zeit direkt vor Augen gehabt. Und er hatte sich blenden lassen, weil diese beiden Frauen so sympathisch waren. Er hatte sich unprofessionell verhalten, und dafür schämte er sich jetzt beinahe. Valjean stöhnte auf.

»Veronique, ich bitte Sie, tun Sie sich selbst einen Gefallen und machen Sie reinen Tisch. Was ist dort am Haus passiert?«

»Ich habe Simone nicht getötet.« Ihr traten die Tränen in die Augen. »Ich wusste, dass Sie das denken würden, aber wer würde so etwas Schreckliches tun? Ich habe Madame Durand sehr gemocht.«

»Und das Bild haben Sie auch nicht mitgenommen?« Valjean blickte Veronique tief in die Augen, in denen die Tränen standen.

»Doch, das Bild habe ich an mich genommen. Aber das

war doch schon zwei Tage vor ihrem Tod. Wie hätte ich denn wissen können, dass so etwas Grausames passiert. Es ist alles entsetzlich schiefgegangen. Es ist so furchtbar.«

Die Tränen liefen ihr die Wangen hinab.

»Warum haben Sie es genommen?«, fragte Valjean mit sanfter Stimme.

Sie sah zum Fenster hinaus und schluchzte.

»Hören Sie, Madame Lefebre, es ist gut, dass Sie mir das alles erzählen.« Er machte eine Pause, ließ Vero ein wenig Zeit. »Simone wollte das Bild verschicken«, sagte er schließlich.

»Ja, das wollte sie. Aber das durfte sie nicht tun. Ich sollte es zum Paketdienst bringen. Aber das habe ich nicht getan. Das konnte ich nicht, es war unmöglich.«

»Also haben Sie es an sich genommen. Wollten Sie Ihre Rente damit aufbessern?«

»Nein, so war es nicht. Es ging mir nicht um das Geld.«

»Aber warum haben Sie es dann behalten?«

Noch immer schwieg Veronique, sie blickte auf den Boden zwischen ihren Füßen. Nervös knetete sie die Hände in ihrem Schoß.

»Wo ist das Bild jetzt?«

Sie sah Valjean nun direkt in die Augen. »Ich konnte das alles doch nicht sagen, Sie hätten mich doch sofort verdächtigt, an ihrem Tod schuld zu sein.«

»Aber Sie sind in dieser Nacht bei ihr gewesen? Was um alles in der Welt haben Sie dort gemacht?«

Eine tiefe Röte breitete sich bis zu ihrem Hals aus. Sie presste die Kiefer zusammen und sagte nach einer Weile:

»Es ist einfach alles schiefgegangen. Ich bin so eine dumme alte Frau. Das alles, es ist so unvorstellbar, Monsieur.« Sie schluchzte. »Ich …, ich war so durcheinander. Als ich das Bild bei mir hatte, kam das schlechte Gewissen. Ich habe noch nie etwas gestohlen, ich verabscheue so etwas. Ich konnte nicht schlafen in jener Nacht, so sehr haben mich die Gedanken gequält. Also wollte ich das Bild zurückbringen. Ich bin einfach losgegangen, ohne lange nachzudenken.«

»Heimlich, in der Nacht. Mit Ihrem Schlüssel?«

»Ich habe mir Amelies Stiefel angezogen, bin über die Wiese gegangen, damit mich niemand sieht.«

»Und dabei sind Sie in die Kamerafalle gelaufen …«

»Als ich dort ankam … es war schockierend … Sie lag einfach da … in all dem Blut. Und ich wusste doch nicht, was ich machen sollte. Ich bin in Panik geraten …« Mit dem Handrücken fuhr sie sich über die feuchten Augen. »Ich wollte nur noch weg.«

»Es ist gut, dass Sie mir das alles erzählen, Veronique. Sagen Sie mir bitte, wo das Gemälde jetzt ist.«

»Ich wollte es zurückbringen, so war es wirklich, aber dann … dann stand ich wieder hier zu Hause und hatte es immer noch. Es tut mir so leid, Monsieur Valjean. Das alles tut mir so entsetzlich leid.«

Valjean legte tröstend eine Hand auf ihre Schulter. Also war es Madame Lefebre gewesen, die Socella gesehen hatte, und Toscarelli hatte recht gehabt, als er zu sehen meinte, dass die Person etwas in der Hand hielt.

»Wo ist das Gemälde, Vero?«, fragte er sanft.

»Es ist in einem Bankschließfach in Nizza«, antwortete Veronique und begann erneut zu schluchzen.

»Gut, dass wir das jetzt wissen, wir kümmern uns darum«, sagte Valjean, dann rief er Ballard an.

»Patrice, bitte schicke eine Streife nach Carros, zum Haus von Madame Chabrol. Madame Lefebre fährt mit den Kollegen nach Nizza, um das verschwundene Gemälde zu holen.«

»Kann ich mich bitte kurz umziehen?«, fragte Madame Lefebre, und ihre Stimme zitterte.

»Gehen Sie nur.«

Als der Streifenwagen auf den Hof fuhr, kam Veronique mit Handtasche und Mantel die Treppe herunter. Gemeinsam gingen sie hinaus, und Valjean nannte den Beamten das Ziel.

Aus den Augenwinkeln sah er Madame Desantrange, die auf dem Fahrrad den Weg entlangfuhr und die Szene neugierig beobachtete.

Noch bevor der Streifenwagen sich auf den Weg machte, bemerkte er, wie Amelie aus dem Stall kam. Sie ließ die Heugabel fallen und rannte auf ihn zu.

»Georges! Was ist hier los?«

Atemlos blieb sie neben ihm stehen.

Er sah dem Wagen nach. »Nun, deine Freundin hat gerade eingewilligt, etwas zu holen, das wir schon längere Zeit suchen.«

»Was?« Amelies Mund stand weit auf. »Geht es etwa um dieses Gemälde?«

»Ich habe sie dabei beobachtet, wie sie deine Gummistiefel angezogen hat.«

»Du meinst …?« Hilflos ließ Amelie die Arme hängen. Offenbar hatte sie verstanden, worum es ging. »Es tut mir leid.«

»Schon gut, du wolltest sie schützen.«

»Ich meine, es tut mir für Vero leid. Warum hat sie das nur getan?«

»Wenn ich das nur wüsste«, sagte Valjean und machte sich mit einem Kopfschütteln mit ihr auf den Weg zurück zum Haus.

*

Der Schotter knirschte, als Hugo Martin auf Amelies Hof fuhr. Er sah, dass Valjeans Leihwagen nicht in der Einfahrt stand. Das war gut. Er wollte ungestört mit Amelie reden. Sie hatte ihn ganz aufgeregt angerufen. Er hatte nicht alles verstanden, was sie ihm über Veronique erzählt hatte, aber er war sofort losgefahren.

In der Küche lief bereits die Kaffeemaschine. Zwei Tassen standen auf dem Tisch.

»Hugo, gut, dass du da bist, setz dich.«

Der Kaffee war heiß und stark, so wie er ihn mochte.

»Ist das alles wirklich wahr, was du mir da erzählt hast?«

Amelie seufzte und drehte ihre Tasse zwischen den Händen. »Ja. Valjean sagt, Veronique hätte das Bild gestohlen. Sie wäre in meinen Gummistiefeln auf Simones Grundstück gewesen.«

»Ich kann es kaum glauben.«

»Aber es erklärt natürlich, warum Vero in letzter Zeit so niedergeschlagen war.«

»Wie kommt sie auf diese verrückte Idee? Glaubt Valjean, dass sie Simone getötet hat?«

»Was soll er schon glauben? Sie hat es bestritten, meint er, aber … Warum hat sie dieses Bild überhaupt gestohlen, Hugo? Ich verstehe das alles nicht. Das passt doch nicht zu unserer Vero. Sie ist doch keine Diebin.«

»Wusstest du, dass das Bild sehr wertvoll ist? Auf der Rückseite befindet sich eine Zeichnung, die sehr wahrscheinlich von Matisse gemalt wurde«, sagte Martin.

»Mein Gott. Wirklich?« Amelie schlug sich die Hand vor den Mund. »Ob sie Geld gebraucht hat? Dann müssen wir ihr helfen, Hugo!« Amelie sprang vom Stuhl auf. »Komm mit«, sagte sie dann und zog ihn mit sich die Treppe hinauf.

Sie betraten Veros spärlich eingerichtetes Zimmer, das

penibel aufgeräumt war. An der Wand hingen als einziger Schmuck ein Bild von Nizzas Leuchtturm und ein Druck mit bunten Blumen. Die farbigen Vorhänge blähten sich im leichten Wind, und ein Duft von Lavendel strömte aus dem Wäscheschrank, als Martin ihn öffnete. Er fragte sich, wonach sie hier eigentlich suchten. Sie sahen sich an, zögerten. Er ahnte, was Amelie durch den Kopf ging, denn er fühlte sich auch nicht wohl dabei, das Zimmer einer lieben Freundin zu durchsuchen. Doch er war weniger befangen als Amelie und so begann er damit, die Schubladen einer Kommode aus Kastanienholz aufzuziehen. In der ersten lagen ein abgelaufener Reisepass, die Geburtsurkunde ihres Sohnes, ein Schmuckkästchen und ein altes Fotoalbum.

»Ich finde nichts, was uns irgendwie weiterhelfen würde«, sagte er mit einem enttäuschten Seufzer und schloss die obere Schublade. Doch sie klemmte. Irgendetwas im Innern schien sie zu blockieren. Er beugte sich vor und kniff die Augen zusammen.

»*Zut!*«, rutschte es ihm heraus.

Lächelnd hielt er Amelie ein altes Schwarz-Weiß-Foto vor die Nase.

»Hier, das muss aus dem Fotoalbum gerutscht sein, als ich die Schublade schließen wollte. Der Kerl da kommt mir verdammt bekannt vor.«

Amelie nahm das Bild in die Hand und runzelte die Stirn. »Wer soll das sein?«, fragte sie.

Martin holte sein Handy hervor und zeigte ihr das Foto eines Gemäldes. Amelie stieß einen leisen Schrei aus.

»Nein! Das ist ja der Mann auf dem Foto!«

Martin nickte.

»Nicht wahr? Die Stirn, die lange Nase, die hübschen Augen.«

»Aber ... aber warum?«

Amelie blickte Martin fassungslos an.

»Vero hat definitiv ein Geheimnis. Es geht hier nicht um Geld. Es muss einen anderen Grund dafür geben, dass sie dieses Gemälde an sich genommen hat«, sagte er.

Dann wählte er eine Nummer auf seinem Handy und führte ein kurzes Gespräch. »Wir müssen sie finden, bevor sie sich in noch größere Schwierigkeiten bringt. Kommst du mit?«, fragte Martin, als er das Telefonat beendet hatte.

*

Ballard kritzelte gerade eine Notiz auf ein Blatt in einer Akte, als Valjean hereinkam.

»*Bonjour*, Georges. Da war ja schon ganz schön was los bei dir in Carros.«

Valjean nickte und ließ sich in seinen Bürostuhl fallen.

»Das ist alles ziemlich seltsam. Dass Madame Lefebre etwas damit zu tun hat, damit habe ich nun wirklich nicht gerechnet. Unterschlägt die alte Dame doch einfach dieses Gemälde, aus welchen Gründen auch immer.«

»Hat sie nichts dazu gesagt?« Ballard kratzte sich am Kopf.

»Sie hat über ihre Motive geschwiegen wie ein Grab. Kannst du ihren Hintergrund ein wenig durchleuchten? Familie, ihre finanzielle Situation, du weißt schon ...«

Plötzlich klingelte das Telefon. Sofort hob er ab.

»Kommissar Valjean hier.«

Am anderen Ende der Leitung meldete sich ein kleinlauter Polizeibeamter.

»Sie ist *was*?«, rief Valjean und spürte, wie sein Herz pochte. Ballard sah auf.

»Madame Lefebre ist nicht mehr dort«, sagte der Beamte.

»Das darf ja wohl nicht wahr sein!«, antwortete Valjean mit erhobener Stimme. »Sie haben sie nicht begleitet?«

Er meinte den geknickten Gesichtsausdruck des Beamten vor sich zu sehen.

»Doch, bis in die Halle«, sagte der Mann. »Ich habe dort gewartet. Sie haben ja nichts davon gesagt, dass ich sie bis zum Schließfach begleiten sollte.«

»Und dann war sie einfach weg?«

»So ist es wohl. Sie muss einen Seitenausgang genommen haben«, erwiderte der Beamte zerknirscht.

»*Merde!*«

Valjean beendete das Gespräch und fuhr sich durch die Haare.

»Die Putzfrau ist mit dem Bild auf und davon!«

»Fahndung?«, fragte Ballard nur.

*

Amelie zögerte nicht einen Moment und folgte Hugo Martin zu seinem Auto. Ihr Herz klopfte heftig, als sie die Beifahrertür des Wagens zuzog. Sie wusste nicht, was er vorhatte, doch sie würde ihn bei allem unterstützen, was Vero irgendwie helfen konnte.

Hugo Martin fuhr vom Hof und den Hügel hinunter Richtung Le Broc. Das Dorf war klein und lag vergessen am Rand des Berghanges. Amelie wusste, dass die Straße, auf die er nun abbog, zu weiteren kleinen, ebenso vergessenen Dörfern im Hinterland führte. Dörfer, in die sich nicht einmal die Touristen verirrten. Die Gegend war wild und karg, die Straße führte über enge Brücken und an Felshängen entlang. Auf dem Grund der engen Täler schlängelten sich schmale Bachläufe entlang, die im Moment nur ausgetrocknete Rinnsale waren, hier und dort grasten Ziegen. Plötzlich verstand sie, wohin er fuhr.

Hugo Martin betätigte den Klingelknopf, während Amelie das Kinderfahrrad betrachtete, das halb auf der Straße lag. Sie waren vor dem kleinen Häuschen angekommen, in dem Veronique nach dem Tod ihres Mannes mit ihrem Sohn gewohnt hatte. Ihr Sohn war dort wohnen geblieben und hatte jetzt selbst schon Kinder. Das Gebäude fügte sich in eine Reihe von hellen Bruchsteinhäusern. Blumentöpfe mit Kräutern standen auf einer Bank, eine Stockrose blühte in sattem Dunkelrot. Bézaudun-les-Alpes war nur ein kleines Dorf, wo die Kinder mit dem Rad noch auf den Straßen fahren konnten. Als sie sich umdrehte, war sie erstaunt, welch großartige Aussicht auf die Berge man von hier aus hatte. Es musste schön sein für Kinder an diesem Ort. Eine Frau öffnete ihnen, und sie traten in das schlichte Haus ein.

»Danke, dass wir kommen durften«, sagte Hugo Martin und stellte Amelie vor. »Das ist Constance Lefebre, Veros Schwiegertochter.« Die junge Frau nahm ihre randlose Brille ab und führte sie in die gemütliche Küche, die mit schlichten hellen Holzmöbeln ausgestattet war. Auch von hier aus hatte man diesen fantastischen Blick auf die fernen Berge.

»Möchten Sie einen Kaffee? Oder etwas anderes?«

»Vielen Dank, aber wir möchten wirklich nicht lange stören«, sagte Martin sofort und auch Amelie schüttelte den Kopf.

»Ich habe schon sehr viel von Ihnen gehört«, sagte Constance. »Es ist schön für Vero, dass sie so gute Freunde hat. Mein Mann Jerome ist leider noch nicht da, aber vielleicht kann ich Ihnen ja helfen. Es geht um ein Foto meiner Schwiegermutter?«

»Ja. Wir würden gerne wissen, ob Sie den Mann auf diesem Foto kennen.«

Martin zeigte ihr die Fotografie aus Veros Fotoalbum. Doch die Frau strich sich eine dunkle Strähne aus der Stirn und schüttelte den Kopf.

»Tut mir leid. Den kenne ich nicht. Ich kann das Bild abfotografieren und meinen Mann fragen, wenn er kommt.« Ein kleines Mädchen kam herein und quetschte sich scheu auf den Schoß ihrer Mutter, die sie aufs Haar küsste.

»Das Bild stammt aus den Sechzigerjahren. Wissen Sie, wo Veronique zu der Zeit gelebt hat? Schon hier im Dorf?«

»Da muss sie so um die zwanzig gewesen sein, oder? Sie hat damals unten in der Stadt gelebt, soweit ich weiß. Nach der Heirat ist sie nach Carros gezogen und nach dem Tod ihres Mannes hierher.« Sie wies auf die Mauern um sich herum. »Sie konnte dieses Haus von seiner Lebensversicherung kaufen, und Jerome hat es nach und nach renoviert, obwohl er damals noch keine achtzehn war«, sagte sie stolz.

»Hat sie Ihnen etwas aus der Zeit vor ihrer Ehe erzählt, als sie noch in Nizza gelebt hat?«

Constances Gesicht verzog sich zu einem breiten Grinsen.

»Sie hat mir mal erzählt, dass sie damals ein wildes Leben geführt hat.« Constance Lefebre lächelte. »So hat sie es jedenfalls ausgedrückt. Was auch immer das bedeuten mag.«

Amelie und Martin blickten sich an.

»Mein Schwiegervater hat mir erzählt«, fuhr Constance fort, »dass sie eine schwere Zeit hinter sich hatte, als er sie kennenlernte. Er sagte, es sei nicht leicht gewesen, mit ihr darüber zu sprechen, obwohl er es oft versucht habe. Aber als dann ihr Sohn geboren war, ging es ihr allmählich wieder besser. Und den Enkeln ist sie eine wunderbare Oma.«

»Es ist eine ziemlich verrückte Geschichte«, sagte Martin,

»aber Vero ist in den Besitz eines Gemäldes gelangt, auf dem dieser junge Mann zu sehen ist, den ich Ihnen eben gezeigt habe. Und wir fragen uns natürlich, wer das gewesen sein könnte. Er muss eine wichtige Rolle in ihrem Leben gespielt haben.«

»Ein Gemälde?«

»Ja, wie gesagt, wir können uns das alles auch noch nicht wirklich erklären, deshalb sind wir hier.«

»Verstehe ... Es tut mir leid, dass ich dazu nichts sagen kann. Wie gesagt, vielleicht weiß mein Mann mehr darüber.«

Martin stand auf, und Amelie tat es ihm gleich.

»Wir danken Ihnen, dass Sie sich Zeit genommen haben«, sagte Amelie und schüttelte Constance Lefebre die Hand.

»Das habe ich doch gerne gemacht. Vielleicht besuchen Sie uns irgendwann einmal, es wird höchste Zeit, dass wir uns besser kennenlernen, meine ich. Schließlich sind Sie ja fast so etwas wie Familie für Vero.«

Martin lächelte. »Gern. Aber dann bringen wir Vero mit.«

An der Haustür winkte das kleine Mädchen und sah ihnen nach. Sie hupten kurz zum Abschied.

»Du hast recht, dieser Mann muss ihr wichtig gewesen sein. Sonst hätte Vero das Bild niemals an sich genommen.« Amelie sah Martin an, als sie wieder im Auto saßen.

»Ja, es ging ihr nicht um das Geld, da bin ich mir auch sicher.«

»Vero hat das Bild bei Simone gesehen und den jungen Mann wiedererkannt«, sagte Amelie. »Als es gemalt wurde, war sie noch keine zwanzig, steckte vielleicht mitten in dem wilden Leben dort unten, Alkohol und Partys, Schauspielern und viele attraktive Männer. Wahrscheinlich war sie in ihn verliebt. Viele junge Leute haben sich damals ein wenig Geld dazuverdient, indem sie Modell standen.«

»Und dann sieht sie dieses Gemälde, unglaubliche fünfzig Jahre später! Das muss ein regelrechter Schock gewesen sein.«

»Du hast recht«, sagte sie leise. »Und dann wollte Simone es einfach weggeben.«

»Das hat sie nicht verkraftet.«

Martin fuhr vorsichtig durch eine steile Kurve, die um den Felsen herumführte. Amelie stieß die Luft aus und lehnte sich an die Kopfstütze.

»Ich hätte es wissen müssen, Hugo. Ich hätte anders mit Veros Traurigkeit umgehen müssen. Wenn ich aufmerksamer gewesen wäre, hätte sie mir vielleicht alles erzählt. Dann wäre all dies nicht geschehen.«

»Du weißt doch, wie sie ist. Du tust so viel für sie, sie ist glücklich bei dir. Da wollte sie dich nicht mit ihren Sorgen belasten.«

»Aber dafür sind Freunde doch da.«

»Und deshalb werden wir ihr auch helfen.«

Er klopfte ihr leicht aufs Knie.

»Ja, das werden wir.«

Plötzlich klingelte Amelies Handy. Sie schaute auf das Display.

»Es ist Valjean!«, sagte sie. »Was sollen wir jetzt machen?«

*

»Ihr wisst also, wo Veronique ist?«, fragte Valjean Amelie. Sie saß neben ihm in seinem Auto und Martin auf der Rückbank.

Vor einer Stunde etwa hatte er die beiden angerufen, während Ballard damit beschäftigt gewesen war, die Fahndung nach Vero zu koordinieren. Amelie hatte ihm sofort erzählt, dass sie mit Martin unterwegs war. Auch sie wollten ihre Freundin unbedingt finden. Er hatte sie aufgefordert, zu ihm ins Kommissariat zu kommen, um die Suche gemeinsam fortzusetzen.

Das, was die beiden ihm da erzählt hatten, war eine seltsame Theorie. Sie vermuteten, dass Veronique auf den Spuren ihrer Vergangenheit wandelte, nachdem sie aus der Bankfiliale verschwunden war, die nicht weit vom Bahnhof entfernt lag.

»Wie wollen wir sie finden?«, fragte er jetzt.

»Na, wir suchen dort, wo Vero sich wohl meist aufgehalten hat, als sie eine verliebte junge Frau war und ihr wildes Leben gelebt hat. Am Hafen vielleicht …«, sagte Amelie.

»Sie kann überall sein«, wendete Valjean ein.

»Sicher wird sie einen Ort aufsuchen, der ihr etwas bedeutet, wo sie zusammen glücklich waren vielleicht. Wo Verliebte sich treffen …«

»Der Leuchtturm«, sagte Amelie plötzlich.

»Ja, aber natürlich. Das Bild … in ihrem Zimmer?«

»Welches Bild denn jetzt schon wieder?«, fragte Valjean.

»Ihr Zimmer ist sehr schlicht eingerichtet, aber da hing dieser Druck vom Leuchtturm hier in Nizza. Es muss eine wichtige Erinnerung für sie gewesen sein – genauso wie das Gemälde mit dem jungen Mann.«

»Fahr weiter, Georges«, sagte Amelie sofort. »Lass uns direkt zum Parkplatz am Leuchtturm fahren. Es ist auf alle Fälle einen Versuch wert.«

Bald waren sie am Hafen, fuhren vorbei an den stattlichen Gebäuden, die das Hafenbecken säumten, und sahen die Jachten dort liegen, die Valjean und Amelie erst vor so kurzer Zeit bewundert hatten. Dann bog er links auf den Parkplatz Le Phare ab, wo sie den Wagen abstellten. Sofort stiegen sie aus und gingen über den Parkplatz Richtung Meer, wo schon bald der lange Kai zu sehen war, der hinaus zum

Leuchtturm von Nizza führte. Ein paar wenige Menschen gingen dort gemächlich entlang.

»Da!«, rief Amelie plötzlich. »Da ist sie!« Sie lief das letzte Stück bis zum Beginn des langen Weges, der zum Leuchtturm hinausführte, und erreichte Vero als Erste, die sich dort auf eine Bank gesetzt hatte und auf das Meer hinausblickte.

Valjean, der Amelie mit Martin folgte, sah, dass Amelie sich neben die kleine, schmale Gestalt setzte und ihren Arm um Veros Schulter legte, wie ihr Haar sich im leichten Wind bewegte, der vom Meer her kam. Über den Köpfen der beiden Frauen zogen am Himmel allmählich dunkle Wolken auf.

Veronique zitterte am ganzen Körper, und Amelie ließ sie nicht los, als hätte sie Angst, dass sie sonst völlig zusammenbrechen könnte.

»Veronique, was machen Sie denn für Dummheiten?«, fragte Valjean behutsam und beobachtete, wie Martin ihr seine Jacke um die Schultern legte.

»Ach, Monsieur Valjean, es tut mir so leid«, sagte Veronique und mied seinen Blick. Sie hielt eine Tasche eng an sich gepresst.

»Haben Sie das Bild?«, fragte er.

Vero nickte, doch sie ließ die Tasche nicht los.

»Du kennst den Mann auf dem Bild sehr gut, habe ich recht?«, fragte Martin Vero, die zu ihm aufblickte. »So gut, dass du das Gemälde gern bei dir haben wolltest.«

Valjean sagte nichts, hörte einfach nur aufmerksam zu.

»Ja, so ist es, Hugo.« Veronique sprach ganz leise. »Dieser Mann hier, auf dem Gemälde, das ist René, mein erster Mann.«

»Du warst schon einmal verheiratet, bevor du nach Carros kamst?«, fragte Amelie erstaunt.

»Ja, aber ich habe nie darüber gesprochen. Nicht einmal

mein Sohn weiß davon. Es spielte keine Rolle mehr, nach dem, was … was dann passiert ist.«

Amelie lächelte ihrer Freundin ermutigend zu.

»René war ein wunderbarer Mensch, charmant und großzügig. Wir lernten uns auf einem Fest kennen. Es wurde so viel gefeiert in dieser Zeit, es war einfach großartig! Unter den Lampions haben wir uns geküsst, und seitdem waren wir nie mehr getrennt. Und wir wollten sofort heiraten, wir hatten keinen Zweifel an unserer Liebe. Nur zwei Monate hat es gedauert, und wir waren Mann und Frau. René verdiente nicht viel, aber das hat uns nie gestört. Er war Kellner in einer dieser neuen Bars, die damals überall entstanden, wo die Stars hinkamen und die reichen Leute. Ich war ständig eifersüchtig, denn er war umgeben von schönen Frauen. Aber es war eine wundervolle Zeit. Er war so sanft und aufmerksam. Es war wie ein Rausch. Aber ich … ich war so … besitzergreifend. So dumm!«

Vero presste die Lippen zusammen und sah aufs Meer hinaus.

»Wann entstand das Bild?«, fragte Valjean.

»Vier Monate nach der Hochzeit. Der Maler sprach uns an, dort drüben auf der Promenade. Er wollte ihn unbedingt malen. René hat sogar ein paar Francs dafür bekommen.«

Und dann sahen sie, wie Vero plötzlich die Tränen in die Augen traten.

»Ach, Vero, was ist geschehen, hat die Liebe nicht gehalten?«

»Wenn es nur das gewesen wäre, aber … ach, es war alles so schrecklich damals. Und es war alles meine Schuld.«

Sie senkte den Kopf, Tränen liefen ihr über das Gesicht. Amelie reichte ihr ein Taschentuch, und schluchzend fuhr Veronique fort.

»Ich habe diesen Mann über alles geliebt, wahrscheinlich habe ich nie wieder so geliebt wie damals. Doch dann, eines Tages endete alles. Ich habe das nie verwunden. Nach all den Jahren nicht, wie ihr seht.«

»Was ist geschehen?«, fragte Valjean.

»Eine junge Frau hatte ihm angeboten, ihn in ihrem teuren Wagen mit nach Toulon zu nehmen, wo seine Eltern lebten. Er hat die Chance sofort ergriffen. Aber ich … ich war so dumm, so unglaublich töricht. Ich habe etwas anderes darin gesehen, ich war so unglaublich eifersüchtig. Als er abends zurückkam, hatten wir Streit. Es fühlte sich für mich an wie ein Verrat. Am nächsten Tag verfolgten mich ununterbrochen meine dunklen Gedanken. Als ich das alles nicht mehr aushielt, bin ich in die Bar gegangen, wo er arbeitete. Ich war außer mir vor Eifersucht. Die Bar lag am Hafen, es war ein stürmischer Tag im Oktober, ich werde es nie vergessen. Er hatte bereits Feierabend und räumte die letzten Tische ab. Die letzten Gäste waren noch dort, und ich habe ihn vor aller Augen zur Rede gestellt.«

»Und es wurde ein heftiger Streit?«, fragte Amelie ihre Freundin.

»Nein, er hat nichts gesagt, ist einfach gegangen. Es war das letzte Mal, dass ich ihn lebend gesehen habe. Er ist an Bord der Jacht dieser jungen Frau gegangen. Aus Trotz, nur weil ich so eifersüchtig war. Und dann legten die beiden gemeinsam mit dem Boot ab. Aber der Sturm war immer stärker geworden, und die Jacht zerschellte an den Klippen von Cap Camarat. Die junge Frau hatte sich an Land retten können, während für René jede Hilfe zu spät kam. Seine Leiche hat man nie gefunden.«

Alle waren verstummt.

»Das ist ja schrecklich, Vero«, sagte Amelie, die ihre leise weinende Freundin in den Arm nahm. »Und dann hast du ihn dort bei Simone wiedergesehen, deinen René.«

Veronique nickte unter Tränen.

»Ja. Eines Tages hing dieses Gemälde dort. Das musste ein Wink des Schicksals sein, er war zu mir zurückgekehrt. Ich konnte es kaum fassen. Ich habe mit ihm gesprochen, wenn ich dort putzte. Habe ihm all mein Leid anvertraut. Habe gehofft, dass er mir vergeben hatte.«

»Und dann wollte Simone das Bild verschicken. Ja, sie hat Sie sogar damit beauftragt.« Valjean sah sie mitfühlend an. Er konnte sich nur zu gut vorstellen, wie ihr zumute gewesen sein musste.

»Ja. Aber das konnte ich nicht. Und da habe ich es einfach mit nach Hause genommen.«

Valjean setzte sich neben sie auf die Bank.

»Alles hat seine Zeit«, murmelte Martin gedankenverloren und wiegte den Kopf.

Was für eine unglaubliche Geschichte!, dachte Valjean. Fünfzig Jahre lang hatte Vero dieses Geheimnis mit sich herumgetragen. Er betrachtete die Frau neben ihm, die auf das Meer hinausschaute und langsam nickte, als wollte sie Martins Worten zustimmen.

»Kommen Sie, Madame Lefebre«, sagte Valjean. »Es wird Zeit, wir fahren nach Hause.«

»Ich ... ich würde gerne noch einmal zum Leuchtturm hinausgehen.« Veronique deutete zu dem schlanken Turm hinüber, der dort draußen stand. Am Himmel darüber waren in weiter Ferne die ersten Blitze zu sehen. »Es war unser Ort. So oft haben wir dort gesessen, von einer gemeinsamen Zukunft geträumt und weit hinausgeschaut, dorthin, wo das Meer auf den Horizont trifft. Ich möchte noch ein letztes Mal mit ihm dort sein ...«

Es würden schwere Zeiten auf Madame Lefebre zukommen, dachte Valjean sofort. Sie konnte durchaus etwas mit dem Mord an Madame Durand zu tun haben. Vielleicht war sie ja doch von ihrer Arbeitgeberin überrascht worden. Sie musste sich darauf gefasst machen, dass ihr weitere Ermittlungen bevorstanden. Er wollte ihr daher ihren Wunsch nicht abschlagen, noch einmal an dem Ort zu stehen, wo all das seinen Anfang genommen hatte.

Und so gingen sie gemeinsam schweigend den langen mit Bruchsteinen gepflasterten Weg zum Leuchtturm entlang, der weit ins Meer hinausführte. Veronique hielt die Tasche mit dem Bildnis ihres ersten Mannes fest an die Brust gepresst.

Die Wellen hämmerten im zunehmenden Wind gegen die Wellenbrecher aus Beton zu ihrer Rechten. Das Licht wurde allmählich fahler, und erster Regen begann zu fallen. Dann erreichten sie das Ende des Kais. Sie blieben stehen und gaben Vero ein wenig Raum, um kurz allein zu sein mit ihren Gedanken an das, was vor langer Zeit geschehen war.

Zu spät sah Valjean, dass sie das Gemälde aus der Tasche holte. Sie machte ein paar Schritte nach vorn und küsste das Bild ihres geliebten Mannes. Dann schleuderte sie es in hohem Bogen weit auf das Meer hinaus.

»Nein!«, rief Valjean und stürmte auf sie zu. »Das dürfen Sie nicht …!«

Und sie sahen, wie das Gemälde kurz wie ein trockenes Blatt im Wind flatterte und dann ins Wasser trudelte, wo es noch ein Stück von den Wellen hinausgetragen wurde, bevor es allmählich im Meer versank.

*

Valjean hängte seine Jacke an den Haken. Er war noch einmal hinauf ins Büro gegangen, obwohl es schon spät war und Ballard längst zu Hause. Amelie hatte der völlig erschöpften Madame Lefebre ins Auto von Hugo Martin geholfen, und sie hatten sich gemeinsam auf den Weg zurück nach Carros gemacht.

Valjean musste noch einmal seine Gedanken ordnen, nach allem, was dort draußen am Leuchtturm geschehen war. Von seinem Bürostuhl aus beobachtete er, wie sich auf dem Boden allmählich eine kleine Pfütze bildete, denn es tropfte von der Jacke, die völlig durchnässt vom Regen war. Ununterbrochen war er dort draußen am Leuchtturm auf dem Weg zurück zum Auto auf sie heruntergeprasselt. Nicht nur Madame Lefebre war völlig erschöpft gewesen, als sie endlich beim Auto waren.

Hugo Martin hatte wie erstarrt neben ihm gesessen, er hatte kein Wort mehr gesprochen, seitdem das Bild im Meer versunken und von der Strömung jetzt wahrscheinlich schon weit hinausgezogen worden war. Es schien, als könnte der Antiquitätenhändler es kaum fassen, dass jemand in der Lage war, einfach eine Skizze von Matisse ins Meer zu schleudern.

Valjean fühlte ein hysterisches Lachen in sich aufsteigen. Wenn ihm jemand in Arras erzählt hätte, was ihn hier in diesem winzigen Dorf erwarten würde, er hätte ihn einfach für verrückt erklärt.

Da hatte die alte Dame ihrem ersten Mann und Geliebten wahrlich einen würdigen Abschied bereitet. Das Bildnis des Ertrunkenen war ihm einfach in die Fluten nachgefolgt. Für Vero wahrscheinlich eine gelungene Aufarbeitung eines alten Traumas, für die Kunstwelt ein Verlust von erheblichem Ausmaß.

Er seufzte. Wer hätte so etwas auch vorhersehen können? Es war einfach zu schnell gegangen, und er hatte es nicht verhindern können.

»Es bricht mir das Herz«, hatte Martin nur gemurmelt, ohne dass die Frauen auf der Rückbank es hören konnten. »Und ich habe ihr erst neulich gesagt, dass die Kunst für den Menschen da sein sollte, und nicht umgekehrt. Das hat sie wohl ein wenig zu wörtlich genommen.«

Und dann war Veros Stimme hinter ihm erklungen.

»Was passiert jetzt mit mir?«, hatte sie in die Stille hinein gefragt, und er hatte ihren besorgten Blick im Rückspiegel gesehen.

Ja, in der Tat, was passiert jetzt mit ihr, dachte Valjean, während sein Blick über den Schreibtisch wanderte.

Hatte sie wirklich nur das Bild unterschlagen und schließlich zerstört, oder war dort in der Villa noch etwas anderes vorgefallen, was zum Tod von Simone Durand geführt hatte?

Wie schön wäre es doch, wenn er sich über all dies keine Gedanken machen müsste. Wenn er einfach hinter den dreien herfahren, das alles wie einen dummen Irrtum behandeln und mit ihnen herzlich darüber lachen dürfte.

Wenn er Amelie an der Hand nehmen und mit ihr die Sterne über Carros betrachten könnte. Einen Moment lang gestand er sich zu, dass seine Gedanken abschweiften zu dem schönen Tag auf dem Schlossberg, von dem aus sie auf den Kai hinuntergeblickt hatten, der zum Leuchtturm hinausführte. Er dachte an die Fahrt dorthin, wie sie sich über das Dorf und seine Bewohner unterhalten hatten und über Amelies Stand auf dem Wochenmarkt, wo Madame Garonde und Robert Durand sie besuchten. Hatte er wirklich gesagt, dass er sie dorthin begleiten wollte? Valjean musste unwillkürlich schmunzeln, als er sich sah, wie er Käse in weißes Papier verpackte und es an Touristen und die Einwohner von Nizza weiterreichte.

Sein Blick blieb an den Akten zum Fall hängen, die auf dem Tisch lagen, und schlagartig kehrte er in die Realität zurück.

Er schlug die oberste Akte auf und blickte auf das Foto aus einer Verkehrskamera. Robert Durand am Steuer seines Wagens. Er blickte nach unten und …

Robert Durand …, der bei Amelie auf dem Wochenmarkt gewesen war und … »Er wollte wissen, ob ich vielleicht wüsste, was es Neues zu dem Bild gäbe«, hatte Amelie gesagt. Er hatte sie nach dem Gemälde gefragt. Was, wenn er mehr über dessen Rückseite gewusst hatte, als sie bisher angenommen hatten?, schoss es ihm durch den Kopf. Aber Robert Durand hatte ein absolut wasserdichtes Alibi.

Noch einmal betrachtete er das Foto vor sich auf dem Tisch. Man sah die dunklen Haare des Mannes und … ja, was sah man eigentlich noch?

Was, wenn der Mann auf diesem unscharfen Foto gar nicht Robert Durand war? Wenn ein Fremder auf dem Weg von Nizza nach Monte Carlo in Durands Auto gesessen hatte?

Valjean öffnete die Liste mit Durands Telefonkontakten und betrachtete sie auf dem Monitor.

Nach einer Viertelstunde hatte er die Nummern zusammengestellt, die mit einer gewissen Regelmäßigkeit auftauchten, sodass es sich dabei um Nummern von Freunden handeln konnte. Seine Hände wurden feucht, als er es bei der ersten Nummer probierte. Ein Geigenbauer meldete sich und erklärte ihm, dass er regelmäßig für Durand gearbeitet hatte. Die zweite Nummer war die private Handynummer von Durands Steuerberater.

»Hallo, Pierre Bonneur am Apparat?«, meldete sich schließlich eine Stimme unter der dritten Nummer.

»Mein Name ist Georges Valjean von der Polizei Nizza. Sind Sie mit Robert Durand bekannt?«

»Äh, ja. Ist ihm etwas zugestoßen?«

»Nein, machen Sie sich keine Sorgen. Er hat mir nur erzählt, dass Sie beide gut befreundet sind.«

»Ja, das stimmt wohl. Wir spielen in einer Band zusammen, den Frères Nissart.«

Noch während Bonneur weitersprach, gab er den Namen der Band in das Suchfeld seines Browsers ein. Als er das Tourneefoto der Band sah, wusste er sofort, dass seine Idee richtig gewesen war. Dort stand Bonneur am Mikrofon, während Robert Durand nur undeutlich am Klavier zu sehen war. Die beiden Männer sahen sich verblüffend ähnlich – die gleiche Haarfarbe, derselbe Haarschnitt. Nur die etwas markantere Mund- und Kinnpartie wich von Durands Gesichtszügen ab.

»Wir ermitteln in einem Mordfall«, sagte Valjean.

»Einem Mordfall?« Durchs Telefon hindurch hörte Valjean das Entsetzen in der Stimme des Mannes. »Hat Robert etwas damit zu tun?«

»Ich habe nur eine kurze Frage an Sie, eine kurze Antwort genügt mir.«

Er hörte, wie Bonneur tief durch die Nase einatmete.

»Saßen Sie am Steuer des Autos von Monsieur Robert Durand, als dieses auf der Straße von Nizza nach Monte Carlo in der Nacht des 5. Mai geblitzt wurde? Und zwar genau um 23.37 Uhr?«

»Hm, ja, korrekt, das war ich«, antwortete Bonneur, ohne zu überlegen.

»Hat Robert Durand Sie darum gebeten, sich dort blitzen zu lassen?«

Bonneur schwieg.

»Denken Sie daran, wir ermitteln hier in einem Mordfall.«

»Ich könnte jetzt lügen und Ihnen erzählen, dass ich mir sein Auto ausgeliehen habe«, sagte Durands Freund nach einer Weile, »aber das wäre wahrscheinlich nicht schlau. Ja, er hat mich darum gebeten. Ich sollte mich blitzen lassen. Er hat mir die genaue Zeit genannt.«

Durands Alibi fiel hier gerade in sich zusammen wie ein Kartenhaus. Valjean spürte, wie das Adrenalin durch seine Adern strömte.

»Was hat er Ihnen erzählt?«

»Er sagte mir, es ginge um seine Freundin. Ich wusste, dass er da was mit einer anderen Frau hatte. Seine Freundin sollte nichts davon erfahren, er wollte ihr beweisen können, dass er ganz woanders unterwegs war, dass er zum Casino wollte. Von seiner Zockerei wusste sie nämlich. Das fand sie auch nicht gut, aber immer noch besser, als dass er fremdging.«

Die Beziehung war wohl so oder so zum Scheitern verurteilt, dachte Valjean.

»Er ist mein Freund, also hab ich's gemacht.«

»Kennen Sie diese Freundin?«

»Nein. Aber ich hab mich für ihn gefreut. Weil er mir leidtat. Er hatte lange keine Freundin mehr. Aber dieses Spielen...«

»Was genau meinen Sie?«

»Ich weiß es nicht, er hat Poker gespielt, ziemlich intensiv, manchmal auch illegal und um große Summen. Er hat damit geprahlt, wie gut er darin ist, wissen Sie. Wie auch immer, ich wollte ihm einfach helfen, hab mir nicht viel dabei gedacht und fand es irgendwie auch lustig.«

*

Wenn ich gewusst hätte, dass Simone deshalb sterben musste, hätte ich das alte Bild sofort ins Meer geworfen, dachte Hugo Martin, als er den Schlüssel ins Schloss steckte, um die Villa zu betreten.

Sie hatten auf dem gesamten Weg von Nizza hierher geschwiegen, nur ab und zu war Veros Schluchzen durch die Stille hindurch zu hören. Er hatte Amelie und Vero zu Hause abgesetzt, sich von Vero den Schlüssel zur Villa geben lassen und war dann noch einmal zu Simones Haus hinübergegangen. Eine Kleinigkeit hatte er dort noch zu erledigen.

Die Luft war frisch und klar, nachdem der heftige Regen nachgelassen und die Regenwolken sich allmählich verzogen hatten. Unter ihrem dunklen Saum schimmerte der Rest der Abendsonne. Es hatte bereits gedämmert, als sie in Carros ankamen.

Die Kopie des Gemäldes lag noch auf dem Tisch im Salon, und René, Veros erster Ehemann, sah ihn vorwurfsvoll an.

»Ja, ganz recht, mein Lieber«, murmelte er. »Du bist an all dem schuld.«

Nun lag das Original mit der wertvollen Skizze auf seiner Rückseite am Grund des Meeres, dort, wo auch Rénes Leben sein Ende gefunden hatte. Auf eine sonderbare Weise empfand Martin diesen Zustand als durchaus angemessen. Was war schon eine Skizze von Matisse im Vergleich zu einer Liebe, die so lange überdauert hatte?

Er blickte sich noch einmal im Salon seiner Freundin um, nahm das Gemälde auf dem Tisch an sich und verließ den Salon, der so liebevoll eingerichtet war. Auch über das Grundstück ließ er seinen Blick schweifen. Vielleicht würde er dieses Gebäude nie wieder betreten, wenn Simones Bruder es erst einmal verkauft hatte. Er betrachtete den kurzgeschnittenen Rasen, auf dem auch jetzt der Mähroboter unermüdlich seine Runden drehte, die akkurat geschnittene Hecke und die Geranien, die in ihren Töpfen ungerührt weiterblühten. Würde er auf seinen Spaziergängen je wieder glücklich sein, wenn er an diesem Ort vorbeikam?

Immer noch in Gedanken versunken ging er zu Amelies Haus hinüber, um zu den beiden Frauen zurückzukehren. Doch vorher stellte er das Gemälde vor Valjeans Haustür ab. Sollte er doch damit machen, was immer er wollte.

Als Amelie Schritte hinter sich hörte, drehte sie sich zu Hugo Martin um, der schweigend den Raum betreten hatte. Er setzte sich zu ihnen an den Tisch.

»Das alles, es tut mir so leid«, sagte Vero, nachdem sie eine Weile schweigend dagesessen hatte. »Ich hätte sofort sagen müssen, dass ich die Stiefel von der Treppe genommen habe. Ich habe dich in Schwierigkeiten gebracht, weil ich so feige war.«

»Du warst einfach nicht du selbst in den letzten Wochen«, sagte Amelie und nahm Veros Hand.

»Ich habe mich benommen wie ein alberner Teenager, dessen erste Liebe zerbrochen ist. Ich schäme mich dafür.«

»Du schämst dich für deine Liebe? Nicht doch, Vero. Das sollte niemand tun.«

»Aber du sagst es keinem hier im Dorf, nicht wahr?« Eindringlich sah Vero sie an.

»Nein, natürlich nicht. Und Hugo sagt auch nichts, nicht wahr?« Amelie sah Hugo Martin an, der den Kopf schüttelte. »Aber ich denke, es war gut, dass du dir das alles endlich einmal von der Seele geredet hast.«

»Ja, das war es. Es hat mich sehr erleichtert. Ich war so verliebt in diesen wunderbaren Mann. Und ich habe mir ein

Leben lang Vorwürfe gemacht, weil sein Leben so entsetzlich geendet ist.«

Amelie nickte verständnisvoll.

»Dieses Gemälde, es hat alles wieder zum Leben erweckt. Ich konnte ihn spüren, ihn riechen, an alles konnte ich mich wieder erinnern.«

Vero senkte ihren Blick, dann stand sie auf und ging zur Tür.

»Ich gehe hinauf, ich muss eine Weile allein sein …«

Amelie wandte sich Martin zu, als Vero die Tür hinter sich geschlossen hatte.

»Glaubst du, es steckt mehr dahinter?«, fragte sie. »Glaubst du, Vero ist da in etwas Schlimmes verwickelt, was in Simones Villa geschehen ist?«

»Ich weiß es wirklich nicht, Amelie«, sagte Martin.

*

Robert Durand saß am Küchentisch in seiner Wohnung über dem Musikgeschäft. Valjean hatte ihm gegenüber Platz genommen, und Ballard lehnte hinter dem Mann am Fensterbrett. Ein Handy lag auf dem Tisch, das das Gespräch aufzeichnete.

Valjean hatte noch das ein oder andere Telefonat geführt, um auf das Gespräch mit Robert Durand vorbereitet zu sein. Dann hatte er seinen Kollegen angerufen, um ihn über den Stand der Dinge zu informieren. Ballard war sofort in seinen Wagen gestiegen, und sie hatten sich vor der Haustür ihres neuen Hauptverdächtigen getroffen. Alles hatte schnell gehen müssen, wenn sie verhindern wollten, dass Durand von seinem Freund gewarnt werden würde.

»Ich komme von Ihrem Freund Pierre Bonneur«, hatte

Valjean das Gespräch eröffnet. »Er fand wohl keinen Gefallen mehr daran, Ihnen den Rücken freizuhalten. Er hat uns gesagt, dass er es war, der an dem Tag, an dem Ihre Schwester ermordet wurde, Ihren Wagen gefahren ist.«

»Hat er das gesagt?«

»Sie haben damit kein Alibi mehr für den besagten Tag. Wir wissen, dass Sie sich einen Mietwagen geliehen haben … Sie sind damit zu Ihrer Schwester gefahren. Ich frage mich nur, warum Sie dafür ein falsches Alibi benötigten.«

»Dabei ging es um etwas ganz anderes. Das hat Ihnen Pierre bestimmt auch erklärt.«

»Um Ihre Freundin, ja?«

»Genau. Ich wollte zu ihr, ich hatte meine Sache dort geklärt, dann bin ich zurück zu mir nach Hause.«

»Das glaube ich Ihnen nicht, Monsieur Durand. Sie haben um große Summen gespielt, das hat Ihr Freund Bonneur uns gesagt. Ihre Schwester hat Ihnen immer wieder aus der Patsche geholfen, nicht wahr?«

»Hören Sie, Sie liegen da falsch. Ja, manchmal habe ich auch um größere Summen gespielt, aber das ist kein Problem für mich, das Glück ist auf meiner Seite, ich bin ein wirklich guter Pokerspieler.«

»Der Leihwagen wurde gesehen. Wissen Sie, so ein Dorf, da bleibt nichts unbemerkt. Sie haben nicht direkt vor dem Haus geparkt, so dumm sind Sie nicht. Aber Sie haben nicht mit den wirklich aufmerksamen Nachbarn dort gerechnet.«

»Wie meinen Sie das?«

»Madame Desantrange heißt die Dame. Sie kennen sie vielleicht nicht. Aber jeder sonst im Dorf kennt sie, und sie kennt jeden im Dorf, wissen Sie. Und wenn dort direkt neben dem Bouleplatz jemand parkt, dann schreibt sie es sich auf, ganz genau. Sie hat das Kennzeichen des Mietwagens notiert. Ich dachte, ich frage einfach mal bei ihr nach, und siehe da …«

»Schon gut, schon gut, ich war bei ihr. Wir haben uns einfach nett unterhalten. Wir verstehen uns hervorragend in letzter Zeit, sie ist eine wunderbare Schwester. Aber ich brauchte kein Geld, das habe ich wirklich nicht nötig. Wie ich schon sagte, ich bin ein sehr guter Pokerspieler, gewinne oft …«

»Aber dieses Mal wollte sie Ihnen nicht helfen, habe ich recht? Waren Ihre Schulden diesmal zu groß?«

»Ich sagte doch schon, ich habe keine Schulden, so etwas passiert mir nicht.«

»… Sie haben Ihre Spielsucht nicht im Griff, es lässt Sie nicht los, Sie können kaum noch schlafen nachts …«, mischte sich jetzt auch Ballard in das Gespräch ein.

»Wovon reden Sie da überhaupt?«

»… es hat Sie aufgefressen innerlich, und dann haben Sie den ganz großen Coup gewagt, eine extrem große Summe, aber Sie sind ja so ein hervorragender Pokerspieler, wie sollte so jemand wie Sie schon verlieren …«

»Hören Sie auf, das ist doch Unsinn …«

»… und dann hat dieser geniale Pokerspieler doch verloren, wie schon so oft zuvor, und die Schulden stiegen ins Unermessliche, Ihnen über den Kopf … Sie hatten alles aufs Spiel gesetzt, und Sie verloren, verloren ein Spiel nach dem anderen …«

»Hören Sie endlich damit auf!«, brüllte Durand, er war aufgesprungen.

»Sie sind ein ganz erbärmlicher Spieler, und die Sucht hat Sie fest in den Klauen!«

»Ich sollte sehen, wie ich alleine damit klarkomme, hat sie gesagt«, brach es plötzlich aus Durand heraus, und er ließ sich wieder auf seinen Stuhl fallen, »aber sie hatte dieses Bild. Sie schwamm im Geld und wollte mir nichts davon abgeben, nicht einen Cent! Und dabei hatte sie dieses verdammte Bild. Sie hat es mir selbst erzählt, wollte mir die Hälfte von dem Geld abgeben, wenn ich eine Therapie mache. Eine gottverdammte Therapie! Dabei bin ich ein begnadeter Pokerspieler, wissen Sie. Dieses eine Mal nur hätte ich noch Geld gebraucht, nur dieses verfluchte eine Mal, dann wäre alles gut geworden.«

Durands Hände ballten sich zusammen, seine Kiefer spannten sich an.

»Sie haben mir Druck gemacht, diese Typen, schrecklichen Druck, ich hatte unglaubliche Angst. Sie hatten mir Geld geliehen, aber dann standen sie auf der Straße einfach plötzlich hinter mir, flüsterten mir ins Ohr, wenn ich nicht bald bezahlen würde, würden sie nachts neben meinem Bett stehen und ...«

»Sie haben also Ihre Schwester um Hilfe gebeten.«

»Ich musste das Geld haben. Sofort. Nicht irgendwann. Aber sie wollte es für mich anlegen, ich sollte es bekommen, wenn ich nicht mehr spielen würde. Aber ich brauchte es auf der Stelle, sofort!«

»Und was ist dann passiert ...?«, fragte Valjean mit ruhiger Stimme.

»Ich habe sie angefleht, gebettelt, mich auf die Knie geworfen. Aber sie meinte, ich würde ihr leidtun, ich müsste mein Leben erst in den Griff bekommen, dass es ewig so weitergehen würde, und dass jetzt Schluss damit sei. Ich habe mich vor ihr erniedrigt, und sie hat mich mit Füßen getreten. Es hat mich so wütend gemacht. Ausgerechnet ihr fällt so ein Bild in die Hände, verstehen Sie? Ohne dass sie etwas dafür tun musste! Ein fetter Jackpot für meine ohnehin schon reiche Schwester, und sie weigert sich, mir auch nur ein bisschen davon abzugeben.«

»Und dann haben Sie nach dem Blumentopf gegriffen«, hakte Ballard nach.

»Ich weiß es doch nicht. Ich weiß es wirklich nicht. Ich saß plötzlich dort vor ihrem Haus. Und da war Blut, das viele Blut, überall. Und da lag dieser Topf und diese schreiend roten Blumen. Und meine Hände waren rot. Ich hatte ihr durch das Haar gestrichen. Sie lag da, so still …«

Durand war völlig in sich zusammengesackt, er sprach jetzt ganz leise.

»Immer hatte sie ein schlechtes Gewissen …, zu Recht. Wenn sie vor zehn Jahren nicht mit diesem Typen herumgemacht, sondern Maman selbst abgeholt hätte …, aber das interessiert ja keinen«, murmelte er. »Ich war so wütend, so wütend, es ist so ungerecht, war immer schon ungerecht. Und dann war sie tot, sie sollte nicht tot sein, das sollte sie nicht … ich war einfach …«

»Und das Gemälde.«

»Ach, das Bild, ein schöner junger Mann … Ist es inzwischen gefunden worden?«

Kapitel 12

Als Valjean die letzte Seite seines Berichts aus dem Drucker gezogen hatte, legte er die Seiten in eine Mappe und ging in das Büro seines Chefs. Im Gebäude herrschte Rauchverbot, aber Zigarrenrauch zog durch den Raum, obwohl das Fenster geöffnet war.

Commandant Douglar, der hinter einem wuchtigen Schreibtisch saß, strich sich über den Schnurrbart, während er den Bericht las. Valjean ließ seinen Vorgesetzten nicht aus den Augen. Ein großer Druck war von ihm abgefallen, seitdem Durand gefasst war. Seine DNA war ganz sicher unter den vielen Spuren am Tatort, da hatte Valjean keinen Zweifel. Wie so oft stammte auch hier der Täter aus der Familie, auch wenn so viele andere in diesem Fall ein Motiv gehabt hätten. Aber ein Motiv alleine machte eben noch lange keinen Mörder.

»Verrückte Sache, das«, knurrte Douglar und warf den Bericht auf die Tischplatte. Er schaukelte auf seinem Stuhl vor und zurück, sodass sich Valjean an ein zufriedenes Kind auf einem Karussellpferd erinnert fühlte.

»Und der alte Martin hat sich die Mühe gemacht und ein falsches Gemälde herstellen lassen, um diesen Roussel aufs Glatteis zu führen? Mannomann, das ist ja filmreif. Wie unglücklich, dass das echte Bild immer noch verschollen ist.«

»Ja. Wir vermuten, dass es bei einem Paketdienst abhandengekommen ist. Leider haben wir keinen Einlieferungsbeleg im Haushalt der Toten gefunden. Wir wissen nicht, welcher

Paketdienst es war. Wir haben nur die Aussage der Putzfrau, Madame Lefebre, dass Simone das Bild versenden wollte und es schon eingepackt hatte. Und die gleich lautende Aussage des Experten, der nun leider vergebens auf das Gemälde wartet. Vielleicht taucht es ja irgendwann mal wieder auf.«

»Nun ja, Matisse war nie so mein Geschmack, auch wenn er ein alter Nissart war. Und Monsieur Roussel wird sich dann wohl wegen Anstiftung zum Diebstahl vor Gericht verantworten müssen und kaum besser davonkommen als unser Freund Socella. Nur dass der auch noch für die Sache mit der Waffe gradestehen muss.«

»Ja«, sagte Valjean, »er wird seinen Schuppen mit dem ganzen Trödel wohl eine ziemliche Zeit lang schließen müssen. Hoffentlich stellt er ihn nicht wieder irgendwelchen Kriminellen als Aufbewahrungsort zur Verfügung.«

»Ballard hat sich um den mutmaßlichen Mörder von Monsieur Leclerc gekümmert, der mit der Pistole aus Socellas Besitz getötet wurde. Er konnte in Genua aufgespürt werden und sitzt dort in Haft, bis die Kollegen ihn ausliefern. Socella wird vielleicht einen Deal mit dem Staatsanwalt machen können. Mir ist es auch lieber, wenn er ausschließlich Trödel verkauft.«

Wie es aussah, war es ihm tatsächlich gelungen, die Unterschlagung des Bildes durch Madame Lefebre erfolgreich zu unterschlagen, wenn man es so nennen wollte, und ihre Flucht aus der Bank hatte er geflissentlich vergessen. Nur gut, dass die beiden Polizisten nicht gewusst hatten, was genau Madame Lefebre aus der Bank holen sollte. Zudem wäre es aller Wahrscheinlichkeit nach ganz in ihrem Interesse, wenn niemand erfuhr, dass ihnen eine alte Frau entwischt war.

Er musste daran denken, welches Glück Madame Lefebre gehabt hatte, dass sie weder Durand noch Socella in dieser

Nacht in die Arme gelaufen war. Es war verdammt knapp gewesen.

»Und wer war dann diese Person, die dieser Italiener nachts gesehen hat?«

»Das haben wir nicht herausfinden können, trotz Gegenüberstellung. Ich vermute, dass er doch entweder Robert Durand oder Socella gesehen hat. Das dürfte aber angesichts deren Geständnisse auch kaum noch eine Rolle spielen. Oder sollen wir dieser Spur noch weiter nachgehen?«

»Nein, Valjean. Das hier ist alles sehr plausibel.«

Valjean atmete auf, sein Chef wurde ihm immer sympathischer.

Douglar erhob sich mit Mühe aus seinem Ledersessel. »Und? Darf ich Sie vielleicht zum Mittagessen einladen? Ich denke, wir haben etwas zu feiern.«

Unwillkürlich sah Valjean auf die Uhr. Es war gerade mal halb zwölf.

»Äh, ja, warum nicht?«, sagte er dann erfreut.

»Gehen wir.« Freundschaftlich legte Douglar die Hand auf Valjeans Rücken und führte ihn zur Tür. »Was machen die Handwerker?«, fragte er dann, als sie auf den Flur hinaustraten.

*

»Ach, Bernard«, gurrte Amelie. »Kannst du da nicht ein Auge zudrücken?«

Sie setzte ihren treusten Blick auf und sah in Bernard Marchals grüne Augen. Der Handwerker stand hinter dem Tresen in seinem kleinen Betrieb. Es roch nach Öl und Metall, nach Kaffee und abgestandenem Zigarettenrauch. Er erwiderte Amelies Blick und lächelte breit.

»Hm, warum soll ich das tun, Amelie? Er hat euch

schlecht behandelt. Er hat euch verdächtigt. Und er hat Veronique festgenommen.«

»Nein, das stimmt nicht. Ganz im Gegenteil. Er hat ihr geholfen, aber das darf ich dir eigentlich gar nicht erzählen.«

Bernard beugte sich vor und stützte sich auf seine muskulösen Unterarme. »Ach komm schon, Amelie. Mir kannst du es erzählen, ich schweige wie ein Grab.«

»Ach, ich weiß nicht, es ist …« Sie sah sich um, als müsste sie sich erst überzeugen, dass sie auch wirklich alleine waren. Im Büro hinter ihm konnte sie ein Kalenderbild mit einer spärlich bekleideten jungen Dame erkennen.

»Aber du musst mir versprechen, dass du so schnell wie möglich die restlichen Arbeiten bei Valjean erledigst. Wie weit bist du da?«

Bernard wiegte den Kopf.

»Hm, noch ein paar Anschlüsse. Das Gerät programmieren. Egal, ich verspreche es dir. Und jetzt erzähl!«

Der Handwerker sah sie mit weit geöffneten Augen an.

»Also gut, ich vertraue dir.«

Sie holte tief Luft und deutete in vagen Worten an, dass Veronique die Polizei bei ihren Ermittlungen in der Sache Durand unterstützt hatte, das sie im Besitz von Informationen über den Verbleib eines wichtigen Beweisstückes gewesen sei. Und sie sagte Bernard, wie dankbar Valjean gewesen sei, wie sehr sie dabei geholfen habe, Licht ins Dunkel zu bringen, was den Mord an Simone anging.

»Und der Mörder ist tatsächlich endlich gefasst«, fügte sie dann hinzu. »Valjean ist ein guter Polizist, Bernard. Er hat viel für unser Dorf getan.«

»Wirklich?« Bernard staunte, und er ließ sie nicht aus den Augen. »Donnerwetter, das hätte ich ihm gar nicht zugetraut. Deshalb haben sie sie also im Streifenwagen abgeholt.«

»Genau. Sie hat die Polizisten unterstützt.«

»Ja, sie ist eine schlaue alte Dame.« Bernard richtete sich auf. »Dann stehe ich zu meinem Wort. Dieser Valjean soll in ein paar Tagen sein warmes Wasser bekommen.«

»Ich danke dir wirklich sehr. Und dein Chef? Ist das in Ordnung für ihn? Oder meint er immer noch, du solltest dir für Douglars Auftrag ein wenig länger Zeit lassen?«

Bernard winkte ab.

»Ach, der Chef. Er hat gedacht, dass Valjean uns hier alle nur schikanieren will. Aber ich werde ihm sagen, dass … Ach nein, das darf ich ja nicht.«

»Doch, sage es ihm ruhig. Aber nur ihm. Und er soll es niemandem weitererzählen.« Amelie zwinkerte ihm zu.

»Gut.« Bernard zwinkerte ebenfalls. »Dann wird der Chef auch nichts dagegen haben, dass ich da weitermache. Obwohl, ich wäre gerne noch sehr viel öfter gekommen, zum Haus des alten Douglars, zu deinem Hof … du weißt schon. Ich hatte immer gehofft, dass du mal auf einen Kaffee rüberkommst. Oder dass wir beide mal was unternehmen.«

Ein wenig erinnerte er an einen traurigen Hund, wie er so vor ihr stand und sie aus treuen Augen anblickte, inmitten von Ventilen, Rohrschellen und Gummidichtungen.

»Ach Bernard, du weißt doch, wie das ist. Es passt nun mal nicht immer zusammen.«

Er seufzte.

»Keine Chance?«

»Du findest sicher bald jemanden, der besser zu dir passt. Jemanden, der nicht mit einer Horde Ziegen verheiratet ist.«

Bernard lachte.

»Ja, da hast du recht. Nun, es ist ja nicht so, dass ich keine Angebote hätte …«

Er rieb sich über das glatt rasierte Kinn.

»Na siehst du. Vergiss mich, Bernard. Wir bleiben Kumpel mit einem kleinen Geheimnis. *D'accord?*«

»*D'accord*, Amelie.«

Gut gelaunt verließ Amelie den Betrieb, in der Gewissheit, dass innerhalb einer Stunde sämtliche Handwerksbetriebe der Umgebung von Veros guter Zusammenarbeit mit der Polizei und Valjeans überragenden Fähigkeiten als Polizist erfahren hätten.

Epilog

Als der Wagen am Abend auf der Brücke den Var überquerte, war Valjean überrascht, wie sehr er plötzlich von dem Gefühl durchdrungen war heimzukehren. Er spürte deutlich die Zuneigung, die er inzwischen für das kleine Dorf empfand, genoss den Anblick der Pinienwälder, die am Fenster vorbeizogen, der Bergkämme und Gipfel, die sich vor dem Himmel abzeichneten, an dem allmählich die Sonne unterging.

Valjean war für ein paar Tage zurück in seine alte Heimat gefahren, hatte seine Mutter in Arras besucht und war zu seinen früheren Angelgründen gefahren, um ein wenig Abstand zu den Ereignissen in Carros zu bekommen.

Nun freute er sich von Herzen, Amelie wiederzusehen. Irgendwann einmal würde er ihr seine alte Heimat zeigen.

Als er jetzt auf das Haus des alten Douglar zuging, hielt er seinen Blick auf den Rasen gerichtet, um sich seine neuen Schuhe nicht vorzeitig zu ruinieren. Er musste schmunzeln, denn er dachte an seine erste Begegnung mit Amelies Ziegen.

Dann schloss er die Tür auf, drückte die Klinke hinunter und stolperte mit Schwung in den Flur. Die Tür, die vor ein paar Tagen noch von Feuchtigkeit verzogen gewesen war, hatte sich ohne Widerstand zu leisten und völlig geräuschlos geöffnet. Im Flur roch es nach Farbe, und als er das Licht einschaltete erstrahlten die Wände in einem hellen, frischen Weiß.

Er stellte seinen kleinen Koffer auf den Küchentisch, öffnete ihn und nahm eine große Packung mit den typischen kleinen Lebkuchenherzen aus seiner alten Heimat heraus. Er freute sich jetzt schon, sie Amelie zusammen mit einer guten Flasche Wein aus Arras zu überreichen.

Aber zuerst wollte er sich nach der Reise kurz frischmachen.

Also setzte er einen Topf Wasser auf. Sein Blick fiel dabei auf einen Zettel, der direkt neben dem Herd lag. Beiläufig las er: »Kupferrohr: 15 Meter, 12 Ventile, 1 Druckausgleichbehälter« und direkt darunter stand: »fertig montiert«. Ungläubig starrte er auf die Worte, bis er begriff. Augenblicklich drehte er den Warmwasserhahn auf. Luft und braunes Wasser ergossen sich stotternd in das Spülbecken, doch dann wurde das Wasser klar. Er hielt den Finger hinein – und tatsächlich, das Wasser wurde warm.

Sofort ging er ins Bad, drehte auch dort den Hahn auf und wenige Minuten später waren Spiegel und Fliesen von Dunst beschlagen. Als er aus der Dusche stieg, war er herrlich erfrischt und zufrieden.

Und das freudige Gefühl dauerte an, als er durch einen frisch gestrichenen Flur und über die abgeschliffene Treppe in sein Schlafzimmer trat, dessen Wände in einem angenehm beruhigenden Ockerton gestrichen waren. Verrückt, es war einfach verrückt!

Schließlich zog er sich bequeme Kleidung an, um nach unten in den Salon zu gehen. Doch sein Blick blieb an dem Gemälde hängen, das einen Platz auf der Kommode gefunden hatte. Der junge Mann vor dem Oleanderbusch schaute ihn aus lebhaft funkelnden Augen an. Das Bild stand neben einer schwarzen Orchidee – eine Fälschung, genau wie das Gemälde. Eine identische Pflanze stand in seinem Büro.

Dr. Montrande vom Phoenix Parc floral hatte ihm und Ballard je ein Exemplar geschenkt. Dabei hatte sie wortreich erklärt, wie eine einfache Phalaenopsis mithilfe von einfacher Lebensmittelfarbe in eine Pflanze verwandelt werden könne, die einer Cymbidium faberi ähnlich sehe, aber selbst für die Kommissare leicht zu pflegen sei. Er lächelte bei der Erinnerung daran, wie Ballard den Topf unbeholfen in seinen Händen gedreht und sich höflich bedankt hatte. Kurz kam der Gedanke in ihm auf, ob er die Kopie des Gemäldes von Réne Madame Lefebre überlassen sollte. Aber er konnte sich auch gut vorstellen, dass dieser Teil ihres Lebens für sie endgültig abgeschlossen war.

Als Valjean den Salon betrat, stutzte er. Er blickte hinaus auf die Terrasse, auf der ein großer Esstisch stand, der zu seinem Erstaunen festlich mit Geschirr, Weingläsern und Servietten gedeckt war. Blumen und Windlichter standen zwischen den Gedecken.

Noch während er die bunten Wicken in der Vase auf dem Tisch bewunderte, hörte er Stimmen von nebenan. Neugierig trat er in den Garten hinaus. Und dann sah er, wer gekommen war: Zuerst Amelie, in einem bunten Wickelkleid, so wunderschön, dass ihm der Atem stockte. Sie stellte den Weidenkorb mit Weinflaschen, den sie trug, auf den Tisch. Mit einem strahlenden Lächeln kam sie auf ihn zu und umarmte ihn – dann küssten sie sich.

»Holla, nicht so stürmisch«, hörte er die vertraute Stimme von Hugo Martin. »Willkommen zu Hause, *monsieur le commissaire!*«

In der Hand hielt er eine große Schüssel mit Salade Nicoise, dieses Mal mit Thunfisch, wie Valjean sofort erkannte.

Etwas verschämt trat jetzt auch Madame Lefebre auf ihn zu, die eines ihrer leckeren Brote mitgebracht hatte.

»*Salut*, Monsieur Valjean«, sagte sie und lächelte. Dann umarmte auch sie ihn kurz.

»*Salut* Vero, es ist schön, Sie so zufrieden zu sehen.«

»Komm!«, unterbrach Amelie ihn und war bereits dabei, eine Flasche Wein zu öffnen. Dann zündete sie die Kerzen in den Windlichtern an. Valjean trat näher und legte seine Hände liebevoll auf ihre Schultern.

Von Weitem war ein Motorengeräusch zu hören, das vor seinem Haus abrupt erstarb. Das kann ja nur einer sein, dachte er belustigt und wandte den Kopf.

»Ich weiß, ich bin ein wenig spät«, sagte Paul, als er auf die Terrasse trat, »aber dafür habe ich noch jemanden mitgebracht.« Er wies auf Daniel Guiot, der ihm auf den Fuß folgte und einen großen Bräter auf den Tisch stellte.

»Bressehuhn auf dem Gemüsebett«, erklärte Daniel und hob den Deckel vom Bräter. Auf Zucchini, Auberginen und Zwiebeln dampften zwei große knusprige Hähnchen.

Ein Weinkorken wurde aus der Flasche gezogen und Amelie reichte ihm ein Glas Rotwein an.

»Auf dich, *monsieur le commissaire*!«, sagte Amelie und hob das Glas.

»Auf Sie, Monsieur Valjean«, sagte auch Veronique und errötete leicht.

Valjean hob ebenfalls das Glas, und kurz meinte er, vor Rührung nicht sprechen zu können.

»Auf euch, auf die besten Nachbarn der Welt!«, sagte er dann mit belegter Stimme.

Als alle auf ihren Plätzen saßen und sich ein beruhigendes Stimmengewirr über den Tisch gelegt hatte, von dem der Duft der leckeren Speisen zu ihm aufstieg, ging Valjean einige Schritte in den Garten hinaus.

Er blickte in den Nachthimmel, an dem jederzeit eine Sternschnuppe erscheinen konnte. Ein Teppich aus Diamanten zog sich von Nizza bis hierher über den Himmel an der Côte d'Azur. Der Anblick ließ ihn wie immer sprachlos zurück. Irgendwo sang eine Zikade, eine Ziege meckerte leise, als etwas seinen Fuß berührte. Er blickte hinab und sah, wie Carlos sich neben ihm ins Gras legte und mit einem Seufzer die Augen schloss.

Die Community für alle, die Bücher lieben

★ In der Lesejury kannst du Bücher lesen und rezensieren, die noch nicht erschienen sind

★ Gemeinsam mit anderen buchbegeisterten Menschen in Leserunden diskutieren

★ Autoren persönlich kennenlernen

★ An exklusiven Gewinnspielen und Aktionen teilnehmen

★ Bonuspunkte sammeln und diese gegen tolle Prämien eintauschen

Jetzt kostenlos registrieren: www.lesejury.de

Folge uns auf Instagram & Facebook:
www.instagram.com/lesejury
www.facebook.com/lesejury